HEYNE
BÜCHER

SUZANNE ROBINSON

GERAUBT UND GERETTET

Roman

WILHELM HEYNE VERLAG
MÜNCHEN

HEYNE ROMANE FÜR ›SIE‹
Nr. 04/323

Titel der Originalausgabe:
THE RESCUE

Aus dem Amerikanischen
von Erna Tom

Deutsche Erstausgabe 3/2000

Printed in France 2000
Umschlagillustration: Pino Daeni/Agentur Schlück
Umschlaggestaltung: Nele Schütz Design, München
Satz: Prechtl, Passau
Druck und Bindung: Brodard & Taupin

ISBN: 3-453-15976-4

Dieses Buch ist meiner Nichte
Stephanie Woods gewidmet.

Für meine Romanheldinnen bevorzuge ich
Charaktereigenschaften wie Mut,
Intelligenz, Humor und Fantasie.
Stephanie vereint alle diese
mit Anmut und Schönheit.

1

London, 1860

Nightshade. Der Name ging wie ein Lauffeuer durch die Elendsviertel der Stadt. Er schwebte wie ein Flüstern durch den undurchdringlichen Nebel, schlitterte auf öligen Ziegeln und Pflastersteinen durch die Straßen und flackerte im Rauch der Talglichter – *Nightheshade*. Nightshade war zurückgekehrt, als wäre er dem Reich der Toten entstiegen.

Ein Bettler in Shoreditch glaubte, Nightshades Schatten erkannt zu haben. Er vertraute seinen Verdacht einem Korbmacher an, der erschauerte und gab die Neuigkeit an einen Heringshändler bei Billingsgate weiter. Auf dem Fischmarkt machte die Nachricht neben den lautstarken Anpreisungen der Verkäufer die Runde: »Greift zu, greift zu! Jetzt oder nie! Kabeljau, hier gibt es Kabeljau! Wer kauft meine herrlichen Sprotten? Kommt und kauft bei mir! Lebende Fische, lebende Fische, lebende Fische!«

In der Houndsditch Street, nicht weit vom Hafen, nahm der Nebel eine gelbliche Farbe an, und die Lichter der Gaslaternen wurden immer trüber. Im Innern der Black Fleece Tavern war das Licht nicht viel besser, aber zumindest herrschte kein Nebel. Die wabernden Schwaden wagten es nicht, in die Stube einzudringen, denn das Haus wurde von Big Maudie, seiner Eigentümerin, bewacht, und unter den Gästen befanden sich die übelsten Gesellen, die sich in den Elendsvierteln von London herumtrieben. Big Maudie, über einen Meter achtzig groß, schob die Ärmel über die roten Ellbogen zurück, griff an den Knüppel, der in ihrem Gürtel steckte, und musterte ihre Gäste.

Etwas stimmte nicht. Noch wußte sie nicht, was es war, denn alles war friedlich. Lobster Bill und seine Promenadenmischung schliefen neben dem Feuer. Ein paar Männer von Inigo Wares Bande betranken sich in einer Ecke, während eine Gruppe Matrosen mißtönend Mayhew begleitete, der auf ein Klavier einhämmerte. Maudie zuckte mit den Schultern und wollte gerade an ihren Platz hinter dem Tresen zurückkehren, als ihr ein zerfledderter Seidenrock ins Auge fiel. An einem Tisch neben der Tür lungerten Alice Treacle und Ha'penny Hazel. Was hatten die beiden so früh hier verloren? Auf den Straßen gab es noch genügend zu tun.

Es war kühl für Oktober, und Maudies Nase, Wangen und Kinn waren noch röter als sonst. Sie rieb sich die Nase und inspizierte noch einmal den vorderen Gastraum, wobei ihr auffiel, daß Gin Ginny bereits beim dritten Glas war. Fanny Milch war auch da. Noch während Maudie Fanny mit einem düsteren Blick bedachte, trat eine Frau mit einem Tablett, auf dem sich Fleischpasteten, Pudding und Bier stapelten, zu ihr. Larder Lily. Damit waren es bereits fünf, und jede einzelne beobachtete so unauffällig wie möglich die Tür.

Plötzlich schwang diese tatsächlich auf. Gelber Dunst drang in die Schenke und löste sich augenblicklich auf. Kerzen flackerten; die Gespräche verstummten. Aus dem Nebel trat eine kleinwüchsige Gestalt mit X-Beinen und rötlichem, feuchtem Haar. Badger Scoggins. Ihm folgte Cyril Prigg, einer der zahllosen Hehler, die die Stadt überschwemmten. Maudie stockte der Atem, als ihr die Bedeutung der Tatsache, daß die beiden zusammen hier waren, dämmerte. Ihr Blick wanderte zu den gespannten Frauen. Selbst in Ha'penny Hazels trüben Augen blitzte es, und sie alle sahen aus wie Elstern, die nach einem Leckerbissen gierten. Es kam nur einer in Frage, der bei ihren hartgesottenen Freundinnen diese Mischung aus Erwartung und Angst auslösen konnte.

»Nightshade!«

Eine sanfte Stimme hinter ihr erwiderte: »Ja, bitte?«

Maudie keuchte und fuhr herum, um die dunklen Schatten zu durchforschen. »Nightshade.« Ihr Hals war ausgedörrt, und ihre Lippen klebten zusammen. »Nightshade.«

»Ich weiß, wie ich heiße, Maudie«, lautete die geflüsterte Antwort, die ihre Haut erprickeln ließ.

Maudie leckte sich zweimal hintereinander die Lippen, die trocken wie Papier waren, ehe sie etwas sagen konnte. »Du bist also zurück?«

»Ich kann es nicht ausstehen, wenn Leute so offensichtliche Dinge aussprechen. Das weißt du doch.«

Er war nicht aus dem Dunkel herausgetreten. Maudie hatte sich inzwischen soweit erholt, daß sie wütend war über sich selbst, weil Nightshade sie so leicht überrumpelt hatte. Aber durfte sie sich wirklich Vorwürfe machen? Er war lediglich ein großer Schatten mit schimmerndem schwarzen Haar. Sein Gesicht lag ebenfalls im Dunkeln. Das Licht der Kerzen spiegelte sich in seinen Augen, die dunkel und hart waren wie ein Topas in der Wüstensonne. Es hieß, er habe seine dunkle Erscheinung von seinem Großvater, einem spanischen Seemann. Vielleicht stammte auch die beunruhigende Ausstrahlung, die unausgesprochene Androhung von Gewalt, von diesem Großvater. Fraglos hatte Nightshade seinen Namen verdient, denn er war genauso tödlich und raffiniert wie die gleichnamige Pflanze – der Nachtschatten.

Manche behaupteten, er hätte diesen Namen erhalten, weil er wie der Schatten der Nacht ein Diener des Teufels sei. Wer anders als ein Diener der Dunkelheit konnte nach Belieben auftauchen und wieder verschwinden? Zweifellos ließ einen sein Anblick an Satan denken – seine dunkle Erscheinung, die scharfe Zunge, noch weniger Güte und Gnade als eine Guillotine. Nun war er zurück, nach so langer Zeit, daß Maudie und all die anderen gedacht hatten, er wäre tot. Nur der Teufel brachte so etwas zustande.

Maudie wischte sich die Hände an der Schürze ab und bohrte ihren Blick in den großen Schatten. »Die Männer von Inigo Ware sind hier. Du kennst ihn doch, immer bereit, dir einen Streich zu spielen, seit –«

»Der Kopf möge ihm abfaulen und die Pest sein Herz auffressen. Inigo Ware interessiert mich nicht.«

Schließlich trat Nightshade hervor. Es war, als hätte ein Zauberer einen Alptraum zu Wirklichkeit gemacht. Maudies Sinne waren hellwach, als er neben ihr stand. Sie spürte die Übermacht seiner Gegenwart, die Qual, die sein Blick, der sein Gegenüber gleichzeitig unterwarf und beherrschte, auslöste. Dann entfernte er sich von ihr, und sie war von seinem grausamen Bann befreit. Wie immer verfluchte Maudie sich selbst, wütend, daß eine Frau in ihren Jahren sich von einem jungen Mann in eine stammelnde Idiotin verwandeln ließ.

Sie sah zu, wie Nightshade sich wie eine Nebelwolke in den vollen Gastraum hineinbewegte. Sein Name machte flüsternd die Runde und wurde bald von Gin Ginny, der ersten Frau, die ihn entdeckte, laut ausgesprochen.

»Nightshade, mein Liebster!«

»Schlag mich einer tot, wenn das nicht Ginny ist«, stellte Nightshade grinsend fest.

Ginny erhob sich kreischend, stürzte sich auf ihn und drückte ihm einen nach Gin schmeckenden Kuß auf die Lippen. Im Nu war er von Frauen umringt. Einer oder zwei von Inigo Wares Männern stahlen sich heimlich davon. Badger Scoggins trottete zu den aufgeregt durcheinanderrufenden Frauen um Nightshade. Auch Priggs und die Seeleute gesellten sich zu ihnen. Nightshade bestellte eine Runde Ale für alle. Beifällige Rufe füllten die Schänke. Ein wahres Gelage kam dank Nightshades großzügiger Geldbörse in Gang, und es dauerte nicht lange, bis Maudie ein Wirtshaus voller taumelnder, volltrunkener Gäste beherbergte. Dann kam der Augenblick, auf den sie gewartet hatte. Nightshade befreite sich von Ha'penny Hazel und Alice Treacle und schlenderte zu ihr herüber.

»Das gleiche Zimmer wie immer, Maudie?«

»Richtig.«

Ohne zurückzublicken, verschwand Nightshade in dem hinteren Raum, der in die Küche führte. Wenige Minuten später folgten ihm erst Badger, dann Prigg. Nachdem Maudie sich vergewissert hatte, daß niemandem etwas aufgefallen war, überließ sie Mayhew die Aufsicht am Tresen und ging durch die Küche über eine Hintertreppe nach oben. Im letzten Zimmer eines dunklen Flurs hatte Nightshade sich auf einem wackligen Bett ausgestreckt, die Beine an den Knöcheln übereinandergeschlagen, und betrachtete seine Stiefelspitzen. Den Kopf hatte er auf die Arme gebettet, die wiederum auf einem Haufen ihrer besten Kissen ruhten. Ihren einzigen guten Kissen. Finster betrachtete sie Badger und Prigg, die sich hastig auf die andere Seite des Zimmers zurückzogen.

Maudie schloß die Tür, lehnte sich dagegen und

verschränkte die dicken Arme vor der Brust. »Warum bist du zurückgekommen, Nightshade?«

»Die gute Maudie«, erwiderte Nightshade, ohne den Blick von den Stiefeln zu wenden. »Zartfühlend wie Schweinemist. Du hast mir auch gefehlt.«

»Wo du auftauchst, gibt es früher oder später Probleme, wieso sollte ich mich da freuen? Das letztemal, als du dein hübsches Gesicht hier gezeigt hast, haben sie Chokey deinetwegen den Hals aufgeschlitzt.«

»Chokey ging auf eigenen Wunsch mit mir mit.«

»Er ging aus dem gleichen Grund mit dir wie der arme alte Badger oder Prigg oder deine anderen Anhänger. Du verdrehst ihnen den Kopf und beschwatzt sie, bis sie den Tag nicht mehr von der Nacht unterscheiden können, und dann benutzt du sie. Du bist der schlimmste aller Anführer, Nightshade. Du benutzt uns wie deine Stiefel.«

Nightshade richtete sich so rasch auf, daß Maudie zurückgewichen wäre, wenn sie nicht ohnehin schon an der Tür gestanden hätte. Er schwang die langen Beine vom Bett, erhob sich und trat auf sie zu. Auf seinen geschmeidigen dunklen Lippen lag das unbefangene Lächeln eines kleinen Jungen. Er blieb vor Maudie stehen und legte den Kopf auf die Seite.

»Sinn für das Nützliche ist eine Tugend.« Er beugte sich herab und flüsterte: »Und da du am meisten von dieser Tugend profitierst, wirst du dein Gejammer gefälligst für dich behalten, sonst gebe ich dir gute Gründe, dich über mich zu beklagen.«

Aus Maudies Handflächen trat der Schweiß. Sie nickte, doch Nightshade hatte sich bereits abgewandt mit jener mühelosen Gewandtheit, die an die Flugkünste eines Falken erinnerte. In der Mitte des Zimmers hob er die Arme und lachte unbekümmert.

»Gute Nachrichten, meine schurkischen Freunde.

Wir können einen Haufen Moneten scheffeln. Einfach, schnell und reichlich.«

Badgers Knie stießen gegeneinander, so eilig hatte er es, an Nightshades Seite zu eilen. »Wieviel, Boss? Mehr als ein Pfund?«

Nightshade zauste Badgers Haar. »Viel mehr. Sehr viel mehr.«

Prigg trat ebenfalls zu ihnen.

»Wieviel?« fragte er in atemloser Erwartung.

»Aha«, nickte Nightshade. »Mein habgieriger Kumpan, du würdest deine kleine Schwester für ein Pfund an ein Hurenhaus verkaufen, nicht wahr, Prigg?«

Prigg sah ihn wütend an. »Du bist der Teufel selbst, Nightshade. Wieviel?«

»Wenn ihr schnell und leise seid, zehn Pfund für jeden.«

»Zehn Pfund!« Badger begann von einem Bein auf das andere zu hüpfen.

Maudie mischte sich ein. »Um was für eine Art von Arbeit handelt es sich? Es kann kein Raub sein, denn dann würden wir einen Anteil der Beute bekommen. Außerdem muß es gefährlich sein, sonst wäre der Preis nicht so hoch.«

»Du verstehst vielleicht etwas davon, verwässertes Ale zu verkaufen, Maudie, aber glaub bloß nicht, daß du eine Ahnung von der einträglicheren Sorte von Verbrechen hast.« Nightshade nahm seinen Platz auf dem Bett wieder ein und betrachtete die drei mit hämischem Wohlwollen. »Einfache Arbeit, Freunde. Wir müssen nur eine Dame finden, die sich im Elendsviertel verlaufen hat.«

Seine Zuhörer tauschten Blicke aus. Dann sprach Badger. »Die Dame eines feinen Pinkels ist in St. Giles oder Whitechapel verlorengegangen, und wir sollen sie finden?«

»Schlaues Bürschchen«, erwiderte Nightshade, wobei er die Kissen aufschüttelte.

Maudie zuckte mit den Schultern. »Wenn sie schon länger als einen Tag fehlt, ist sie entweder tot oder in einem Bordell.«

Unversehens hatte Nightshade sich hingesetzt und zu ihr umgedreht. Ein böses Grinsen umspielte seine Lippen. »Die nicht.«

»Und warum gerade die nicht?« verlangte Maudie zu wissen.

»Weil sie, meine ehrenwerte Herrin des Fusels und der Trunkenbolde, eine alte Jungfer ist, unansehnlich, zickig, ängstlich und schlampig. Glaub mir. Sie versteckt sich in einem dunklen, stillen Loch, wo sie mit den Zähnen klappert und jammert.«

Priggs schnalzte mit den Fingern. »Warte! Ich habe gehört, daß Mortimer Fleet und seine Hunde nach einer Frau suchen. Ist das die gleiche?«

»Ich glaube kaum«, sagte Nightshade. »Was würde Fleet von einer alten Jungfer wollen? Er sucht wahrscheinlich eher eines von seinen Flittchen, das abgehauen ist, ohne ihm seinen Anteil auszuzahlen.«

Prigg sah Big Maudie unsicher an, die ihren Anführer argwöhnisch musterte. »Bist du dir deiner Sache sicher?«

Nightshade warf den Kopf zurück und lachte leise mit der Freundlichkeit einer Schlange. »Es ist leicht verdientes Geld, Kumpane. Wie schwierig kann es schon sein, ein alte Jungfer aufzuspüren?«

Acht Nächte später eilte die alte Jungfer aus einem Fleischerladen in Whitechapel. Sie trug einen vollen Korb mit festgezurrtem Deckel bei sich. Nach vorsichtigen Blicken in beide Richtungen schlüpfte die Dame in die Dunkelheit der Knife Lane. Sie hastete an

Reihen von vernachlässigten, einstmals eleganten Häusern vorbei und bog in eine Gasse zwischen der Straße und einer Stallung. Dort stellte sie den Korb ab, bückte sich und wühlte in etlichen Metern Stoff nach ihrem rückwärtigen Saum.

Hätte sie keinen abgetragenen Umhang mit Kapuze getragen und wäre sie nicht so sehr darauf bedacht gewesen, nicht gesehen zu werden, hätte Primrose Victoria Dane die Aufmerksamkeit der Straßenhändler, Flittchen, Hafenarbeiter und Aufwartefrauen des östlichen London auf sich gezogen. Nur wenige Zugehfrauen wirkten so zerstreut und hatten diesen abwesenden Blick, der auf ein Bild gerichtet zu sein schien, das sonst niemand sehen konnte; wohl keine trug modische Kleider aus Seide.

Abgesehen von ihrem Kleid hätte Primrose die Blicke all derer auf sich gezogen, die Gefallen fanden an Haaren mit so vielen verschiedenen Blondtönen, wie ein Vogel Federn hat, und fröhlichen Augen, deren graugrüne Tiefen von einem dunkelgrauen Ring umgeben waren. Ihre adrette Erscheinung verlieh ihr eine Aura der Güte, wie man sie in Whitechapel nicht oft antraf. Dieser Eindruck wurde noch unterstützt von ihrer zarten Gestalt, ihrem aparten Gang und einer entschuldigenden Zögerlichkeit, die Prim oft an sich hatte, wenn sie in Gesellschaft war. Mit Bestimmtheit würde niemand ihrer Bekannten oder der Einwohner des östlichen London erwarten, daß sich die weichen Hände von Miss Primrose Victoria Dane mit den feingliedrigen Fingern und den pinkfarbenen Fingernägeln mit Dingen abgaben, die sie in letzter Zeit hatte tun müssen, um zu überleben.

Diese rosaroten Fingernägel fanden schließlich den Saum ihres Kleides, zogen ihn zwischen ihren Beinen nach oben und stopften ihn vorn in den Rockbund.

Nun konnte sie sich frei bewegen und klettern, ohne über ihre Röcke zu stolpern. Sie nahm den Korb wieder auf, hängte ihn sich über den Arm und stieg auf einen Karren mit einer gebrochenen Speiche, der neben dem Stall abgestellt worden war. Auf dem Sitz balacierend griff sie nach einem Fenstersims und begann sich hinaufzuziehen.

Prim hatte nicht mehr annähernd so viel Angst wie vor zwei Wochen, als sie weggelaufen war. Eigentlich wollte sie gar nicht weglaufen, aber das machte man automatisch, wenn man Zeugin eines Mordes wurde und der Mörder einen in die Winkel von St. Giles verfolgte. Sie war unterwegs gewesen, um die armen Kindern der Kettles zu unterrichten, und hatte es eilig gehabt, weil Lady Freshwell sie wieder einmal mit ihren Einwänden aufgehalten hatte. Ständig lag sie ihr damit in den Ohren, daß sie sich ›in die Gesellschaft einer gewöhnlichen Person‹ begab, womit sie Alice Kettle meinte, die den ganzen Weg durch London allein zurückgelegt hatte, um Prim abzuholen. Lady Dorothy Freshwell, die von Prim heimlich ›Igel‹ genannt wurde, da sie unglückseligerweise jenem spitznasigen, stachligen Tier gleichsah, war ihre Tante.

Prim war schließlich dem Igel entkommen und hatte mit Alice eine der Freshwell-Kutschen genommen. Durch die Verzögerung waren sie erst bei Einbruch der Dämmerung in St. Giles angekommen. Da Tante Freshwell die Kutsche unverzüglich zurückhaben mußte, stieg Prim ein paar Straßen vor ihrem Ziel aus und schickte sie zurück. Alice kannte eine Abkürzung zu dem Haus, in dem der unkonventionelle Unterricht abgehalten wurde.

Sie eilten durch die immer dunkler werdenden Straßen und bogen in eine schmale Gasse neben einer

Schänke. Hinterher konnte Prim nicht mehr sagen, warum sie angehalten hatte; vielleicht waren es die Stimmen der Männer – so hart und grausam. Auf jeden Fall sah sie auf einmal drei Gestalten vor sich, packte Alice und drückte sich mit ihr an eine Wand. Behutsam und so unauffällig wie möglich versteckte sie sich hinter einem Stapel von Körben, der ihr bis ans Kinn reichte.

Warum war sie dageblieben? In der kurzen Zeitspanne, in der sie sich noch leicht hätte davonstehlen können, sah sie kurz das Gesicht der Frau. Auffallend rot gefärbte Wangen, Lippen in leuchtendem Karmesin, die Gesichtszüge verzerrt, als der erste Mann das Messer über ihren Kopf hob. Vor Grauen und Fassungslosigkeit erstarrt, öffnete Prim den Mund zu einem warnenden Schrei, als der zweite Mann die Frau packte. Der Schrei blieb ihr in der Kehle stecken, und das Messer fuhr herab.

Prim unterbrach den Aufstieg für einen Moment. Sie kniff die Augen zusammen und drängte die Bilder zurück. Statt dessen sah sie nun den zweiten Mann vor sich, einen Mann, von dem sie niemals erwartet hätte, ihn in St. Giles anzutreffen. Wieder hörte sie seine Worte: »Mach es, Fleet.‹ Drei Worte, die so etwas Grauenhaftes angerichtet hatten. Warum hatte sie nicht auf der Stelle die Gasse verlassen? Hätte sie das getan, hätte sie nicht gehört, wie der zweite Mann den Befehl gab, hätte niemals gesehen, wie er die Ausführung des Mordes mit dem gelassenen Ausdruck des Besuchers einer Kunstgalerie betrachtete.

Sie kannte seinen Namen, den Namen des Mannes, der mit drei ruhig dahingesagten Worten einen Mord veranlaßt hatte. Erst im vergangenen Monat hatte er den Ball ihrer Tante besucht. Eigentlich hätte er in einem seidenbehängten Salon oder auf einer Bank im

Parlament sitzen sollen. Prim biß sich auf die Unterlippe und zwang sich, das Gesicht des Mannes vorläufig aus ihrem Gedächtnis zu verbannen. Sie mußte sich darauf konzentrieren, lebend und unbemerkt in die Wohnung der Kettles zu gelangen.

Sie hielt sich an der Mauer fest und zog sich auf die Traufrinne des Stalls hinauf. Alice Kettles jüngere Brüder, die Zwillinge Hal und Hugh, hatten ihr beigebracht, sich auf Dächern fortzubewegen. Vorsichtig tastete sich Prim über den Stall. Am nächsten Gebäude kletterte sie über einen Fensterrahmen auf ein höheres Dach und überquerte es. Prim mußte fast lächeln, als sie daran dachte, was Lady Dorothy Freshwell zu dieser Aktivität sagen würde, sofern sie ihren Schützling überhaupt erkennen könnte. Zweifellos würde sie ihre Stacheln ausfahren und sich über das Benehmen der wahren Primrose beklagen, dieser zurückgezogenen, in Bücher vernarrten Träumerin, die keinen Ärger machte und sich selten in den Vordergrund drängte. Ihre verzwickte Lage hatte es notwendig gemacht, ihrem Leben eine drastische Wende zu geben, doch Prim zweifelte keine Sekunde daran, daß Lady Freshwell eher ihren Tod in Kauf genommen hätte, als zu erfahren, daß sie auf Dächern herumkletterte und bei den Kettles wohnte.

Noch eine ganze Weile bewegte sie sich auf diese Weise fort, immer hoch über den Straßen, bis sie schließlich gezwungen war, einen winkligen Weg zu benutzen, der an Gaststuben, einem Varietétheater und einem Bordell vorbeiführte, von dessen Existenz sie erst vor kurzem von den Zwillingen erfahren hatte. Anschließend kam sie an eine Kreuzung, an der eine Gaslampe stand. Als sie aus dem Schatten treten wollte, ging ein Mann mit einer Pfeife in einer häßlichen grün und rot karierten Weste an der Laterne vorbei.

Prim erschrak und zog sich rasch in die Dunkelheit der Gasse zurück. Der Mann blieb in dem gelben Lichtschein stehen, um Tabak in die Pfeife zu stopfen und sie anzuzünden. Sein Gesicht war rußverschmiert, als arbeite er in einer Kohlenmine, und sein Haar, das einst blond gewesen sein mochte, war fettig und klebte ihm am Kopf. Als er an der Pfeife zog, konnte Prim sehen, daß seine Vorderzähne ganz braun waren. Sie kannte diesen Mann.

Jowett war einer der Ganoven, der sie aufspüren sollte. Die beiden Mörder hatten sie in jener Nacht gesehen. Sie hatten sie gejagt und aus den Augen verloren, und nun hatten sie ihre Handlanger ausgeschickt, um sie zu finden. Deshalb konnte Prim auch nicht nach Hause zurückkehren. Niemals würde sie das West End von London lebend erreichen. Es war schon schwierig genug, Nahrungsmittel für die Kettles zu besorgen, die sie bei sich aufgenommen hatten und sie versteckten, aber sie war entschlossen, es zu schaffen. Betty Kettle war gerade mit ihrem neunten Kind niedergekommen. Die arme Frau war ausgemergelt und unterernährt. Sie brauchte das Hammelfleisch und die frische Milch in Prims Korb. Von ihrem Ehemann konnte sie keine große Hilfe erwarten, denn der vertrank den größten Teil seines Lohns.

Prim wartete, bis Jowett außer Sichtweite war, ehe sie die Kreuzung überquerte. Dann schwang sie sich wieder auf die Dächer. Jowett besaß einen Partner namens Stark. Prim war mehrere Male von den beiden verfolgt worden. Sie arbeiteten immer zusammen, so daß sie sich vor dem Paar in acht nehmen mußte. Sie hatte gerade ein flaches Dach hinter sich gelassen und wollte sich auf ein niedrigeres hinablassen, als Jowett pötzlich wieder auftauchte. Rasch bückte sie sich und beobachtete, wie er die Straße hinabstolzierte und fast genau unter ihr stehenblieb. Er drehte seinen spitzen, schmutzigen Kopf in einem Halbkreis wie ein gefräßiger Geier. Dann lehnte er sich an die Wand und zog einen Tabaksbeutel heraus.

Prim wartete noch eine Weile, doch Jowett schien Wurzeln geschlagen zu haben. Je länger sie im Freien war, desto größer wurde das Risiko, entdeckt zu werden. Prim stellte leise den Korb ab und musterte das Dach. Es war mit alten Zeitungen, Glasscherben und Stroh übersät. Hier und da lagen Ziegelsteine und Mörtelbrocken. Prim wog einen Ziegelstein in der Hand und umfaßte entschlossen die rauhe Oberfläche, als sie aus dem Augenwinkel eine Bewegung wahrnahm. Sie konnte jedoch nichts Außergewöhnliches erkennen und schalt sich wegen ihrer Überempfindlichkeit. Dann sah sie über den Dachtrauf auf Jowetts Kopf hinunter.

Der Mann trug eine Mütze, aber die war aus dünnem Material. Prim spreizte die Beine ein wenig, suchte sich mit den Füßen sicheren Halt und hob den Ziegelstein mit beiden Händen hoch. Sie hatte sich beim Ballspielen mit ihrem jüngeren Bruder immer ganz geschickt angestellt und betete nun zu Gott, daß sie das Werfen nicht verlernt hatte. Prim faßte ihr Ziel genau ins Auge, holte aus und schleuderte den Ziegelstein. Das Geschoß traf Jowett genau in der Mitte seines schmutzigen Schädels. Er fiel zuerst auf die Knie und dann, ohne einen Ton von sich zu geben, auf den Boden. Die Pfeife und den Tabaksbeutel hielt er immer noch in den Händen.

Prim klopfte sich die Hände ab, nahm den Korb wieder an sich und machte sich zum Sprung auf das nächste Gebäude bereit. Sie ging in die Knie und wollte sich gerade abstoßen, als etwas sich um ihre Taille schlang und sie zurückhielt. Jemand hielt sie fest! Schon halb in der Luft, wurde sie auf die Füße zurückgeholt, doch in ihrer Panik verlor sie den Halt. Der Korb glitt ihr aus den Händen, und der Rock löste sich. Unsanft landete sie neben dem Korb auf ihrem Gesäß, die Röcke über die Knie nach oben gerutscht, die Kapuze ihres Umhangs verschoben. Ohne den Schmerz in ihrem Gesäß richtig wahrzunehmen, kämpfte Prim sich durch die Falten ihres Umhangs und ihrer Röcke und griff nach dem Ziegelstein, der ganz in ihrer Nähe lag. Dann rappelte sie sich auf die Beine und wich vor der dunklen Gestalt vor ihr zurück.

»Noch einen Schritt näher, und ich erschlage Sie!«

Wenn sie sich jemals das Gelächter eines Dämonen vorzustellen versucht hätte, wäre es genau dieses grollende Knurren gewesen, das ihr nun entgegenschlug: Spott, das dumpfe Dröhnen von Kirchenglocken, abgrundtiefe Bösartigkeit, alles, was man von einem gefallenen, durch und durch verderbten Engel erwarten würde. Angst legte sich wie ein eisiges Tuch um sie. Der Mann, der sie festgehalten hatte, kam immer näher, so nah, daß sie ihn im Mondschein erkennen konnte. Sein Gesicht war in silbernes Licht getaucht. Schmale Lippen verzogen sich zu einem Lächeln, das sie fast erleichtert aufatmen ließ. Doch als sie in seine Augen blickte, geriet sie in einen schwarzen Sog. In diesem Augenblick wußte Prim, daß sie sterben würde.

Der Mann fuhr mit einer Hand in seinen Umhang und zog etwas heraus. Prim hätte fast den Stein fallenlassen, weil sie glaubte, es handle sich um ein Messer, doch der Mann sah sie nicht einmal an. Er betrachtete ein Bild. Sein Blick wanderte zu ihrem

Gesicht, und seine Augenbrauen zogen sich zusammen. Dann veränderte sich sein Ausdruck noch einmal, und der Spott und die grausame Härte kehrten zurück. Sie hörte ein sanftes Murmeln, das ihre Angst eigentlich hätte mildern sollen, doch statt dessen wurde sie nur noch schlimmer.

»Schlag mich einer tot. Es ist tatsächlich endlich die alte Jungfer.«

2

Den Schurken, der vor ihr stand, hatte sie noch nie gesehen, da war sie sicher. An ihn hätte sie sich gewiß erinnert: die spöttische, drohende Ausstrahlung, die Augen, so schwarz und grimmig wie die Nacht, die lässige und entspannte Haltung, die seine blitzschnelle Beweglichkeit Lügen strafte. Außerdem hätte sie sich an ihn erinnert, weil er sauber war. Schwarze Haare, schwarze Kleidung, schwarze Gedanken – und doch trug er seine groben Kleider, als seien sie für ihn maßgeschneidert. Sein Haar war lang, fiel ihm fast bis zu den Schultern, und er hatte die Angewohnheit, den Kopf zu neigen und wie durch einen dunklen Vorhang aufzuschauen. Diese Geste hätte ihn eigentlich schüchtern wirken lassen müssen; aber das völlige Fehlen auch nur der geringsten Spur eines Gewissens oder gar Mitleids in seinen Augen ließen ihn nur noch gefährlicher erscheinen.

Der kurze Moment, in dem sie ihren Angreifer mustern konnte, war rasch wieder vorbei, und sie stellte fest, daß er sie anlächelte.

Alte Jungfer? Dieser Höllenhund hatte sie eine alte Jungfer genannt! Seit sie Zeugin des Mordes gewesen war, hatte Prim allerhand Erfahrungen gesammelt. Dazu gehörte die Erkenntnis, daß ihr in den Elendsvierteln von London gute Manieren und Wohlanständigkeit wenig nützten; eine andere Erkenntnis war, daß es ihr gefiel, nicht ständig auf Etikette achten zu müssen. Während der Halunke sie weiterhin anlächelte, bückte sie sich langsam und griff nach dem Korb.

»Sie sind nicht annähernd so häßlich wie auf dem Bild«, stellte der Schurke fest.

»Ich hoffe, Sie verzeihen mir, wenn ich mich bei Ihnen für dieses Kompliment nicht bedanke.«

Prim wartete vergeblich auf eine Antwort, und als sie sich wieder aufrichtete, sah sie, daß sein Blick an ihr hinuntergewandert war. Sie blickte ebenfalls an sich hinab. Ein Zipfel ihres Rocksaums steckte noch immer im Rockbund und gab ihre Beine frei. Ein Strumpf war zerrissen und entblößte weiße Haut vom Schenkel bis zur Wade. Als sie den Kopf hob, begegneten sich ihre Blicke. Wieder diese seltsame Haltung – er hatte den Kopf gesenkt, so daß er zu ihr aufschaute. Wieder nahmen seine Augen einen grausamen und beunruhigenden Ausdruck an.

Erstaunt mußte sie feststellen, daß sein Verhalten eine sonderbare Reaktion in ihr auslöste. Einen Moment lang war sie verängstigt, und doch fasziniert und aufgewühlt – bis er erneut lächelte. Dieser unverschämte Mensch wußte, was sie empfand! Er hatte sie absichtlich auf diese Weise angesehen! Ihre Reaktion machte Prim Angst, und ihre Angst machte sie wütend. Sie nahm den Korb, holte damit aus und stieß ihn dem Halunken in den Bauch.

»Ufff!« Er hielt sich den Bauch und beugte sich vor.

Den Ratschlag von Hal und Hugh befolgend, einem Feind dann eins überzubraten, wenn er unten war, schlug Prim ihrem Angreifer den Korb auf den Kopf. Er ging in die Knie. Als sie über das Dach davonhastete, folgte ihr ein Fluch, der dem Mann einen Platz in der Hölle gesichert hätte, wäre ihm dort nicht schon längst einer reserviert gewesen. Sie beschleunigte ihr Tempo und überwand mit einem Sprung die Lücke zwischen zwei Dächern.

Hinter sich hörte sie Schritte. Er folgte ihr bereits,

und er war zu schnell, als daß sie ihm hätte entkommen können. Prim wandte sich nach rechts und sprang auf ein Dach, das ein Stockwerk niedriger war. Dann hangelte sie sich über die Dachkante und kletterte rutschend auf den Straßengrund. Ohne zu verweilen, glitt sie in den Schatten, weg von der Gaslaterne, zwischen einen Stapel Kisten und die Wand des Gebäudes, von dem sie gerade herabgeturnt war. Sie zog die Kapuze ins Gesicht, drückte sich an die Ziegelsteine und zwang sich, tief und geräuschlos zu atmen. Dann wartete sie.

Ihr Atem hatte sich noch nicht beruhigt, als sie das behutsame Aufsetzen von Füßen über ihrem Kopf hörte. Gleich darauf fiel ein länglicher Schatten keinen Meter neben ihr von oben an die Wand. Prim atmete gleichmäßig weiter. Der Halunke blieb unbeweglich im trüben Licht der Laterne stehen; der schwarze Vorhang seines Haars bewegte sich, als er den Kopf drehte, auf die Seite legte und lauschte. Als er sich ihr zuwandte, hätte Prim fast aufgeschrien. Dann blickte er weg, und sie dankte dem Schicksal.

Urplötzlich war er verschwunden. Daß er sich in Luft auflösen konnte, war noch furchtbarer, als wenn er sie weiter verfolgt hätte. Es bedeutete, daß er jederzeit auftauchen konnte, ohne jede Vorwarnung. Prim begann zu zittern, sie mußte sich sehr zusammennehmen.

Verlier jetzt nicht den Mut. Reiß dich zusammen. Was sagten Hal und Hugh? Wenn sie dich jagen, schlage einen Bogen um sie, so daß du hinter ihnen bist. Mach einen Bogen, Primrose Victoria, einen Bogen.

Sie wartete noch ein paar Minuten, ehe sie das Hafenviertel durchquerte. Es war ein sehr langer Weg, doch unterwegs begegnete sie dem schwarzhaarigen Schurken nicht mehr und gelangte wohlbehalten in die dichtgedrängte Wohnung der Familie Kettle.

Auch in den nächsten beiden Tagen sah sie keinen ihrer Verfolger. Den größten Teil des Tages brachte sie damit zu, Betty Kettle zu versorgen, die sich nicht besonders gut von der Geburt ihres neunten Kindes, des kleinen George, erholte. Die Lebensmittel, die Prim besorgte, waren zwar eine große Hilfe, aber die Familie lebte ständig an der Schwelle des Elends, verursacht durch den trunksüchtigen Vater.

Voller Furcht und Ungewißheit, wie sie ihre gefährliche Lage beenden konnte, war Prim hin und her gerissen zwischen dem Wunsch, nach Hause zurückzukehren, und der Angst, entdeckt zu werden und Unheil über die Kettles zu bringen. Der dritte Tag brach an, düster und freudlos, wie ein Tag im November in einer Unterkunft ohne Wasser und sanitäre Einrichtungen nur sein konnte. Die Familie teilte sich mit den Bewohnern des ganzen Gebäudes ein Aborthäuschen im Freien. Die öffentliche Wasserpumpe stand ein Stück entfernt an der Straße. Das Wasser war oft verdorben, denn es stammte aus der Themse, der Abfallgrube der ganzen Stadt.

Prim stieg beladen mit zwei Eimern Wasser die Treppe in den dritten Stock hinauf. Die kleineren Kinder spielten auf der Straße, und Sidney Kettle, Bettys Mann, war zum Hafen gegangen, um sich nach Arbeit umzusehen. Hal und Hugh gingen ihren ruchlosen Geschäften nach und kamen erst nach Einbruch der Dunkelheit zurück. Prim stellte die Eimer auf dem Treppenabsatz ab und öffnete die Wohnungstür. Alice Kettle kam ihr mit dem neugeborenen George auf dem Arm entgegen. Das Mädchen sah viel zu dünn und schwach aus, um den Säugling in seiner Decke tragen zu können, aber Prim hatte schon herausgefunden, daß sich hinter ihrem schwächlichen Äußeren ein starker Charakter und auch körperliche Kraft verbargen. Alice kümmerte sich um alle Kinder. Eigentlich versorgte sie die ganze Familie, eine erstaunliche Leistung für ein zehnjähriges Kind.

»Mama schläft«, flüsterte Alice. »Sie sieht viel besser aus, seit Sie ihr das Fleisch gegeben haben, Miss.« Alice legte sich George an die Schulter und klopfte ihm sanft den Rücken.

»Das freut mich.«

Prim stellte einen Eimer ab und trug den anderen zu der eisernen Kohlenpfanne, der einzigen Kochstelle. Sie goß Wasser in einen Topf und stellte ihn auf die Feuerstelle. Es würde lange dauern, bis das Wasser kochte, aber sie hatte gehört, daß das Wasser besser war, wenn man es gekocht hatte.

»So«, sagte sie zu Alice, »wo sind die Stopfarbeiten?«

Alice zeigte auf einen Haufen Kleidungsstücke auf einem der Strohlager, die als Betten für die Kinder dienten. Solange Prim nähte, unterhielt sie sich mit Alice über ihre Familie, ihre Pläne und Erlebnisse. Nachdem sie dem Mädchen eine Weile zugehört hatte, schweiften ihre Gedanken zu dem schwarzhaarigen Halunken, wie so oft seit jenem Zusammentreffen. Er war so anders gewesen als ihre vorherigen Verfolger. Seine Haut und seine Kleider waren sauber gewesen; Prim hatte schon vor langer Zeit festgestellt, daß Armut Reinlichkeit zu einer schwierigen Sache macht. Er mußte also ein erfolgreicher Verbrecher sein.

Auch seine beeindruckende Gestalt war äußerst beunruhigend. Prim schämte sich, daß sie von einem Mann träumte. Sie hatte sich auch schon früher romantische Szenen ausgedacht, aber in den Träumen der letzten Tage fand sich nur wenig Romantik. In ihnen spürte sie keine schwärmerische, selbstlose Liebe, sondern Verlangen. Wohlerzogene junge Damen durften nicht davon träumen, einen Mann so zu berühren, wie sie in ihrer Fantasie den schwarzgekleideten Straßenräuber berührte.

Ihre Träume begannen stets damit, daß er vor ihr stand, halb von der Dunkelheit verborgen, den Kopf auf jene geheimnisvolle und bedrohliche Weise gesenkt. Sein Haar gab nur seine Augen frei, die sie mit dem seltsamen Ausdruck fixierten, der sie gleichzeitig einschüchterte und anzog. Wieso hatten seine Augen eine solche Macht über sie? Er lächelte nicht. Die Härte seiner Züge hätte vermuten lassen können, daß er als nächstes eine Todesdrohung ausstieß, doch in ihren Träumen war dieser Blick nur die Verheißung ungeahnter Freuden – dunkler, wilder und verbotener Freuden. Sie hoffte, ihm nie wieder zu begegnen.

»Haben Sie immer noch vor, heute abend zum Fischmarkt zu gehen, Miss?«

»Wir brauchen etwas zu essen.«

»Aber ich kann doch gehen, Miss. Ich war schon oft dort.«

»Du machst sowieso schon viel zu viel«, widersprach Prim und legte einen geflickten Kittel weg. »Heute abend mußt du dich ausruhen.«

Alice schmiegte ihre Wange an den schlafenden Säugling. »Papa will mehr Miete.«

Als Prim bei den Kettles Zuflucht gesucht hatte, hatte Sidney Bezahlung für Zimmer und Verpflegung verlangt und war mit dem Geld prompt im Wirtshaus verschwunden, um den gesamten Betrag zu vertrinken. Wenn Sidney kein Geld mehr für seine Zechgelage hatte, wurde er gewalttätig. Alice und die Kinder waren die meiste Zeit damit beschäftigt, Geld zu beschaffen, um ihn in einem friedlichen Rauschzustand zu halten.

Prim hob den Rock und nahm einen Shilling aus einer Tasche in ihrem Unterrock. Sie gab Alice das Geldstück und sagte: »Gib ihm das.«

Alice bedankte sich und steckte die Münze in ihre Schürzentasche. »Sie sollten nach Hause gehen, Miss. Es ist nicht richtig, daß Sie hier sind. Hier ist es nicht gut genug für Sie.«

»Für dich auch nicht, Alice, oder für sonst jemanden. Du weißt, daß ich nicht nach Hause gehen kann. Der Mann, den wir gesehen haben, kennt mich. Mit Sicherheit läßt er das Haus von Lady Freshwell beobachten.«

Prim hatte keine Familienangehörigen außer ihrem Bruder John Harold in Oxford. Nachdem ihr Vater gestorben war, hatte John Harold das Familiengut geerbt, das treuhänderisch verwaltet wurde, solange er an der Universität war. Als Sohn und Erbe hatte er fast alles bekommen. Wie Sidney Kettle hatte auch Prims Vater eine Vorliebe für Schnaps gehabt und hatte seiner Familie außer dem unveräußerlichen Erbgut nur wenig Geld hinterlassen, um den Lebensunterhalt zu bestreiten.

Prim hatte eine kleine Summe zur Verfügung, zwar nicht genug, um sich ein Haus davon zu kaufen, aber genug, um sich mit Lebensmitteln und Kleidung zu versorgen. Auch hatte das Geld anscheinend nicht ausgereicht, um den Haushalt weiterzuführen, nachdem John Harold zur Universität gegangen war, so daß das Haus geschlossen wurde und Tante Freshwell aus Pflichtgefühl angeboten hatte, Prim als ihre Gesellschafterin bei sich aufzunehmen. Angesichts ihrer ausweglosen Lage hatte Prim den Vorschlag angenommen.

Inzwischen dachte Lady Dorothy Freshwell zweifellos, daß Prim tot war. Vermutlich hatte ihre Tante eine Handvoll Diener ausgeschickt, um sie zu suchen, nachdem sie zur verabredeten Zeit nicht zur Kutsche gekommen war. Natürlich war die Suche ergebnislos geblieben. Was sie und ihr Sohn Newton, Lord Freshwell, danach unternommen hatten, um ihre Verwandte wiederzufinden, konnte Prim nur mutmaßen.

Oberstes Gebot war dabei Diskretion. Lady Freshwell fürchtete nichts mehr als einen Skandal, erst recht, nachdem Newton Aussichten hatte, in das Gefolge der Königin aufgenommen zu werden. Die Mitgliedschaft in einer so erlauchten Gemeinschaft war der Leitstern, um den Newtons Leben kreiste. Das war auch der Hauptgrund dafür, warum er und seine Mutter so oft Gesellschaften gaben – um Gunst zu buhlen, war eine zeitaufwendige Beschäftigung. Eine teure außerdem. Prim wünschte ihm Erfolg, denn Newton war ein lästiger, aufgeblasener kleiner Jammerlappen, den sie auch nicht vermissen würde, wenn er Monate bei Hofe zubringen würde.

Prim hob die Flickarbeit hoch, um besser zu sehen. Es wurde langsam dämmrig. Dann legte sie ihre Arbeit aus der Hand. »Wenn wir Fischpastete zum Abendessen wollen, sollte ich langsam aufbrechen.«

In einer Ecke des Zimmers hing ein Flickenvorhang an einem alten Seil als eine Art Abtrennung. Dahinter schlief Betty Kettle in dem einzigen Bett, das die Familie besaß. Betty war nicht viel älter als Prim, aber die Geburten so vieler Kinder und die harte Arbeit als Zugehfrau hatte ihre Gesundheit schwer angegriffen. Nachdem sie sich vergewissert hatte, daß Bettys Kindbettfieber nicht wieder aufgeflammt war, legte Prim ihren Umhang um. Bevor sie den Korb nahm, prüfte sie, ob ihr Schatz noch in der geheimen Tasche im Futter des Umhangs steckte. Sie fühlte den Umriß eines Buchs. Es war nicht viel größer als ihre Hand, aber es war mehr wert als ihre sämtlichen Besitztümer zusammen, zumindest für Prim. Beruhigt machte sie sich auf den Weg zum Fischmarkt in Billingsgate.

Sie hätte Fischpastete von einem Verkäufer in Whitechapel kaufen können, aber die Straßenhändler waren dafür bekannt, daß sie minderwertige, manchmal sogar verdorbene Zutaten verwendeten. Es war sicherer, zum großen Markt am Hafen zu gehen, wo eine Freundin von Betty der Familie einen Vorzugspreis machte. Als es dunkel wurde, mischte sie sich in die Menschenmenge, die durch die Straßen von London strömte. Die Stadt hatte das menschliche Inventar ihrer Armenhäuser, Banken, Grünanlagen, Plätze, Gasthäuser und Läden ausgespuckt. Der Lärm zahlloser Pferde, Karren, Fuhrwerke, Omnibusse und Trambahnen umfing sie, untermalt von den Rufen der Händler und Straßenjungen.

In Billingsgate lichtete sich die Menge ein wenig, dafür war alles vom Geruch nach Fisch durchdrungen. Sie hörte die Rufe der Verkäufer: »Fünf Meerbutte und ein Steinbutt! Alles für ein Pfund! Hierher! Hierher! Hier gibt's herrliche Bücklinge! Wer greift zu?«

Sie trat in einen großen Schuppen, in dem lange Tische mit schimmernden toten Tieren aufgereiht waren: Steinbutte an Bindfäden, Hummer, Körbe voller Heringe mit glitzernden Schuppen. Männer mit schweren Packkörben und Frauen mit von ihren Schürzen baumelndem Kabeljau rempelten sie an.

Prim hielt nach Bettys Freundin Ausschau, die Kabeljau verkaufte und eine grüne Schürze trug. Sie bahnte sich einen Weg durch die Stände, Körbe und Packkörbe und wäre fast gegen einen Mann mit rötlichem Haar geprallt, der plötzlich vor ihr stand. Er wich ihr im letzen Moment aus, als Prim gerade eine grüne Schürze hinter einem Tisch mit zuckenden Hummern entdeckte. Als sie um den Tisch herumging, packte eine kalte Hand ihr Handgelenk und drehte sie zu sich um. Der Mann mit dem rotblonden Haar grinste sie an.

»So, junge Dame, Sie kommen jetzt schön mit dem alten Badger mit.«

Wie versteinert starrte Prim Badger an, dessen Haut die gleiche Farbe hatte wie der Bauch eines Steinbutts. Er zog an ihrer Hand. Prim ließ den Korb fallen.

»Lassen Sie mich los, Sir.« Verstohlen tastete sie mit der anderen Hand hinter sich, während sie Badger wütend anstarrte.

»Nie und nimmer, Missy. Dafür sind Sie zuviel wert. Kommen Sie schon.«

Entsetzt sah Prim, wie Badger sich umdrehte und über seine Schulter rief: »Hab' sie, Nightshade, niedlich wie ein kleines Kätzchen.«

Ein Mann löste sich aus einer Menge vor einem Verkaufsstand. Sein sauberer schwarzer Anzug stach von der groben Kleidung der Fischverkäufer ab. Prims Augen wurden noch runder als die der toten Fische, als sie den schwarzhaarigen Schurken erkannte.

»Himmel nochmal!« Sie packte einen Hummer und schmetterte ihn Badger auf den Kopf.

Badger schrie auf, als das Tier eine seiner Zangen in seine Nase schlug. Er ließ Prim los, griff nach dem Hummer und stolperte rückwärts gegen Nightshade, der wiederum gegen einen Mann mit einem Packkorb fiel. In dem darauffolgenden Durcheinander stürzte der Korb, und Steinbutte schlitterten über den Boden. Prim hastete bereits an Fischstapeln vorbei davon. Sie wagte es nicht, zurückzublicken. Mit klopfendem

Herzen drängte sie sich an Kunden und kleinen Gruppen vorbei, die ihre Einkäufe untereinander verteilten.

Nachdem sie eine Schar von Frauen, die Eimer mit Fisch trugen, hinter sich gelassen hatte, begann sie zu laufen. Dies war nicht Whitechapel, wo sie schon ein paar Straßen kannte. Sie würden sie fangen und in den Fluß werfen! Prim hatte furchtbare Angst vor dem Ertrinken. Wie schrecklich es sein mußte, wenn Wasser in die Nase, den Hals und die Lungen drang und man erstickte! Bestimmt würden sie sie fesseln, damit sie nicht schwimmen und sich ans Ufer retten konnte.

Die Angst trieb sie weiter. Prim lief durch die Straßen, schlug Haken, hastete durch Stallungen und verlassene Lagerhäuser, immer in Richtung Norden nach Whitechapel. Irgendwann war sie dann aber doch so außer Atem, daß sie stehenbleiben mußte. So weit wie möglich von einer Straßenlaterne entfernt, versteckte sie sich in einem Türbogen.

Inzwischen war es stockdunkle Nacht. Wolken verliehen dem Mond einen gelbgrünen Schimmer, und der schmutzige Nebel war in die Straßen von London zurückgekehrt. Prims Brust hob und senkte sich heftig. Sie wischte sich das Gesicht mit einem Taschentuch ab, das anschließend ganz grau war von dem Ruß, der immer in der Luft zu hängen schien. Sie hatte schrecklichen Durst; ihr Haar hing feucht und strähnig herab, und sie schlotterte, wenn auch mehr vor Angst als vor Kälte. Da – ein Geräusch!

Prim zog sich noch tiefer in den Türbogen zurück, bis sie gegen die Tür stieß. Eine Kutsche fuhr vorbei, und Prim holte erst wieder Luft, als sie wieder weg war. Dann taumelte ein Mann um eine Ecke. Er nahm einen Schluck aus einer Flasche und stolperte mit unsicheren Schritten über die Straße. Prim ließ ihn nicht aus den Augen. Ihr ganzer Körper war angespannt, um sofort davonstürmen zu können, sollte er sich plötzlich zu ihr umdrehen. Der Mann tastete sich nun an der Wand entlang, um nicht umzufallen.

Noch während sie ihm zusah, öffnete sich die Tür hinter ihrem Rücken, und sie fiel nach hinten. Zwei Arme umschlangen sie und hoben sie hoch. Die Arme hielten sie so fest, als sei sie mit Stricken gefesselt. Bevor sie schreien konnte, legte sich eine Hand auf ihren Mund. Mit ihrer ganzen Kraft trat sie mit einem Bein aus. Ein Fluch war die Antwort. Sie strampelte weiter. Über ihrem Kopf hörte sie eine belustigte Stimme.

»Sie sind eine richtig schlaue und hinterhältige Person, und wenn Sie mich noch einmal treten, verpasse ich Ihnen einen Hieb, der noch schlimmer ist, als der, den Sie dem armen alten Badger verabreicht haben.«

Prim hörte auf, um sich zu treten. Sie konnte seine Hände auf ihren Rippen spüren.

»Schon besser. Schlag mich einer tot, wenn Sie nicht die verfluchteste alte Jungfer sind, die die Welt je gesehen hat.«

3

Damit hatte er nicht gerechnet. Nightshade drückte Miss Dane noch fester an sich, während er darauf wartete, daß Badger und Prigg mit der zweirädrigen Droschke erschienen, die sie geliehen hatten. Er war gebeten worden, ein wohlerzogenes Fräulein im East End von London zu finden, was mit mehr Schwierigkeiten verbunden gewesen war, als wenn er seinem alten Feind Mortimer Fleet über den Weg gelaufen wäre. Sie wand sich unter seinen Händen, und er zischte einen Fluch. Sie mochte ja nicht besonders attraktiv sein, aber sie so nah zu spüren, weckte prompt sein Verlangen.

»Badger und Prigg soll der Teufel holen«, flüsterte er. »Wo bleiben sie bloß?«

Seine Gefangene gab ihm keine Antwort. Wie hätte sie auch etwas sagen sollen mit seiner Hand vor dem Mund – ihrem warmen, weichen, rosaroten Mund. Wie kam er dazu, so etwas zu denken? Alte Jungfern hatten keinen warmen, weichen Mund. Und schon gar nicht einen rosaroten mit einer vollen Unterlippe und der Angewohnheit, beim Nachdenken eine kleine, rosige Zunge darüberlecken zu lassen.

Der Teufel sollte sie holen! Sie war der Grund, warum er an einen Ort zurückkehrte, den er vergessen wollte. Und sie war ihm entwischt. Niemand entwischte Nightshade. Big Maudie und ihre Meute würden sich biegen vor Lachen, wenn sie wüßten, daß diese kleine Person ihn auf den Dächer von Whitechapel an der Nase herumgeführt hatte.

Sie hätten sich über sein Debakel gefreut. Das war

eines seiner neuen Worte. Debakel; es bedeutete Niederlage. Er hatte sich ein Lexikon besorgt. Interessante Sache, so ein Lexikon. Darin gab es endlose Listen von komplizierten Wörtern, die so etwas einfaches wie Niederlage bedeuteten.

Die alte Jungfer begann erneut, sich zu winden. Ihre Hüften rieben sich dabei an ihm, und Nightshade spürte, wie eine lüsterne Woge seinen Körper erschauern ließ.

»Debakel!«

Sie versuchte, den Kopf zu drehen, als wollte sie ihn etwas fragen. Nightshade senkte die Stimme. »Sie erhalten noch eine einzige Warnung, Miss Primrose Dane. Hören Sie endlich auf, Ihr Hinterteil an meinen empfindlichen Stellen zu scheuern, wenn Sie nicht auf dem Boden landen wollen. Es ist erstaunlich, was ein Mann für Dinge vollbringt, wenn sein Blut in Wallung gerät.«

Unverzüglich wurde sie so steif wie ein Grabbildnis in der Westminster Abtei. Zum Glück ratterte in diesem Moment die Droschke heran, und Prigg sprang heraus. Nightshade setzte seine Gefangene in die Kutsche, ehe sie protestieren konnte. Er drohte ihr mit den grausamsten Folgen, wenn sie auch nur den Versuch unternehmen sollte, etwas zu sagen, und versank in düsteres Schweigen, bis sie bei der Black Fleece Tavern ankamen.

Er wies Badger und Prigg an, die Dame in einen Raum im oberen Stock zu bringen und die Tür gut abzuschließen. Dann fielen ihm ihre vielfältigen Talente ein, und er befahl anschließend, die Fenster von außen zu verbarrikadieren. Maudie knurrte zwar unwillig, schickte dann aber den Küchenjungen los, um ein stabiles Brett über die Fensterläden zu nageln. Badger ging in die Küche, wo Prigg ihm dabei half, die Wunden, die der Hummer hinterlassen hatte, zu versorgen.

Währenddessen saß Nightshade im Schankraum und hatte alle Mühe, die Kontrolle über seinen Körper wiederzuerlangen, während Larder Lily auf seinem Schoß saß und die Fleischpasteten verspeiste, die er bestellt hatte.

Es war schon viele Jahre her, seit er unter den drängenden Bedürfnissen eines Jünglings gelitten hatte. Wie diese schlichte und ungehorsame Jungfer ihn in der kurzen Zeit, die er in ihrer Nähe verbracht hatte, so lüstern machen konnte, war ihm ein Rätsel. Sie ärgerte ihn; nein, sie machte ihn wütend, weil sie ihm die ganzen Scherereien verursachte. Er haßte Houndsditch, und er haßte sie dafür, daß er ihretwegen dorthin zurückkehren mußte. Er mußte sie unverzüglich loswerden.

Maudie tauchte neben ihm auf, die Hände auf den Hüften, und blitzte ihn an. »Ich möchte keinen Ärger hier haben. Du hast diese Frau in mein Haus gebracht, und ich möchte keinen Ärger.«

»Mach dir nicht in die Hose«, fuhr Nightshade sie an, wobei er Lily von seinem Schoß schob. »Sie verschwindet ruckzuck wieder.«

Damit wandte Nightshade sich ab und ging mit großen Schritten die Treppe hinauf in den Raum, in dem seine Gefangene wartete. Als er die Tür hinter sich schloß, flog ein Stuhl durch die Luft und traf ihn an der Schulter – er hatte sich im letzten Moment geduckt. Der Stuhl knallte gegen die Tür. Ein Kerzenständer fiel ihm beinahe ins Gesicht, als er aufstand. Er machte einen Sprung zur Seite und lief zu der jungen Frau, die gerade einen Krug in seine Richtung warf. Der Krug fiel zu Boden und zerbarst. Prim schrie auf, als Nightshade sich auf sie stürzte und sie zusammen auf das Bett purzelten, das unter ihrem Gewicht zusammenbrach.

Nightshade hörte rasche Schritte, doch die spitzen Fingernägel und die kleinen, um sich schlagenden Füße erforderten seine ganze Aufmerksamkeit. Ein herzhafter Schlag traf ihn im Nacken.

»Teufel aber auch!«

»Nightshade?«

Er umklammerte ihre Hände und schaute über die Schulter zu Badger und Maudie, während seine Gefangene weiterhin wild um sich trat. »Hinaus mit euch, verdammt. Badger, schließ die Tür und warte draußen.«

Als die Tür zu war, schloß er die Augen. Das alte Mädchen schaukelte vor und zurück und versuchte mit heftigen Stößen, ihn von sich zu werfen. Er biß die Zähne zusammen und knurrte sie an.

»Hören Sie auf! Verflucht nochmal, hören Sie endlich auf damit! Sie müssen entweder komplett verrückt sein oder es darauf anlegen, bestiegen zu werden.«

Die Gegenwehr verebbte, doch er zählte bis zwanzig, ehe er die Augen wieder öffnete. Sie starrte ihn aus großen Augen an. Ihre Haare hatten sich aus dem strengen Knoten gelöst und fielen ihr über Schultern, Wangen und Schläfen. Ein paar Strähnen waren von blassem Gold, andere von dunklerem Weizenblond, manche Hellbraun, manche hell wie gebleichte Mandeln. Er hatte noch nie so viele Farbschattierungen in dem Haar eines Menschen gesehen. Als er sich dabei ertappte, wie er sie zählen wollte, kehrte seine Wut zurück. Es war keine große Hilfe, daß sie so schwer atmete, daß ihre Brust in regelmäßigen Abständen gegen ihn stieß. Es war fast, als fordere eine erfahrene, talentierte Straßendirne ihn heraus. Nightshade hielt die alte Jungfer an den Handgelenken fest, hob sich dabei aber auf die Ellbogen, so daß genügend Abstand zwischen ihnen war, um einen klaren Kopf zu behalten.

Dadurch bot sich ihm nun auch zum erstenmal die Gelegenheit, die Dame anzusehen. Primrose Victoria Dane ähnelte der Zeichnung, die er bekommen hatte, nur entfernt. Die Zeichnung mußte von einem Porträt stammen, das vor zehn Jahren angefertigt worden war, denn ihre Wangen waren längst nicht mehr kindlich gerundet. Nein, die Zeichnung war schlecht. Unter ihm lag eine junge Frau, die zwar nicht als Schönheit bezeichnet werden würde, deren hübsche Gesichtszüge ihn aber ansprachen. Ihre Augen mit den dunkelgrauen Ringen um leuchtendes Graugrün fand er sehr anziehend. Es gefiel ihm auch, daß ihre Nase, wenn man genau hinsah, ein bißchen schief war. Besonders gefielen ihm aber ihre wohlgerundeten Brüste. Zu schade, daß er sie nicht mochte.

Er fauchte die Verursacherin seiner Qualen an: »Benehmen Sie sich jetzt ordentlich, oder muß ich Ihnen die Röcke hochziehen und Ihnen den Hintern versohlen, bis er rot ist?«

»Unverschämter Kerl!«

»Das ist keine Antwort«, erwiderte er, als sie erneut anfing, sich zu wehren. Er ließ sie sich austoben, bis sie müde war und keuchend und erschöpft unter ihm lag. »Geben Sie nun ihr Debakel zu?«

Sie runzelte die Stirn. »Wie bitte?«

»Geben Sie Ihre Niederlage zu, Ihr Debakel?«

»Ich werde nichts mehr auf Sie werfen, wenn Sie mich loslassen.«

Nightshade erhob sich, stellte fest, daß er sich so nicht zeigen konnte, und wandte sich ab, um sich abzukühlen. Als er sich wieder umdrehte, kauerte sie auf der anderen Seite des zusammengebrochenen Betts und sammelte ihre Haarnadeln vom Boden und vom Bett ein. Nun hielt sie inne und starrte ihn an. Ihre Hand schloß sich um die Nadeln, als wollte sie sie als Wurfgeschosse benutzen, sobald er sie noch einmal bedrängte.

»Hab' noch nie von einer Dame gehört, die den Krach der Räuberhöhlen und Bordelle des East End dem feinen Haus eines vornehmen Pinkels vorgezogen hat.«

»Wovon sprechen Sie?«

»Ach, nicht so wichtig, Miss Primrose Dane. Ist mir egal, warum Sie hier sind. Sie gehen heim zu Lady Freshwell, also werfen Sie gefälligst nichts mehr nach mir.«

Miss Danes Zunge tauchte in ihrem Mundwinkel auf, und sie schien verwirrt. Dann verzog sich ihre Miene verächtlich. »Ich verstehe. Dieser Fleet hat endlich eingesehen, daß er mich verhören muß, bevor er mich umbringt. Ihm traue ich soviel Intelligenz nicht zu, aber vielleicht hat sein Herr den Befehl dazu gegeben.«

»Fleet?«

Nightshade war verdutzt. Der Name bedeutete für ihn mehr, als sie wissen konnte. Mortimer Fleet war die schwärzeste Seele, die das Elendsviertel jemals hervorgebracht hatte, und Nightshade schuldete ihm viel – Flüche, Verwünschungen, alles, was es an Schlechtigkeit nur gab. Er schob seinen Haß beiseite, weil er etwas begriff, was ihm schon früher aufgefallen wäre, wenn er von einem rosaroten Mund und Haar in allen möglichen Schattierungen nicht abgelenkt gewesen wäre. Ganz abgesehen von fliegenden Hummern.

»Schlag mich einer tot, Miss Primrose, Sie haben

sich gar nicht verlaufen. Sie verstecken sich – vor Mortimer Fleet.«

»Ich gratuliere Ihnen, Sir, für ihre schauspielerische Begabung. Ich bin jedoch in der Lage, Ihren recht simplen Trick zu durchschauen.«

»Ach! Was für einen Trick?«

»Halten Sie mich für so dumm, daß ich Ihnen vertraue und alles erzähle, was Sie wissen wollen?«

Miss Dane straffte die Schultern und hob das Kinn. Sie verschränkte die Arme vor der Brust, und Nightshade riß, verblüfft über den Wandel, die Augen auf. Irgendwie besaß sie auf einmal eine Würde, die nichts mit vornehmer Kleidung oder einer luxuriösen Umgebung zu tun hatte. Es war die Würde, die man mit guter Erziehung und vornehmer Abstammung erwarb, vor allem aber eine Würde, die von innen heraus kam.

»Ich weigere mich, Ihnen irgend etwas zu erzählen, Sir. Ich hoffe, daß ich nicht so selbstsüchtig bin, das Leben anderer für mein eigenes Wohlergehen aufs Spiel zu setzen.«

»Sie haben sich vor Fleet versteckt, und jetzt glauben Sie, ich arbeite für ihn.«

Die Andeutung eines Nickens war die Antwort.

»Warum?«

»Ich finde dieses Spiel ermüdend, Mr. Nightshade.«

»Nicht Mr. Nightshade, einfach nur Nightshade.«

»In höflicher Gesellschaft reden sich Damen und Herren nicht so vertraulich an.«

»Nun, Sie befinden sich nicht einmal im entferntesten in höflicher Gesellschaft, werden es aber bald sein. Ich beweise Ihnen, daß ich mit Fleet nichts zu tun habe, indem ich Sie nach Hause bringe.«

»Sie wissen ganz genau, daß ich nicht in das Haus meiner Tante zurückkehren kann.«

»Warum nicht?«

»Ich werde dieser Scharade wirklich überdrüssig, Sir. Vielleicht machen Sie sich über mich lustig, um meine Geduld auf die Probe zu stellen. Vielleicht drohen Sie mir damit, mich nach Hause zu bringen, weil Sie mich daran erinnern wollen, daß ich, wenn ich erst einmal dort bin, den Sonnenaufgang nicht mehr erlebe.«

Dies sagte sie so schlicht und ohne jede Anmaßung, daß er ihr schließlich glaubte. Miss Primrose Dane hatte seit ihrem Verschwinden ständig um ihr Leben gebangt. Wenn er sie nun nach Hause brachte und sie getötet wurde …

»Hm, verdammt will ich sein«, brummte er.

»Daran zweifle ich nicht.«

Er grinste sie an. »Hüten Sie Ihre Zunge, Miss Prim, oder ich komme doch noch auf mein Versprechen zurück. Nein, sagen Sie nichts, ich muß nachdenken.«

»Eine Aufgabe, die einige Anstrengung erfordert, wie ich vermute.«

Er zog es vor, diese Bemerkung zu überhören. »Hmmm.« Er schüttelte den Kopf. »Da bleibt nur eins übrig. Wenn man Sie umbringt, wenn ich Sie zu Hause abliefere, muß ich Sie an einen anderen Ort bringen.«

»Jetzt kommen wir der Wahrheit schon näher. Sie bringen mich zu Mortimer Fleet.«

»Herrgott nochmal, was hat er damit zu tun?«

»Wer soll sonst dahinterstecken?«

»Was wissen Sie schon über Fleet, Miss Prim. Was Sie möglicherweise erlebt haben, ist gar nichts im Vergleich dazu, was er alles tun würde, wenn er in die Enge getrieben wird.«

»Sie kennen Ihren Herrn anscheinend gut.«

»Dummes Frauenzimmer, in was für eine Sache

haben Sie Ihre Nase hineingesteckt? Ich habe Sie nicht heimlich hergebracht, müssen Sie wissen. Die ganze Stadt spricht inzwischen davon.« Nightshade ging zur Tür. »Badger, Prigg soll ein paar von den Jungs holen und Wachen aufstellen. Fleet steckt in dieser Sache mit drin. Und sag Maudie, daß wir früher aufbrechen als geplant. Darüber müßte sie sich eigentlich freuen.«

Die Stimme auf der anderen Seite der Tür wurde immer leiser, als Badger auf die Treppe zutrottete. »Fleet? Fleet? Fleet? Auweia. Das gibt Ärger, so ein Pech. Verfluchtes Pech.«

Gedankenverloren stellte Nightshade sich neben das Bett. Miss Dane hatte ihr Haar inzwischen wieder zu einem ordentlichen Knoten im Nacken hochgesteckt. Er mußte fast lächeln, weil sie aussah wie ein sechzehnjähriges Mädchen, das sich als Witwe verkleidet hatte.

»Mr. Nightshade, ich werde Sie bezahlen, wenn Sie mich laufen lassen.«

Merkwürdigerweise verletzte ihn dieses Angebot. Um seine Reaktion zu überspielen, spottete er: »Haben Sie das Geld dabei?«

»Nein, aber ich habe mein eigenes, wenn auch kleines Auskommen. Mit der Zustimmung meines Sachverwalters kann ich auch an das Geld herankommen.«

»Wie ich gehört habe, ist Ihr Bruder recht wohlhabend. Was ist mit ihm?«

»Das Vermögen meines Bruders ist an Grundbesitz gebunden. Außerdem geht er in Oxford zur Schule. Sie können natürlich nicht wissen, wieviel eine solche Ausbildung kostet.«

»Moment mal«, sagte er überrascht. »Wollen Sie damit sagen, Ihr Bruder hat ein Landgut und genügend Geld, um zur Universität gehen zu können, während Sie auf das Wohlwollen von Lady Freshwell angewiesen sind?«

Miss Dane sah ihn kühl an.

»Ich wünsche nicht, mit *Ihnen* Details meiner Familienangelegenheiten zu erörtern. Nehmen Sie mein Angebot an?«

»Nein.«

»Es würde sich um einen größeren Betrag handeln.«

»Wie viel?«

Ihre Antwort ließ nicht lange auf sich warten. »Fünfzig Pfund.«

»Ha! Das reicht nicht, Miss Prim.«

Miss Dane keuchte empört. »Sie hatten nie die Absicht, darauf einzugehen!«

»Wollte nur wissen, wieviel Sie sich leisten können. Jetzt weiß ich eines jener Details, die Sie so eifrig vor mir verbergen wollten.«

Sie stieß einen entrüsteten Schrei aus. Als er sie auch noch angrinste, wich sämtliche Würde von Miss Primrose Dane. Sie bückte sich und griff unter das Bett.

Blitzschnell flüchtete Nightshade zur Tür, wo er geistesgegenwärtig dem Nachttopf auswich, der auf ihn zugeflogen kam. Zum Glück war er leer. Porzellanscherben klirrten über den Boden. Eine hatte sich in seine Wange gebohrt.

Er fluchte gotteslästerlich und schrie nach Badger. Die Tür ging auf. Nightshade war kaum hinausgestürmt, als Miss Primrose Dane einen Wasserkrug nach ihm schleuderte, der jedoch nur das Holz der Tür traf.

Als es drinnen wieder ruhig geworden war, rief Nightshade: »Ihre Chancen, den Hintern versohlt zu bekommen, steigen bedenklich, Miss Prim. Denken Sie einmal daran, wie schmerzlich eine Kutschfahrt sein kann, wenn man auf einem wunden Hintern sitzt!«

Er lauschte vergeblich; schockiertes Schweigen war die einzige Antwort.

4

Larder Lily schubste Alice Treacle von Nightshades Schoß. Alice plumpste auf den Boden, rappelte sich kreischend wieder auf und verpaßte Lily eine Ohrfeige. Seufzend stand Nightshade auf, schob Lily von sich weg und hielt Alice am Arm fest, bevor sie noch einmal zuschlagen konnte. Die Gäste von Maudie, die sich in ihrer unmittelbaren Umgebung aufhielten, begannen zu pfeifen, zu johlen und zu klatschen. Lily duckte sich unter Nightshades Arm und hätte Alice mit dem Fuß getreten, hätte Nightshade sie nicht am Haar gepackt.

»Schluß damit!« Er schüttelte die beiden. »Wenn ihr nicht sofort damit aufhört, könnt ihr verschwinden.«

»Verfluchte Hure«, zischte Alice und spuckte ihre Rivalin an.

Ein schriller Austausch von Beleidigungen folgte, der immer ordinärer wurde. Keine der Frauen bemerkte, wie Nightshade mit den Augen rollte und die feingeschwungenen Lippen sich angewidert verzogen. Rasend vor Eifersucht setzten sie ihr Gefecht fort, bis Nightshade sie schließlich durch die Küche zur Hintertür hinauszerrte und ihre Köpfe in ein Regenfaß steckte. Als sie spuckend und speiend wieder auftauchten, war Nightshade schon wieder im Haus und hatte die Tür hinter sich zugeschlagen.

Mit triefendem Haar stolperten die Frauen in die Küche, um sich am Feuer zu wärmen. Alice machte sich auf die Suche nach ihrem Mantel und verkündete, sie wolle sich in ihr Zimmer zurückziehen und dort ihr Haar trocknen.

Larder Lily herrschte eine Küchenmagd an und verlangte ein Geschirrtuch für die Haare. Dann schlich sie zum Eingang des Schankraums, wo Nightshade gerade einem seiner Männer letzte geflüsterte Anweisungen gab. Anschließend gingen die Männer gemeinsam nach oben – in das Zimmer, in dem Nightshade diese seltsame junge Frau versteckt hielt, wie Lily vermutete.

Lilys Hoffnungen, Nightshades Interesse auf sich zu ziehen, waren seit seiner Rückkehr zu neuem Leben erwacht. Im ganzen Osten von London gab es keine Frau, die nicht scharf auf ihn war. Lily war eine seiner hartnäckigsten Verehrerinnen, die sich auch von seinen groben Worten und seiner Gleichgültigkeit nicht abschrecken ließ, die er bei jeder Frau an den Tag legte. Es war noch nie vorgekommen, daß Nightshade ein Mädchen zum Black Fleece mitgebracht hatte. Das Auftauchen einer weiteren Rivalin gefiel ihr nicht.

Während Lily durch die Taverne schlenderte, vergewisserte sie sich unauffällig, daß Maudie sie nicht beobachtete. Dann schlüpfte sie rasch hinaus und folgte Nightshade. Falls er den Reizen eines Modepüppchens erlegen war, wußte sie sich zu helfen. Allzugut war ihr bekannt, wie einfach es war, jemanden verschwinden zu lassen. Niemand drängte sich ungestraft zwischen sie und den schönsten und erfolgreichsten Verbrecher von London.

Lily schlich auf Zehenspitzen zur Zimmertür der Frau und lauschte. Alles war ruhig. Da wagte sie es, die Tür einen winzigen Spalt zu öffnen, und als sie niemanden sah, machte sie sie weiter auf. Etwas war im Weg. Lily schob mit dem Fuß Scherben weg und bemerkte die umgestoßenen Möbelstücke und das zusammengebrochene Bett. Noch während sie nach einem Hinweis auf die Identität der Fremden suchte, hörte sie Stimmen im Flur.

Sie eilte zur Tür und sah gerade noch, wie Prigg Badger die Umhänge von Nightshade und der Frau in die Hand drückte. Sie folgte den beiden mit etwas Abstand die Treppe hinunter. Eine Droschke stand auf der Straße. Badger reichte Nightshade, der bereits in der Kutsche saß, die Kleidungsstücke und schwang sich neben Prigg auf den Kutschbock. Lily versuchte, den weiblichen Fahrgast zu erspähen, aber Nightshade hatte ihr den Umhang übergeworfen.

Plötzlich beugte sich Nightshade aus der Droschke und starrte direkt in ihre Richtung. Lily trat rasch zurück und wagte erst wieder einen Blick hinaus, als sie die Droschke wegfahren hörte. Da sah sie gerade noch Nightshades dunklen Kopf im Innern des Gefährts verschwinden und hörte seine Stimme.

»Flott voran, Kameraden. Nach Woolwich.«

Lily schloß die Tür und stieg nachdenklich die Treppe hinauf. Was hatte Nightshade in Woolwich verloren, einem Stadtteil weit östlich von Haundsditch? Lily wußte es nicht, doch instinktiv roch sie die Gelegenheit zu einem profitablen Geschäft, wenn sie diese Information an die richtige Person weiterleitete. An jemanden, der gut zahlen konnte. Nightshade und eine geheimnisvolle Frau! Lilys durchtriebener Verstand arbeitete auf Hochtouren. Vielleicht konnte sie Geld herausschlagen und gleichzeitig Nightshades Freundin aus dem Rennen werfen. Sie mußte nur aufpassen, daß sie Nightshade dabei keiner Gefahr aussetzte – und natürlich durfte er nie erfahren, daß sie es war, die ihn verraten hatte.

Prims Augenlider waren schwer wie Blei. Sie hatte sich im Innern der Droschke so weit wie möglich von

Mr. Nightshade zurückgezogen und war auf alles gefaßt. Überzeugt, daß er sie einem sicheren Tod auslieferte, hatte sie beschlossen, aus der Kutsche zu springen, auch wenn dies bei der Geschwindigkeit, mit der sie unterwegs waren, mit Sicherheit eine Verletzung bedeutete. Gerade, als sie zum Sprung ansetzen wollte, griff der schwarzhaarige Unhold nach ihrem Handgelenk. Prim fauchte ihn wütend an, doch er bedachte sie lediglich mit einem ärgerlichen Schnauben.

»Leichtsinnige Person. Sie brechen sich das Genick.«

Von da an ließ er sie nicht mehr los. Nach einer Weile bereitete es ihr größte Mühe, die Augen offenzuhalten, denn es war eine lange Fahrt, und die ständige Angst war anstrengend. Sie kämpfte mit aller Macht gegen die Müdigkeit an und konnte sich lange genug wach halten, um festzustellen, daß sie in Woolwich angekommen waren und gewendet hatten. Mr. Nightshade beschrieb einen Bogen, genau wie sie es auch gelernt hatte. Prims Augen fielen zu, als sie über die Ironie nachdachte, daß sie beide sich der gleichen Taktik bedienten.

Die Geräusche der Kutsche und der Pferdehufe wurden schwächer und gingen in die Klänge eines Walzers über, den die Musiker, die Tante Freshwell für den Abend engagiert hatte, spielten. Es war im vergangenen Sommer, und der Ballsaal war voller Gäste. Prim betrachtete die Tanzenden, die sich unter den glitzernden Kristallüstern im Kreis drehten. Durch die vielen Menschen im Raum war die Hitze noch größer geworden, und die Damen fächelten sich Luft zu, nicht nur, um auf ihre weißen, runden Schultern und Dekolletés aufmerksam zu machen, sondern um nicht zu schwitzen. Damen schwitzten nicht.

Die Hitze erschwerte das Atmen und steigerte Prims Unbehagen, so viele Tänze aussitzen zu müssen, noch mehr. Zwar hatte sie mit Newton getanzt, aber er zählte nicht. Newtons Vorstellung einer intelligenten Bemerkung beschränkte sich darauf, ihr blaues Ballkleid anzusehen und zu sagen: »Wahrhaftig, ist dein Kleid nicht schön blau?« Hätte sie sich dieser tölpelhaften Konversation noch einen Tanz länger aussetzen müssen, hätte sie ihm mit dem Absatz auf den Fuß getreten, um zu entkommen.

Die Tänzerinnen und Tänzer bewegten sich in einem großen Kreis und drehten sich dabei. Prims Kopf fühlte sich von der Hitze schwer an. Wenn sie die Augen zusammenkniff, verschwammen die Kleider aus Seide und Brokat und sahen aus wie tanzende Edelsteine. Ihr Gedankenspiel wurde jäh unterbrochen, als jemand ihren Namen rief. Sie öffnete die Augen und sah David Acheson, einen Unterstaatssekretär im Außenministerium, auf sich zukommen. Acheson war ein Bekannter von Newton, jedoch kein Freund. Niemand mit der Intelligenz und Bildung von Acheson konnte Newtons Gesellschaft länger als notwendig ertragen. Er näherte sich lächelnd, seine schlanke Eleganz und Selbstsicherheit gaben einen krassen Kontrast zu ihrer eigenen Unsicherheit und erhitzten Unbehaglichkeit.

»Miss Dane, Harcourt wird uns gleich Gesellschaft leisten. Haben Sie einen Moment Zeit für uns?«

»Natürlich.«

»Sehr freundlich von Ihnen, denn Sie müssen wissen, daß er unbedingt mit Ihnen über ein altes Buch sprechen möchte, das er in der Bibliothek seines Vaters gefunden hat. Er hatte sich an mich gewandt, aber ich verstehe nicht viel von Geschichte. Ich wußte aber sofort, daß sie die richtige Gesprächspartnerin sind.«

Während Acheson weitersprach, versuchte Prim, das Gefühl der Demütigung abzuschütteln. Acheson, ein verheirateter Mann, besaß ein weiches Herz und hatte sich schon einige Male bei gesellschaftlichen Anlässen ihrer angenommen. Er hatte sie bei einem Nachmittagstanz verloren herumstehen sehen und sie seither zur Zielscheibe seiner Nächstenliebe gemacht.

»Ich bitte Sie um die Ehre eines Tanzes, Miss Dane, ehe Harcourt kommt«, sagte Acheson mit einer anmutigen Verbeugung.

Also tanzte sie. Und unterhielt sich mit Harcourt, der sich die Geschichte mit einem alten Buch offensichtlich nur ausgedacht hatte, um seinem Freund einen Gefallen zu tun und mit ihr zu tanzen. Harcourt machte eine fast genauso gute Figur und besaß so gute Manieren wie Acheson, war sogar mit seinem kastanienbraunen Haar, den blauen Augen und der Uniform eines Kavallerieoffiziers noch ein bißchen attraktiver. Prim vergaß völlig, daß sie alles dem Mitleid der Männer zu verdanken hatte, und genoß den Abend. Sie genoß es auch, mit einem dritten Opfer zu tanzen, das Acheson für sie eingespannt hatte, nämlich dem Hochwohlgeborenen Robert Montrose, dem Paradestück von den dreien, auch wenn er ebenfalls verheiratet war.

Montrose verband Charme, Eleganz und vornehme Abstammung mit einer fast französisch anmutenden Bewunderung der Künste. Anders als bei den meisten männlichen Angehörigen der vornehmen Kreise, beschränkte sich seine Unterhaltung nicht auf Sport und Wetten. Er kannte sogar den Unterschied zwischen einem Psalterbuch und dem Buch der Horen.

»Miss Dane, ich finde es faszinierend, daß Sie sich für alte Bücher interessieren. Ich besitze eine, wie ich glaube, ansehnliche Sammlung. Darunter ist sogar, wenn ich mich recht entsinne, ein Buch mit Chorälen aus dem vierzehnten Jahrhundert.«

So nahm es seinen Anfang, daß diese drei freundlichen Herren sie unter ihre Fittiche nahmen und zu ihrem Schützling erklärten. Bei fast jedem Ball konnte sie sicher sein, daß sie sich um sie kümmerten und ihre in Frage kommenden jungen Freunde aufforderten, mit ihr zu tanzen. Dankbar und doch auch verlegen brachte Prim es nicht fertig, ihre Liebenswürdigkeiten abzulehnen.

Schließlich hatte sie auch keine Lust, an der Wand zu stehen, und mitleidige und herablassende Blicke auf sich zu spüren. Mit ihren älteren Freunden zu tanzen war auch äußerst angenehm, besonders mit Robert Montrose. Er war der eleganteste von den dreien, und er sah auch am besten aus. Zusammen wirbelten und schwebten sie durch den Ballsaal, immer schneller und schneller. Die Hitze wurde unerträglich, doch sie hörten nicht auf. Sie tanzten immer weiter, bis Prim so außer Atem war, daß sie ihr Korsett wie eine Stahlklammer fühlte.

Prim wurde geweckt, als die Droschke einen Ruck machte. Sie hatten angehalten, und ihr Entführer bewegte sich. Noch immer benommen von der erstickenden Hitze in ihrem Traum, versuchte sie zu begreifen, wo sie waren.

Nightshade stieg aus und hielt ihr die Hand hin. Vor Müdigkeit und Angst wie gelähmt, fühlte sie sich außerstande, etwas anderes zu tun, als ihn anzublinzeln. Seufzend hob er sie hoch, stellte sie unsanft auf dem Boden ab und schob sie vor sich her.

Prim fand sich in einer Welt aus Nebel wieder, der langsam in das helle Grau des Tagesanbruchs überging. Sie befanden sich im Hinterhof eines großen, verlassenen Stadthauses. Als sie das geteerte Dach hoch über ihrem Kopf und die Dachfenster sah, zögerte sie. Dies war die Residenz eines sehr reichen Menschen, aber nicht desjenigen, den sie erwartet hatte. Dessen Stadthaus hatte keine eindrucksvolle Kuppel auf korinthischen Säulen.

»Na, gehen Sie schon«, drängte Nightshade.

Sie drehte sich zu ihm um. »Mr. Nightshade, Sie sind in dieses Haus eingebrochen.«

»Für eine alte Jungfer haben Sie eine wunderliche Fantasie.«

Er führte sie eine Treppe hinunter in ein Vestibül und anschließend durch eine Reihe von unbewohnten Dienstbotenzimmern. Als sie an der Anrichte vorbeikamen, erschien ein Mann in der Halle. Überrascht blieb sie stehen und trat dabei Nightshade, der nicht schnell genug reagiert hatte, auf den Fuß. Fluchend schob er sie zur Seite und sprach mit dem Mann.

»Featherstone, ist alles bereit?«

»Ja, Sir. Wenn Sie mir bitte folgen wollen?«

Prim wurde von ihrem Gastgeber mehr geschoben als geführt. Featherstone verblüffte Prim. Er war groß und wirkte mit seiner stolzen Kopfhaltung und dem dichten, silbernen Haarschopf äußerst majestätisch. Prim war in Häusern wie diesem aufgewachsen. Es gab nur einen Bewohner mit so würdevollem Gebaren und so höflicher Herablassung. Featherstone war ein Butler. Der Straßenräuber hatte einen Butler bestochen!

Prim schüttelte den Kopf und hätte beinahe die Gefahr vergessen, in der sie schwebte. Dann grübelte sie darüber nach, warum der Dieb sie an diesen verlassenen Ort gebracht hatte. Zuerst vermutete sie, daß er sie umbringen wollte, aber dann überlegte sie, daß er dazu keinen Butler gebraucht hätte. Als sie in die riesige Halle mit dem Treppenaufgang aus italienischem

Marmor kamen, wurde sie immer verwirrter. Noch rätselhafter wurde alles, als Featherstone vor zwei Türflügeln stehenblieb und sie öffnete.

»Ich dachte, das Blaue Boudoir wäre passend, Sir.«

»Danke, Featherstone.«

Prim starrte Mr. Nightshade an. während ihrer kurzen Bekanntschaft hatte sie ihn noch nie so förmlich und kultiviert sprechen hören. Als er sie durch die Türflügel schob, wurde ihr klar, daß seine Kultiviertheit auf Featherstone begrenzt war.

»Toilette und Kleider«, knurrte er. »Da müssen Sie allein zurechtkommen. Keine Zofe im Haus. Trödeln Sie nicht rum, wir brechen gleich wieder auf.«

Noch während sie ihn anstarrte, ging er hinaus und schloß die Tür hinter sich ab. Mit offenem Mund blieb Prim einen Moment stehen, dann lief sie durch den Salon, schob blaue Seidenvorhänge zur Seite und suchte nach dem Griff der hohen Fenster, die eine ganze Seite des Raumes einnahmen. Ihre Hoffnungen zerstoben rasch, als sie hinter dem Glas kunstvoll geschmiedete Eisengitter erkannte. Im Schlafzimmer war es nicht anders.

Prim schlug mit der Faust auf den Sims und sank auf eine Bank. Es dauerte eine Weile, bis sie die Enttäuschung und die neu erwachte Angst überwunden hatte. Als sie sich zum erstenmal bewußt umsah, war sie erneut erstaunt. Das Zimmer war sauber und staubfrei und sah aus, als lebte hier eine vornehme Dame. Ein antikes Prunkbett mit einem geschnitzten Himmel und Polstern aus blauem Seidendamast beherrschte den Raum.

Auf dem Bett lag ein Reisekostüm aus schimmerndem, bronzefarbenem Stoff mit Bordüren, dazu eine Haube, Handschuhe und Unterwäsche. Aus einem angrenzenden Raum fiel Licht aus einer Gaslampe herein, und als Prim nachsah, fand sie ein Bad für sie bereitstehen. Dampf stieg aus dem Wasser und schlug sich auf dem Spiegel, der auf einem Waschtisch aus dem achtzehnten Jahrhundert stand, nieder. Prims Blick wanderte von der Badewanne zu dem Reisekostüm auf dem Bett. Der Schurke war nicht nur in das Haus eingebrochen, er hatte auch noch den Besitzern Kleider gestohlen. Wieder sah sie zum Badewasser hin. Es war auch gestohlen. Wenn sie es benützte, wurde sie auch zur Diebin. Aber sie hatte das Gefühl, daß ihr gesamter Körper rußverschmutzt war, und ihre Arme und Beine schmerzten vom vielen Laufen und den Auseinandersetzungen mit Mr. Nightshade. Nightshade! Was war, wenn er plötzlich hereinkam, solange sie badete? Prim ging zu der Tür, die das Schlafzimmer vom Badezimmer trennte und machte sie zu. Ein Schlüssel steckte im Schloß. Sie drehte ihn um und stellte sich vor die Badewanne. Wenn sie schon dem Tod ins Auge sehen mußte, dann wenigstens sauber.

Das Wasser fühlte sich so herrlich an, wie es ausgesehen hatte. Eingehüllt in heißes, dampfendes Wasser, wanderte Prims müder Geist fort von ihren Ängsten. Dieses Haus war eine Umgebung, wie sie sie gewohnt war. In ein solches Leben war sie hineingeboren worden. Ihre Kindheit hatte sie nicht auf Whitechapel oder schwarzhaarige Schurken vorbereitet, denn ihren Eltern waren Lord William Harold und Lady Frances Dane.

Prim machte sich nichts vor. Sie wußte, daß ihre Geburt eine Enttäuschung gewesen war, denn ihre Mutter hatte es oft genug erwähnt. Sie erinnerte sich noch daran, wie ihr mit sieben Jahren gestattet worden war, zu ihrer Mutter hinunterzugehen, als diese Freundinnen empfing. Sie war von ihrem Kindermädchen, mit dem sie die meiste Zeit verbrachte, in den Salon geführt worden, um ihren Knicks zu machen.

Lady Frances wandte sich an ihre beste Freundin Lady Sarah mit einem Seufzen, das Prim schon öfter gehört hatte. »Ich werde mich als Versagerin betrachten, bis ich einen Sohn geboren habe.«

Diese Aussage berührte Prim nicht sonderlich, zu oft hatte sie ähnliches zu Ohren bekommen. Das erstemal, als sie fünf gewesen war. Damals hatte dieser eine Satz sie in verstörte Trauer gestürzt, denn bis zu diesem Zeitpunkt hatte sie sich für den Mittelpunkt ihrer kleinen Welt gehalten. Ihre Geburt war ein Unglücksfall gewesen, sie war nicht gewünscht, eine Enttäuschung.

Als sie elf war, kam John Harold auf die Welt, und der gesamte Haushalt fiel in einen Freudentaumel. Ihre Mutter war überglücklich. Sie trug den Kopf hoch und platzte fast vor Stolz. Am Anfang sah Prim keinen Anlaß zur Freude. Alles, was John Harold machte, war essen, schlafen und weinen wie eine Katze in einem Sack. Später gewöhnte sie sich an den kleinen Eindringling und begann, sich in sein pauswangiges Gesicht und die goldenen Locken zu verlieben. Er ging mit ihr spazieren und klammerte sich dabei vertrauensvoll an ihre Hand. Er kam zu ihr, wenn er fiel und sich den Kopf anschlug. Er brauchte ihre Hilfe, um zu lernen, wie man die Schnürsenkel band.

Sie gab sich alle Mühe, nicht eifersüchtig zu sein, wenn ihre Mutter John Harold hingerissen ansah und sagte: »Mein lieber kleiner John hat mich vor der Katastrophe bewahrt, nur eine Tochter zu haben.« Oder: »Ohne meinen Sohn wäre mein Leben sinnlos und leer.«

In den darauffolgenden Jahren wurden der Familie Dane drei weitere Kinder beschert. Eines davon war ein Junge, und sein Tod wurde innig betrauert. Die anderen beiden waren Mädchen, deren Ankunft und Tod kaum erwähnt wurden. Der Titel und der Name der Familie waren auf jeden Fall gesichert, denn John Harold war kräftig und gesund und würde die Linie der Danes fortsetzen.

William Harold, Prims Vater, beklagte ihre Geburt nie in der gleichen Weise wie ihre Mutter. Sir William war viel zu sehr mit seinen Pferden, seinen Jagdhunden, den Pachten, dem Schnaps und dem Glücksspiel beschäftigt. Das Wichtigste für ihn war aber die Stellung seiner Familie und sein Name. Die am meisten geschätzten Bücher in seiner Bücherei waren die, in denen der Name Dane erwähnt wurde. Die wertvollsten Dokumente waren diejenigen, die nachwiesen, wie alt der Titel war, und daß kein einziger Tuchhändler oder Schuster im ganzen Stammbaum vorkam.

Und seine Tochter? Prim war überzeugt, daß ihr Vater sie geliebt hatte. Er hatte es gesagt, wenn auch auf jene ungewöhnliche, galante Art, die ihm zu eigen war. Er hatte es im Vorbeigehen gesagt, auf dem Weg in seinen Club zu einem vergnüglichen Abend bei Karten und Branntwein. »Du wirst deiner Mutter im Alter ein Trost sein«, waren Sir Williams genaue Worte. Prim hatte sich über diese freundliche Bemerkung riesig gefreut und war wochenlang in Hochstimmung gewesen.

Prim verehrte ihre Eltern wie weit entfernte Götter, die auf Berggipfeln weilten. Ihre Liebe aber verteilte sie auf Mrs. Peace und John Harold. Da ihre Gesellschaft selten von jemandem gewünscht wurde, war sie oft allein und erdachte sich in Tagträumen ihre eigenen Freunde und Spiele und erlebte Abenteuer, indem sie Bücher las.

Mit achtzehn Jahren hatte sie sich so mit ihrer Familie arrangiert, daß sie sich wohlfühlte. Bei Nanny Peace kam sie immer an erster Stelle; genauso in ihrer Familie – nach ihrem Vater, John Harold und ihrer Mutter, versteht sich. Sie war diejenige, deren Verabredungen gestrichen wurden, wenn jemand anders die Kutsche brauchte. Sie war diejenige, deren Wünsche, wenn überhaupt, als letztes berücksichtigt wurden. Ihre Aufgabe war es, voller Bewunderung den gesellschaftlichen Triumphen ihrer Mutter und John Harolds Erzählungen von der Kaninchenjagd zu lauschen.

Von Zeit zu Zeit versuchte Prim, an der Unterhaltung teilzunehmen, indem sie berichtete, wie sie mit der französischen Aussprache zurechtkam, daß sie gerade eine Klaviersonate einübte oder ein Manuskript in der umfangreichen Bibliothek gefunden hatte. Was sie zu erzählen hatte, schien jedoch nie so interessant zu sein wie die Geschichten der anderen, sonst hätte ihr Vater sie wohl kaum so oft unterbrochen, noch hätte ihre Mutter diesen leeren Blick bekommen oder John Harold sich über sie lustig gemacht. Als ihre Mutter bei der Geburt einer toten Tochter starb, hatte Prim es sich bereits abgewöhnt, der Familie ihre eigenen Erlebnisse zu schildern.

Die zunehmende Abkühlung des Badewassers riß Prim aus ihren Gedanken und machte sie auf ihre runzeligen Finger und Zehen aufmerksam. Sie wusch sich das Haar, stieg aus dem Bad und kleidete sich an. Es war ihr einfach unmöglich, die alten Kleider wieder anzuziehen. Die Vorstellung, den schmutzigen Stoff auf ihrer sauberen Haut zu tragen, war unerträglich. Sie schlüpfte in das Reisekostüm und nahm sich vor, die Besitzerin später dafür zu bezahlen, sollte sie noch am Leben sein.

Um sich abzulenken, solange ihr Haar trocknete, holte Prim das Buch aus dem alten Umhang hervor, das die ganze Zeit in dessen Saum versteckt gewesen war. Sie nahm den kleinen Band mit größter Behutsamkeit heraus, denn das Buch war Hunderte von Jahren alt. Es war ein illustriertes Manuskript, das sie aus der Bibliothek ihres Vaters geliehen hatte, und es war recht wertvoll. Man hätte einwenden können, daß sie kein Recht hatte, es an sich zu nehmen, da das Haus und sein Inhalt John Harold gehörten. Aber ihr Bruder betrat die Bibliothek kaum jemals. Er wußte nicht einmal, daß das Buch existierte, wogegen Prim es liebte und seinen Inhalt auswendig kannte. Es war das Buch der Horen von Yolande de Navarre.

Vor zehn Jahren hatte sie es beim Herumstöbern in der Bibliothek gefunden, und seither beschäftigte sie sich mit illustrierten Manuskripten. Sie träumte davon, eines Tages eine Abhandlung darüber zu schreiben. Doch wer würde die Abhandlung lesen? Ein solches Werk hatte wenig Sinn, wenn niemand es zu lesen bekam, und genau das würde der Fall sein, wenn sie kein Gelehrtenjournal dazu überreden konnte, es zu veröffentlichen. Ihre Aussichten standen schlecht. Zwar akzeptierte die Welt inzwischen Damen als Romanschreiberinnen, aber Prim wußte, wie weibliche Gelehrte aufgenommen wurden.

Im Moment benötigte sie dringend ein neues Versteck für das Buch. Sie überlegte kurz und steckte es schließlich in den Beutel, der zu dem Kostüm gehörte und aus dem gleichen Stoff gefertigt war. Sie zog die Kordel fest zu und hörte im gleichen Moment, wie sich der Schlüssel im Türschloß drehte. Prim war versucht, sich im Badezimmer einzuschließen, aber es gab keinen anderen Weg hinaus, und Mr. Nightshade würde sicherlich ohne viel Federlesens die Tür eintreten.

Seine Stimme ließ sie zusammenfahren. »Sie können herauskommen.«

Mit der Tasche in der Hand ging Prim langsam ins Wohnzimmer. Nightshade drehte sich nicht einmal um, als sie eintrat. Er war mit dem Schlüssel einer Reisetruhe neben dem Schreibtisch beschäftigt, die Prim noch nicht einmal bemerkt hatte. Als ihr Entführer aufstand und den Schlüssel in die Tasche steckte, verblüffte er Prim mit seiner veränderten Erscheinung.

Das Haar, noch feucht vom Waschen, war aus dem Gesicht gekämmt. Er trug einen Anzug aus teurer Wolle, gewoben aus schwarzen und dunkelgrünen Fäden. Die rehbraune Weste bildete einen schönen Kontrast zu dem dunklen Anzug, ebenso das feine Leinenhemd. Die Details in der Verarbeitung seiner Jacke, die angeschnittene Taille, der leicht ausgestellte Saum und das schräge Revers verrieten die Herkunft von einem kleinen, unauffälligen, furchtbar teuren Laden am Strand.

Prim warf einen Blick auf die goldene Uhrkette, die aus seiner Weste hing, und schnaubte. »Ich vermute, Sie haben dieses Haus ausgewählt, weil die Kleidung seines Eigentümers Ihnen paßt.«

Er sah sie einen Moment überrascht an, dann grinste er. »Sie sind ein schlaues kleines Ding, ja wirklich. Ich und der alte Knabe, wir haben tatsächlich die gleiche Größe.« Er zeigte auf die Truhe. »Hab' auch ein paar Sachen für Sie. Nicht gestohlen. Featherstone hat sie für mich besorgt.«

Prim glaubte ihm kein Wort, aber da sie erschöpft war und ihr keine Antwort einfiel, musterte sie ihn nur mißtrauisch.

»Ach übrigens«, fuhr Nightshade fort. »Wir brechen jetzt auf. Wir sind schon viel zu lange in der Stadt. Aber bevor wir gehen, sage ich Ihnen lieber gleich, was ich von Ihnen erwarte, um mir unnötige Scherereien zu ersparen. Sie können mit mir in der Kutsche fahren, solange Sie sich ruhig verhalten und mir keinen Ärger machen.«

»Ich mache keinen Ärger, das versichere ich Ihnen.«

Nightshade betrachtete sie skeptisch. »Gut. Aber beim geringsten Ärger landen Sie da drin.« Er zeigte auf die Truhe.

Eine schlimmere Drohung hätte er sich kaum einfallen lassen können. Bei der Vorstellung, in diese hölzerne Kiste gesperrt zu werden, wurde Prim blaß.

»Na na!«

Prim spürte eine Hand an ihrem Arm und mußte feststellen, daß Nightshade sie stützte. »Es geht mir gut.«

»Sie sehen nicht besonders fidel aus.«

Ungeachtet ihrer Einwände, führte er sie zu einem Sessel. Prim lehnte sich darin zurück und schloß die Augen. Sie schlug sie jedoch sofort wieder auf, als sie bemerkte, daß er vor ihr kniete und sie prüfend musterte. Dann hob er die Stimme.

»Featherstone, Sie können hereinkommen.«

Der Butler trug ein Tablett herein. Prim roch Rostbraten und spürte plötzlich, daß ihr Magen vor Hunger schmerzte. Nightshade zog sie aus dem Sessel und führte sie zu dem Stuhl vor dem Schreibtisch. Featherstone stellte das Tablett ab und zog sich wieder zurück. Die Müdigkeit drohte Prim erneut zu übermannen, und sie konnte das Essen, das Porzellan, die silberne Teekanne und die weiße Serviette nur anstarren. Da gab Nightshade ihr einen Schubs.

»Essen Sie schnell.«

Wie konnte sie nur so hungrig sein, wenn ihr jeden Moment der Tod drohte? Nun, vielleicht nicht jeden Moment, aber doch ziemlich bald. Prim gab es auf, ihre Empfindungen verstehen zu wollen, und schob sich ein Stück Braten in den Mund. Während sie aß, schenkte ihr Entführer Tee ein und hielt ihr die zarte Porzellantasse unter die Nase.

»Trinken Sie das.«

Prim nahm die Tasse und gab reichlich Milch und Zucker hinein.

»Herrje! Sie verderben ihn. Dieser Tee ist kostbar, müssen Sie wissen.«

Ungerührt trank Prim die Tasse leer. Nightshade schüttelte den Kopf, trat zum Fenster und blickte hinaus, bis sie fertig war. Dann kam er zurück.

»Möchten Sie noch mehr?«

»Nein, danke.«

»Geht es Ihnen jetzt besser?«

Sie nickte.

»Also dann, was wählen Sie – Kutsche oder Kiste?«

Prims Blick streifte die Truhe. »Ich hätte wissen müssen, daß Sie etwas ähnliches aushecken.«

»Das ist richtig. Ich warte auf eine Antwort, Miss Prim.«

»Ich werde in der Kutsche fahren.«

Sie erhob sich, bereit zu flüchten, sollte er sich ihr nähern.

»Denken Sie aber daran, daß die Truhe uns begleitet.«

Er stand nun dicht vor ihr, zu dicht, um sie nicht zu beunruhigen. Prim roch Seife und frischgewaschenes Leinen. Sie schrak zusammen, als er ihre Hand nahm und sie auf seinen Arm legte. Diese Geste brachte sie völlig durcheinander, denn üblicherweise erwartete man sie von einem Gentleman. Er geleitete sie aus dem Zimmer, als wären sie ein Ehepaar auf dem Weg zur Oper oder zu einem Ausflug in die Stadt.

Während sie hinuntergingen, spürte sie die Wärme seines Körpers und die festen Muskeln unter der teuren Wolle seiner Jacke. In der Eingangshalle wartete eine weitere Überraschung auf sie: Featherstone und ein Gefolgsmann. Der Butler reichte seinem Herrn einen Damenmantel, den er ihr sofort um die Schultern legte. Prim sah sich eingehüllt in Samt und Pelz. Ihr Entführer zog ebenfalls einen Mantel an und setzte einen Hut auf, dann begleitete er sie aus dem Haus.

Draußen stand eine glänzende schwarze Stadtkutsche mit vier gleichen braunen Pferden. Ein Gefolgsmann und der Kutscher verluden die Truhe; was Prims Blick jedoch gefangennahm, war das Wappen auf der Tür der Kutsche. Ehe sie es jedoch einer Familie zuordnen konnte, riß der Gefolgsmann die Tür auf, und sie wurde hineingeschoben.

Ein solches Haus mit seinen Bewohnern einem Schurken wie Mr. Nightshade zu überlassen, sprach von Reichtum und Macht. Sich in den Sitz kauernd, begriff Prim plötzlich die Bedeutung. Der Mörder hatte alle Möglichkeiten ausgeschöpft, um sie zu finden. Er wollte sie bei guter Gesundheit wissen, bis er sie verhört hatte, und der schwarzhaarige Schuft war genau der richtige für diese Aufgabe.

Als ihr Entführer einstieg, drückte sie sich an die Rückenwand. Er klopfte mit einem Spazierstock gegen das Dach, und die Pferde setzten sich in Bewegung. Noch während die Kutsche über die gewundene Einfahrt zum Tor ratterte, griff der Schurke nach ihr. Prim riß die Arme hoch und schrie auf.

»Hören Sie auf zu quieken.«

Er griff nach ihren Handgelenken. Obwohl sie ihre ganze Kraft einsetzte, wurden ihre Arme nach unten gebogen. Prim drehte den Kopf zur Seite und wich dem furchteinflößenden Mann aus. Der hielt ihre Arme nun mit einer Hand fest und beugte sich vor. Als sie seinen Atem auf ihrer Wange spürte, keuchte sie auf und wandte ihm das Gesicht wieder zu. Sein Blick verschmolz mit dem ihren, und einen Moment dachte sie, das Flackern der Höllenfeuer zu sehen. Seine freie Hand glitt langsam hoch zu ihrer Schulter.

Prim erschauerte. Er bemerkte es und lächelte. Seine Hand näherte sich ihrer Kehle, und Prim hätte fast gewimmert. Dann langte er nach oben, zupfte an ihrer Haube und zog den Schleier herab, so daß er ihr Gesicht bedeckte. Während sie ihn noch immer mit offenem Mund anstarrte, ließ er sie los und sank in die Lederpolster.

»Nun, Miss Prim«, sagte er sanft. »Sie werden mir jetzt erzählen, was eine wohlerzogene Dame wie Sie dazu veranlaßt, sich in den Elendsvierteln zu verstecken.«

Ihr Magen zog sich angstvoll zusammen, aber Prim richtete sich auf und erwiderte: »Mr. Nightshade, ich wäre in der Tat ein jämmerliches Wesen, wenn ein Bad, frische Kleider und etwas zu essen mich veranlaßten, meine Pflicht zu vergessen.«

Ihre Antwort schien ihn nicht zu stören. Ohne ihrem Blick auszuweichen, zog er seine Ziegenlederhandschuhe aus, und sie sah seine Hände mit den langen Fingern, deren Kraft ihr nur allzu bekannt war. Langsam, mit beabsichtigt drohender Gebärde, bewegte sich eine dieser Hände zum obersten Knopf seines Übermantels und öffnete ihn. Es folgte der zweite Knopf, dann der dritte. Die ganze Zeit blieb Prim in dem dunklen Blick gefangen.

»Ich kann warten, Miss Prim. Wir haben eine lange

Reise vor uns, und ich habe jede Menge Zeit, um mir eine Methode auszudenken, wie ich Sie zum Sprechen bringen kann.« Er streifte den Mantel ab und legte die Hand auf den Knopf seiner Anzugjacke. Dabei lächelte er sie maliziös an. »Schlag mich einer tot, wenn Sie nicht plappern wie ein Waschweib, bevor wir da sind.«

5

Nightshade löste den letzten Knopf seiner Jacke und lehnte sich zurück. »Nun, Miss Prim, Sie sparen sich eine Menge Ärger, wenn Sie mir verraten, warum Sie sich versteckt haben.«

»Ich habe Sie für zu klug gehalten, die gleichen Lügen zu wiederholen, Mr. Nightshade.«

»Ich habe Ihnen doch schon gesagt, daß ich nicht mit Mortimer Fleet unter einer Decke stecke. Schlag mich einer tot. Ich habe noch nie eine Dame erlebt, die sich so dagegen gewehrt hat, gerettet zu werden.« Er wartete auf eine Antwort, doch sie schien in den Anblick seiner Hände vertieft zu sein. Dabei klammerte sie sich an ihre Tasche, als hinge ihr Leben daran. »Sie glauben mir immer noch nicht, obwohl ich Ihnen ein Bad und frische Kleider gegeben habe.«

»Es zählt nicht zu meinen Gewohnheiten, den Erzählungen von Menschen mit schändlichem Benehmen, bösartigen Bekannten und einer abstoßenden Ausdrucksweise Glauben zu schenken.«

Nightshade lief rot an und beugte sich vor, die Unterarme auf die Knie gestützt. Miss Dane fuhr erschrocken zurück und suchte gleichzeitig nach dem Türgriff. Fast wäre Nightshade zu spät gekommen, um sie daran zu hindern, die Tür zu öffnen. Im letzten Moment packte er ihre Hand und zog sie zurück. Sie wehrte sich und landete einen Treffer auf seinem Schienbein.

»Au! Verdammtes kleines Flittchen, das hat weh getan.«

Er stieß sie in den Sitz zurück und rieb sich das

Bein. Sie starrte ihn aus großen Augen an, und alle Farbe wich aus ihrem Gesicht. Nightshade brummte etwas vor sich hin und war mit seinem Bein beschäftigt. Als er aufblickte, erschrak er. Er hatte Kinder gesehen, die genauso blaß waren, nachdem sie geschlagen worden waren oder ihnen noch schlimmeres geschehen war. Und sie zitterte am ganzen Leib.

»O nein, Sie werden jetzt nicht ohnmächtig.«

Miss Danes Zunge erschien in ihrem Mundwinkel, und sie straffte die Schultern. »Ich versichere Ihnen, daß ich keineswegs die Absicht habe, einem Schwächeanfall zu erliegen. Noch werden Sie mich dazu bringen, Ihnen irgend etwas über meine Situation zu erzählen.«

»Sie sehen immer noch schlecht aus.« Er forschte in ihrem Gesicht nach einem Anzeichen des rosaroten Schimmers, der für gewöhnlich auf ihren Wangen lag, und dem entschlossenen Blitzen ihrer graugrünen Augen. Er hatte ein schlechtes Gewissen, weil er der Grund für ihren Zustand war. »Jetzt schauen Sie doch mal, Miss Dane, ich werde Ihnen nichts tun.« Er mußte genau hinhören, um sie zu verstehen.

»Aber Ihr Herr wird das tun.«

Sein ganzer Ärger über die Scherereien, die sie ihm bereitet hatte, verflog. Er hatte ihre Angst unterschätzt, was bedeutete, daß er auch die Gefahr unterschätzt hatte. »Teufel aber auch, Miss Dane, was ist denn passiert? Ach, ersparen Sie mir Ihre selbstgefällige Antwort. Ich sehe schon, daß ich Ihnen zuerst etwas erklären muß, bevor Sie mit der Wahrheit herausrücken.«

»Ich zweifle daran, daß eine Erklärung von Ihnen etwas ändern wird, Mr. Nightshade.«

»Das wäre schon der erste Punkt. Mein Name ist nicht Nightshade, sondern Luke Hawthorne.«

»Ich bin überzeugt, daß Sie viele Namen haben.«

»Nun, das ist der, bei dem ich bleibe.«

Sie erwiderte nichts, aber er sah, daß sie nicht mehr so stark zitterte. Er lenkte sie ab.

»Was Ihre Vermutung angeht, jemand würde mich bezahlen, so liegen Sie damit falsch. Ihre Tante, Lady Freshwell, hat einen Freund von mir gebeten, ihr bei der Suche nach Ihnen zu helfen. Er wandte sich an mich, und deshalb sind wir beide jetzt hier.«

Miss Dane musterte ihn mißtrauisch. »Meine Tante soll einen Freund von Ihnen kennen, Mr. Night-Hawthorne?«

Darin lag das Problem. Er hatte nicht damit gerechnet, daß er die Dame, die er rettete, davon überzeugen mußte, daß er ein Verbündeter war. Noch weniger war er darauf vorbereitet, seine Achtbarkeit beweisen zu müssen.

»Nun, also ...« Er räusperte sich und fiel wieder in den Jargon zurück, den er angenommen hatte, als er ins Black Fleece zurückkehrt war. »Ich nehme mal an, ich sollte Ihnen was erklären. Sehen Sie, ich bin nicht wirklich Nightshade. Das heißt, nicht mehr. Ich habe Nightshade hinter mir gelassen, als ich aus dem East End abgehauen bin. Vor Jahren schon bin ich reich geworden und wurde ein Gentleman.«

»Ach nein!«

»Na na! Machen Sie sich bloß nicht lustig über mich, Miss Prim. Ich war im Stehlen besser als die meisten vornehmen Pinkel beim Weinsaufen. Ich hab' die Elendsviertel hinter mir gelassen und lebe jetzt wie ein Gentleman. Ich hab' mich sogar gebildet – ein bißchen wenigstens. Sie können mich Sir Luke nennen, weil ich das nämlich bin. Sir Lucas Hawthorne.«

Miss Dane starrte ihn kurz an, ehe sie aus dem Fenster auf den Stadtverkehr blickte. »Wie lange dauert es, bis wir bei Ihrem Herrn sind?«

»Sehen Sie doch mal her, Miss Primrose erlauchte Dane. Ich habe keinen Herrn. Mein Freund Ross Scarlett kam zu mir, als Sie verschwunden sind, und hat mich gebeten, Sie zu finden. Als Gefallen sozusagen, weil ich ihm noch was schuldete, weil er mir geholfen hat, aus dem Armenviertel rauszukommen. Ein richtiger Gentleman ist Ross Scarlett, und er kennt Ihre Tante.«

»Ich habe noch nie etwas von dieser Person gehört.«

»Und wenn schon. Sie haben von vielen Leuten noch nie etwas gehört, und trotzdem gibt es sie. Schlag mich einer tot, wenn Sie nicht eine richtig hämische, kleine, vertrocknete, taube Nuß sind.«

»Unser Gespräch ist reichlich sinnlos, Mr. Hawthorne.«

»Es heißt Sir. Sir Luke.«

»Das kann ich nicht sagen, ohne mir lächerlich vorzukommen.«

»Lächerlich, großer Gott. Was ist an meinem Namen so lächerlich? Haben Sie denn nicht das Wappen auf meiner Kutschentür gesehen?«

»Der Tür dieser gestohlenen Kutsche?«

»Und mein Haus? Sie haben mein Haus gesehen.«

»Ich habe irgendein Haus gesehen.«

»Vergessen Sie das Haus, Miss Primrose erlauchte Dane.«

Luke versank in Schweigen, fluchte lediglich leise vor sich hin. Keine Sekunde hatte er damit gerechnet, in so etwas hineinzugeraten, als er eingewilligt hatte, Ross Scarlett einen Gefallen zu tun. Sein Freund war mit der Geschichte von der verschollenen Jungfer zu ihm gekommen und hatte ihn gebeten, Londons

Osten nach ihr abzusuchen. Luke war nicht gern zurückgekommen. Für ihn war Nightshade tot und er trauerte ihm nicht nach. Wenn er könnte, würde er den größten Teil seiner Vergangenheit einfach vergessen.

Seine früheste Erinnerung war eine Frau, die mit ihren männlichen Besuchern zu beschäftigt gewesen war, um sich um ihn zu kümmern. Am besten erinnerte er sich an ihre Röcke, denn sie waren in seiner Augenhöhe. Schlaffe, abgetragene Röcke aus dünner Wolle, das ehemals dunkle Braun zu einem schmutzigen Grau verschossen. Er hielt sich immer daran fest und lehnte sich an ihre Beine, bis sie ihn von sich wegschob.

Zwischen diesen Bildern und der Erinnerung an seine Pflegeeltern lag ein einziger Alptraum. Eines Tages hatte seine Mutter ihn zur Tür hinausgeschubst, und als er zurückkam, war sie tot. Die Vermieterin hatte ihre Leiche abholen lassen. Luke wollte mitgehen, aber die Männer, die sie in den Karren legten, stießen ihn fort und fuhren so schnell weg, daß er nicht hinterherkam. Danach hatte er auf der Straße gelebt, bis die Hawthornes ihn bei sich aufgenommen hatten. Seine neue Mutter war eine Putzfrau, und Pa hatte im Hafen gearbeitet, bis er verletzt worden war. Danach wurde ein Lumpensammler aus ihm, der Abfall nach alten Kleidern und Knochen durchwühlte. Die Hawthornes hatten kaum Geld genug für sich selbst, als sie ihn adoptierten.

In seiner Kindheit und Jugend hatte Luke immer Hunger und suchte verzweifelt nach einer Möglichkeit, seine Eltern vor dem Schicksal vieler armer alter Leute im East End zu bewahren – Unratsucher zu werden. Diese unglückseligen Menschen sammelten Hundekot. Ein Eimer voll brachte soviel Geld ein, daß man einen Tag davon leben konnte. Die Angst vor dem Armenhaus trieb viele zu so abscheulichen Arbeiten wie dieser. Luke schwor sich, daß weder die beiden alten Leute noch er selbst jemals so etwas tun mußten.

Die Angst davor, als Unratsucher oder im Armenhaus zu enden, trieb ihn dazu, bei Inigo Ware, dem berühmtesten Dieb von London, in die Lehre zu gehen. Inigo verlangte als Bezahlung für seine Schulung einen Anteil von Lukes Diebesbeute und sparte nicht mit Grausamkeiten. Inigo hatte ihm auch den Namen Nightshade gegeben, und er fand besonderen Gefallen daran, Luke und einen anderen Lehrling, Mortimer Fleet, gegeneinander aufzustacheln.

»Fleet, mein Lieber«, pflegte Inigo zu sagen. »Glaubst du, du wirst jemals ein so hübscher Anblick sein wie Nightshade? Oder wirst du immer eine vertrocknete Gespenstheuschrecke bleiben?«

Oder er stichelte: »Luke, mein Hübscher, dir gefällt doch unsere kleine Jenny, aber Fleet ist auch nicht abgeneigt. Wer von euch beiden wird sie bekommen, hm? Tut mir leid, Fleet, aber ich setze mein Geld auf Nightshade. Falls sie sich nicht entscheiden kann, kannst du ja um sie kämpfen. Ich mache den Schiedsrichter. Messer sind angemessene Waffen für ein Duell um eine Frau.«

Mit sechzehn war Luke Inigos talentiertester Schützling. Er konnte in reiche Stadthäuser schleichen, gewagte Schmuckdiebstähle bei Tageslicht planen und ausführen, und er war ein geschickter Taschendieb bei Hochzeiten und Gesellschaften der oberen Schichten. Luke scharte weitere begabte Schurken um sich wie Badger, der mit Einbruchwerkzeug auf dem Rücken auf die höchsten Gebäude klettern konnte, und Prigg, einen meisterhaften Fälscher. Von all seinen Freunden war Jenny Jenkins die geschickteste gewesen. Die hübsche, kecke Jenny konnte so tun, als hätte sie sich genau vor einem dicken, gutangezogenen Gentleman auf der Straße den Knöchel verstaucht und war hinterher im Besitz seiner Uhr, seines Geldes und seiner Visitenkarten.

Er hatte Jenny geliebt, doch sie war auf Mortimer Fleets Lügen und Prahlereien hereingefallen. Fleet wurde zu Inigo Wares rechter Hand. Jenny verließ Luke wegen Fleet und endete in der Themse. Fleet behauptete immer, ein reicher Pinkel, den sie ausgeraubt hatte, hätte sie umgebracht. Das war nicht von der Hand zu weisen, denn sie riskierten ihr Leben jeden Tag. Dennoch hatte Luke Fleet im Verdacht, Jenny auf dem Gewissen zu haben, denn keine zwei Tage vor ihrem gewaltsamen Tod hatte sie versprochen, Fleet zu verlassen und zu ihm zurückzukehren. Sollte er jemals herausbekommen, daß dies die Wahrheit war, mußte Mortimer Fleet um sein Leben fürchten.

Als er an Fleet dachte, fiel ihm Miss Dane wieder ein. Sie saß stocksteif ihm gegenüber und beobachtete ihn mit dem starren Blick einer Katze – bereit, sofort zu flüchten, wenn er Anstalten machte, sich ihr zu nähern. Es würde ihm niemals gelingen, sie mit Worten zu überzeugen. Nicht, solange diese Worte mit dem Jargon der Diebe von East London vermischt waren.

Sie hatte aufgehört zu zittern. Nein, ihre Hände bebten noch, als sie an ihrer Haube zupfte. Das dunkle Bronzebraun ihres Kostüms unterstrich ihre Blässe. Er war grob zu ihr gewesen. Sein Verdruß darüber, wieder in die Rolle von Nightshade schlüpfen zu müssen, hatte ihn gegen sie aufgebracht, bevor er sie überhaupt zu Gesicht bekommen hatte. Als sie ihn dann auch noch ausmanövriert hatte, war sein Stolz verletzt gewesen. Erst jetzt fiel ihm auf, daß ihr ganzer Körper angespannt und sie am Ende ihrer Kräfte war.

Etwas unsäglich Schlimmes machte ihr Sorgen. Etwas, das mit Mortimer Fleet zu tun hatte. Nachdem ihm das klar geworden war, hatte er Leute ausgeschickt, um sich zu erkundigen, was am Tag von Miss Danes Verschwinden passiert war. Er hatte Badger und Prigg befohlen, sich in Tavernen und Spelunken umzuhorchen, was Fleet geradc so trieb. Es gab keine direkte Verbindung zwischen seiner alten Bande und seinem neuen Leben, aber Luke besaß genügend Möglichkeiten, an Informationen zu gelangen. In ein paar Tagen dürfte er bereits mehr wissen.

Inzwischen würde er Miss Dane mit zu sich nach Hause nehmen. Er freute sich schon darauf, ihr Gesicht zu sehen, wenn sie heute abend ankamen. Ihr Schock und ihre Beschämung würden ihn dafür entschädigen, daß er ihre bissigen Bemerkungen hatte ertragen müssen.

»Sie werden die Augen schon noch aufmachen«, sagte er, aber Miss Dane hörte ihm gar nicht zu.

Sie war im Sitzen eingeschlafen. Mißmutig, weil er ihr nicht sagen konnte, wie sehr er sich auf ihre Verlegenheit freute, zog Luke ein kleines Buch aus seiner Innentasche. Es war sein Reisewörterbuch. Über die Jahre hatten ihm seine Lehrer ein wenig Bildung zukommen lassen, aber wenn er nicht aufpaßte, fiel er von Zeit zu Zeit in seine alten Sprechgewohnheiten zurück.

Er war entschlossen, noch mehr zu lernen. Das gehörte zu seiner Lebensplanung, deren höchstes Ziel es war, Wurzeln zu schlagen. Er wollte eine Familie und ein ansehnliches Heim, denn das bedeutete Geborgenheit und die Sicherheit, ohne Angst vor Verarmung und der Bedrohung von Leib und Seele leben zu können.

»Alte Jungfer«, murmelte er, während er die Worte las. »›Eine unverheiratete Frau aus vornehmer Familie, über das normale Heiratsalter hinaus, die wahrscheinlich keine Ehe mehr eingeht.‹ Das trifft ja genau zu. Wahrscheinlich keine Ehe, mit ihren vielen ›Mr. Nightshades‹ und ›Ich weigere mich, Ihnen etwas zu sagen.‹« Seine Finger bewegten sich auf der Seite weiter nach unten. »›Altes Mädchen, einsame Frau, Jungfrau‹. Ts, Jungfrau. Kein Wunder. Nichts Interessantes da.«

Er suchte nach einem Wort, das es mehr verdiente, auswendig gelernt zu werden, als die Kutsche durch ein Schlagloch fuhr und ihn hochschleuderte. Sie hatten London hinter sich gelassen und setzten ihren Weg über Land fort. Luke legte das Buch weg und sah auf die Felder und Dörfer hinaus, immer wieder ein erfrischender Anblick nach all den Jahren in der rußigen, stinkenden Jauchegrube London.

Die Kutsche rumpelte um eine Kurve und geriet in ein noch tieferes Loch. Das ganze Gefährt machte einen Satz. Luke hielt sich fest, doch Miss Dane wurde aus dem Sitz gerissen und landete auf ihm. Er hörte, wie sie aufschrie, doch es war zu spät, um etwas anderes zu tun, als sie aufzufangen und an sich zu drücken.

Die Gesichter mit ähnlich erschrockenen Mienen nur wenig voneinander entfernt, blieben sie einen Moment unbeweglich sitzen. Dann spürte Luke ihre Brust auf seiner eigenen, ihre Hand auf seinem Schenkel. Aus heiterem Himmel schoß ihm ein Gedanke durch den Kopf: War ihre Wange so weich wie ihre Brust? Es war ihm noch nie widerfahren, daß er wußte, wie sich die Brust einer Dame anfühlte, ehe er ihre Wange berührt hatte.

Miss Dane starrte ihn unentwegt an. Sie schien wie gebannt, als hätte sie Angst wegzusehen. Ein Aufschrei verriet aber schließlich, daß sie sich wieder gefangen hatte, und sie stemmte sich von ihm weg, so daß ihre Oberkörper sich nicht mehr berührten. Mitten in der Bewegung hielt sie inne und blickte auf ihre Hand hinunter, die seinen Schenkel hielt. Luke folgte ihrem Blick und sah, wie ihre Finger sich in seinen Muskel drückten. Seine Haut unter ihrer Hand brannte wie Feuer.

Mit zusammengebissenen Zähnen sagte er: »Miss Dane.«

Ohne zu reagieren, starrte sie weiterhin ihre Hand an. Seine Hände hatten sich mittlerweile um ihre Taille gelegt, und er drückte sie leicht, während er ihren Namen wiederholte.

»Ja?« antwortete sie schwach.

»Miss Dane, könnten Sie davon Abstand nehmen, mein Bein zu quetschen? Ich versuche, ein Gentleman zu sein.«

Sie blinzelte ihn an, keuchte und lief feuerrot an. Hastig rutschte sie von seinem Schoß und verkroch sich in der entferntesten Ecke am Fenster.

Luke rückte ein wenig zur Seite und betrachtete blicklos die Landschaft auf der anderen Seite. Seine Gedanken wirbelten durcheinander, von der Erinnerung an Miss Danes Hand auf seinem Schenkel zu allen möglichen Mutmaßungen über den Grund ihrer Angst. Irgendwann fiel ihm auf, daß die Sonne schon tief am Himmel stand und sie sich auf der High Road im Dorf Langley Green befanden. Sie waren fast zu Hause.

Über die Schulter warf er einen Blick auf Miss

Dane. Sie drückte sich noch immer in die Ecke, hatte aber alle Mühe, die Augen offenzuhalten. Als sie seinen Blick bemerkte, runzelte sie die Stirn und beugte sich vor, um die Geschäfte und Häuser an der High Road zu betrachten.

»Das ist nicht …«

»Ist nicht was?«

»Der Ort, den ich erwartet habe.«

»Genau das passiert einem, wenn man glaubt, alles zu wissen. Ich sagte doch, ich bringe Sie in mein Haus.«

Miss Dane musterte die kleinen Häuschen am Ende der High Road. »Welches davon ist es denn?«

»Ach, keines von denen. Ich wohne ein wenig abseits.«

Er gab keine weiteren Erklärungen. Nach einer Weile bog die Kutsche in eine Seitenstraße ab, die sich quer durch ein dichtbewaldetes Tal mit herbstlich gefärbten Blättern wand. Auf der anderen Seite des Tals schwenkte die Kutsche auf halber Höhe noch einmal ab und fuhr in dichtem Wald weiter.

Nach ein paar Minuten lichteten sich die Bäume und gaben den Blick auf einen Wasserlauf frei. Die Pferde fielen in Schritt und klapperten über eine Steinbrücke mit drei Stützpfeilern. Mitten auf der Brücke klopfte Luke gegen die Decke der Kutsche, woraufhin diese stehenblieb.

An Miss Dane gewandt, sagte Luke: »Ich möchte Ihnen etwas zeigen.«

»Sie werden mich ersäufen.«

Sie starrte ihn an, als wäre er eine Flußratte. Allmählich ging ihm ihr Mißtrauen auf die Nerven.

»Wenn es so wäre, dann hätten Sie es wenigstens hinter sich.«

Er sah, wie es in ihr arbeitete. Die Zunge stahl sich

ein wenig zum Mundwinkel heraus und verschwand wieder. Schließlich straffte sie die Schultern und nickte. Er stieg aus und bot ihr die Hand. Regungslos starrte sie sie an.

»Verdammt! Sie glauben wohl, ich werfe Sie von der Brücke.« Ohne ihre Antwort abzuwarten, umfaßte er ihre Taille und hob sie aus der Kutsche. Er hörte, wie sie den Atem anhielt. Da er wußte, was sie dachte, war es ihm ein besonderes Vergnügen, sie loszulassen, sobald sie auf ihren eigenen Beinen stand. »Sehen Sie? Sie sind immer noch am Leben.«

Den Stoffbeutel fest an sich gedrückt, sah sie ihn noch eine Weile prüfend an. Da er sich weder auf sie stürzte noch sie in den Fluß warf, atmete sie tief aus und blickte sich um. Sie wagte sogar einen Blick über den Rand der Brücke auf das Wasser, das über große und kleine Kieselsteine strömte.

Als Luke sich neben sie stellte, machte sie einen Schritt zur Seite, aber Luke deutete nur auf das Wasser. »Kommen Sie sich jetzt nicht ein bißchen holzköpfig vor, weil Sie glaubten, ich würde Sie in so einen seichten Bach werfen? Kann nicht mehr als fünf Fuß tief sein.«

»Sie hätten mir die Hände fesseln und ...« Sie biß sich auf die Lippen.

Luke schüttelte den Kopf. »Befürchten Sie, mich auf dumme Gedanken zu bringen? Schlag mich einer tot, wenn Sie sich nicht in den Kopf gesetzt haben, auf dieser Reise zu leiden. Nun ja, sie ist fast vorbei. Ich wollte Ihnen eigentlich nur etwas zeigen.«

Er wies in die einzige Richtung, in die Miss Dane bisher noch nicht geschaut hatte – geradeaus. Hinter der Brücke, als sei sie direkt aus dem Wald gewachsen, ragte eine riesige Masse aus grauem Stein in den Himmel, die Grundmauer eines Burgturms. Ein Festungswall schloß sich daran an, dessen Zinnen sich endlos hinzuziehen schienen.

Riesige Efeuranken hingen von den Wänden. Bäume und Kletterpflanzen schmiegten sich an die Grundmauer und warfen lange Schatten auf den Stein. Hinter der Wehrmauer erhoben sich die Überreste eines zerfallenen Gebäudes, unterbrochen von etlichen Fensterbögen. Eine breite Straße zog sich von der Brücke zu einem von gewaltigen Türmen eingerahmten Wachhaus. Eine Zugbrücke lag über dem wassergefüllten Burggraben, und darüber fuhr gerade ein Pferdefuhrwerk, gelenkt von einem brotkauenden Jungen in einem Arbeitskittel.

»Das, Miss Dane, gehört mir.«

»Wie bitte?«

»Ich sagte doch, ich würde Sie mit zu mir nach Hause nehmen, und das ist mein Zuhause, jede Zinne, jeder Turm, jede Mauer.«

Miss Dane deutete auf die Burg. »Das … das gehört Ihnen?«

»Ja. Warum sehen Sie denn auf einmal aus wie vom Donner gerührt?« Er grinste, denn sie starrte mit offenem Mund die Burg an und sah so verwirrt aus, daß es eine wahre Wohltat war.

»Kommen Sie. Man wird schon auf uns warten, denn es wird langsam dunkel.«

Er half seiner fassungslosen Begleiterin in die Kutsche, die sich unverzüglich wieder in Bewegung setzte. Nach wenigen Metern kamen sie an dem Fuhrwerk vorbei, und der Junge mit dem Kittel zog den Hut. Luke erwiderte den Gruß mit einem leichten Neigen des Kopfes. Dabei bemerkte er, daß Miss Dane ihn wieder anstarrte.

»Ist mir plötzlich eine zweite Nase gewachsen, oder was?«

Sie schüttelte den Kopf, und als sie durch das Wachhaus fuhren, konnte er sich eine spöttische Bemerkung nicht verkneifen. »Keine Angst, Miss Prim. Ich verspreche, daß ich Sie weder in den Burggraben noch in die Oubliette werfen werde.«

6

Prim versuchte, das bißchen Haltung, das ihr noch geblieben war, zu wahren, indem sie sich auf ihre Umgebung konzentrierte. Sie fürchtete, verrückt zu werden, wenn sie sich noch länger darüber den Kopf zerbrach, wie der Dieb und Schurke Nightshade in den Besitz einer Burg kam. Aus diesem Grund blickte sie starr nach draußen, als die Kutsche das Fallgatter passierte und in das Dunkel des Wachhauses eintauchte. Über sich sah sie Pechnasen, durch die die Verteidiger Pech auf ihre Angreifer geschüttet oder sie mit Pfeilen beschossen hatten.

Als die Kutsche in den ehemaligen äußeren Burghof einfuhr, lag vor ihnen eine große Rasenfläche, in deren Mitte die Ruine des einstigen normannischen Bergfrieds stand. Ringsum erhob sich der massive Festungswall, unterbrochen von runden und eckigen Türmen. Hinter der Ruine, dicht an die nördlichen Wehrmauern gedrängt, stand eine Anzahl von kleineren Bauwerken. Trotz ihrer Verwirrung war Prim fasziniert. Der Wandel von normannischer zu gotischer Architektur bei den Gebäuden war ein Zeugnis von jahrhundertelanger Bautätigkeit unter einer langen Reihe von Besitzern.

Die Kutsche fuhr um den zerfallenen Bergfried herum und folgte einem Kiesweg zum neuen Wohngebäude, dem Palas, an der Nordseite der Burganlage. Die Gebäude schienen in einer unendlichen U-Form auseinander herauszuwachsen. Das Durcheinander von Wohn- und Verteidigungsanlagen umfaßte eine erhabene Kapelle mit Stützpfeilern, den Palas, flache

Bedienstetenwohnungen und riesige rechteckige Blöcke und Türme, die einst Waffenkammern, Soldatenunterkünfte und Schatzkammern gewesen sein mußten.

Die Kutsche blieb vor dem Palas stehen. Als sie den Mann, der behauptete, Sir Lucas Hawthorne zu sein, ansah, stellte sie zu ihrer Überraschung fest, daß ihm vor dem Aussteigen so bange war wie ihr. Zusammengesunken saß er da, den Spazierstock mit beiden Händen umklammert, und machte ein mürrisches Gesicht. Er rührte sich auch nicht, als ein Diener aus dem Haus geeilt kam und die Tür öffnete.

Prim nahm ihren Mut zusammen. »Sir Lucas?«

Er blickte auf und zwang sich zu einem gequälten Lächeln.

»Ich habe Mrs. Snow ganz vergessen.«

»Wer ist Mrs. Snow?«

»Der Fluch, der auf meinem Leben lastet, Miss Dane. Sie ist meine Haushälterin. Ist schon in der Burg, seit sie ein einfaches Hausmädchen war, was meiner Schätzung nach zweihundert Jahre her sein muß. Nun ja, was sein muß, muß sein, nicht wahr?«

Er stieg aus und hielt Prim die Hand hin. Sie hatte sich inzwischen von der verblüffenden Erkenntnis, daß dieser hartgesottene Halunke sich vor seiner eigenen Haushälterin zu fürchten schien, erholt und legte ihre Hand auf die seine. Als sie aussteigen wollte, drückte er ihre Hand und flüsterte ihr etwas zu.

»Freut mich, daß meine Burg wieder Farbe in ihre Wangen gebracht hat, Miss Prim.«

Prim spürte, wie ihr Gesicht zu brennen begann, entzog ihm so schnell wie möglich ihre Hand und trat einen Schritt zur Seite. In diesem Moment schwangen die beiden Türflügel des Portals auf, und eine Frau kam die Stufen herab, gefolgt von einer Schar Hausmädchen und mehreren Lakaien. Die Lakaien machten sich unverzüglich daran, das Gepäck abzuladen, während die Frau und ihre Begleiterinnen auf Sir Lucas und Prim zuschritten.

Es war, wie wenn eines dieser neumodischen Schiffe aus Stahl im Hafen einlief. Stattlich aufragend, ganz in Schwarz gekleidet und mit strenger Miene warf sie vor Sir Lucas Anker. Prim schob ihre spontane Abneigung gegen diese Frau auf ihre Erschöpfung. Die Haushälterin konnte schließlich nichts dafür, daß sie so aussah – die hervorspringende Nase, die kleinen Schneidezähne, die unter ihrer Oberlippe hervorragten, wenn sie den Mund zusammenpreßte, ihr hageres Gesicht, das an jakobinische Holzgravuren mit gefallenen Sündern erinnerte. Prim schalt sich im stillen, während Sir Luke sich an seine Haushälterin wandte.

»Wir brauchen etwas zu essen.«

Mrs. Snow hatte hübsche, hellblaue Augen, die sich in die Seele ihres Gegenübers zu bohren schienen, um darin nach seinen Missetaten zu forschen. Sie blickte an ihrer langen, falkenartigen Nase auf ihren Arbeitgeber hinab. »Ich war nicht über Ihre Ankunft informiert, Sir Lucas.«

»Das tut mir außerordentlich leid, Mrs. Snow.«

»In der Küche ist nichts vorbereitet. Die Gästezimmer sind nicht gelüftet. Wir haben nirgendwo frische Blumen. Ich bin so überstürzte Besuche nicht gewohnt. Als seine Lordschaft noch hier residierte, wurde alles ohne Hast und Eile erledigt.«

Sir Lucas starrte seine Stiefel an und murmelte etwas in seinen Mantelkragen. Prim warf ihm einen erstaunten Blick zu. Wo war der grausame, schonungslose Nightshade geblieben? Wo war der Mann, auf dessen kleinstes Wort hin die Gäste der Black Fleece Tavern das Genick einzogen und Prim vor Angst zu zittern begann? An seiner Stelle stand ein Mann, der sich, auch wenn ein wenig gewandter in seiner Wortwahl, vor seiner Hausangestellten zu fürchten schien.

Mit einem Schlag erwachte Prim aus dem traumähnlichen Zustand, in dem sie sich befand, seit sie den Fluß überquert hatten. Die Haltung der Diener und der Haushälterin bestätigte die gesellschaftliche Stellung dieses Mannes. Er war in der Tat Sir Lucas, ein reicher und rechtschaffener Mann – im weitesten Sinne. Die ganze Zeit über hatte er wirklich versucht, ihr zu helfen. Der Himmel wußte, was mit ihr geschehen wäre, wenn er etwas anderes im Sinn gehabt hätte. Sie stellte sich Nightshade in der Rolle ihres Retters vor, was sie nur noch mehr durcheinanderbrachte. Prim ertappte sich dabei, wie sie ihn mit offenem Mund anstarrte, und drehte sich rasch zu seiner Haushälterin um, die sich immer noch beschwerte.

»Unter seiner Lordschaft wurde von allen, die auf Beaufort leben, angemessenes Verhalten verlangt.«

Sir Lucas räusperte sich. »Ich bedauere …«

»Sir Lucas«, Prim trat einen Schritt vor, bevor er die Dummheit beging, sich vor dem Dienstpersonal vor dieser anmaßenden Person zu entschuldigen. »Sie haben mich noch nicht vorgestellt.«

Verdutzt blickte er auf sie hinunter, als sähe er sie zum erstenmal. »Ach ja. Miss Dane, darf ich Ihnen meine Haushälterin Mrs. Snow vorstellen. Mrs. Snow, Miss Dane ist mein Gast.«

»Wie ich schon sagte – es sind keine Zimmer vorbereitet.«

Da riß Prim der Geduldsfaden. Ehe Sir Lucas etwas sagen konnte, wandte sie sich an ihn. »Darf ich das übernehmen?«

»Nach kurzem Zögern nickte er heftig.

Prim drehte sich um und ging mit Sir Lucas an Mrs. Snow vorbei. Der blieb nichts anderes übrig, als hinter ihnen herzueilen.

In der Halle nahm Prim ihre Haube ab und reichte sie einem Hausmädchen, ohne sich zu vergewissern, ob sie darauf gefaßt war. Sie legte gerade den Mantel ab, als Mrs. Snow bei ihnen anlangte. Prim hielt ihn ihr hin, und die Haushälterin nahm ihn automatisch entgegen.

»Mrs. Snow, Sir Lucas erwartet, daß seine Räume und ein Gästezimmer sofort gerichtet werden. Sie werden außerdem bitte dafür sorgen, daß der gemütlichste Salon bereitsteht, damit wir uns darin aufhalten können, während wir warten. Ich schlage vor, daß wir einen Tee zu uns nehmen. Mit frischem Gebäck – Brot, Kuchen oder Törtchen. Das Abendessen kann heute Abend um neun serviert werden, damit Sie genügend Zeit haben, alles frisch zuzubereiten.« Prim seufzte und ließ den Blick über das geschnitzte Holz und die Rüstungen gleiten. »Ja, ich glaube, so wird es am besten sein. Und jetzt führen Sie uns bitte in den Salon, Mrs. Snow.«

Die Haushälterin stand wie erstarrt an ihrem Platz, doch angesichts Prims unerschütterlicher Überzeugung, daß man ihren Anordnungen Folge leisten würde, setzte sie sich in Bewegung. Sie drückte den Mantel einem Hausmädchen in den Arm und sagte: »Ja, Miss.«

Ohne weiteres Murren oder die Erwähnung ›seiner Lordschaft‹ geleitete sie sie durch die große Halle in den zweiten Stock des Westflügels, wo sie in ein warmes, helles Zimmer traten. Es war ganz in Weiß und Gold gehalten, hatte durch Längspfosten geteilte Spitzbogenfenster nach Westen, eine hohe, gewölbte

Decke und einen Kamin mit einer Einfassung aus italienischem Marmor.

Solange die Haushälterin in der Nähe war, blieb Sir Lucas still und ernst, aber kaum hatte sie die Tür hinter ihnen geschlossen, erlebte Prim eine Verwandlung. Das sorgenvolle Stirnrunzeln verschwand. Die dunklen Brauen von Sir Lucas Hawthorne hoben sich; das Kinn senkte sich, und sein Blick hob sich zusammen mit seinen Mundwinkeln. Dann schritt er durch das Zimmer und ließ sich mit natürlicher Anmut auf einen barocken Gobelinstuhl fallen.

»Gott sei für Ihren Mut gedankt, Miss Prim. Sie haben die alte Snow ganz schön überrumpelt.«

Als sie sah, daß Nightshade keine Anstalten machte, ihr etwas anzutun, sank Prim auf einen Stuhl neben einem Mosaikschränkchen und betrachtete dessen bronzene Beschläge. Wie konnte dieser Mann Sir Lucas sein, und wie konnte Sir Lucas Nightshade sein? Junge Straßenräuber aus den Elendsvierteln von London erhielten keine Titel und schon gar keine Erhebung in den Ritterstand. Genau das mußte diesem hier aber passiert sein. Prim wandte sich an ihren Entführer, der nun ihr Gastgeber war.

»Mr. Night- Sir Lucas, ich glaube wir sollten noch einmal von vorn anfangen. Würden Sie mir bitte sagen, wo wir uns aufhalten und wer Sie sind?«

»Werden Sie mir diesmal glauben?«

»Mr. Nightshade, ich habe Sie von Ihrer schlimmsten Seite kennengelernt, und nun möchte ich eine Erklärung. Wo bin ich? Wer sind Sie?«

»Das sagte ich Ihnen doch schon. Sie sind in meiner Burg. Sie heißt Castle Beaufort. Und ich bin Luke Hawthorne.«

Dünne, steile Linien erschienen zwischen Prims Augenbrauen.

»Könnten Sie mir bitte erklären, wie ein Mensch Ihrer Stellung in den Ritterstand erhoben wurde?«

»Nachdem Ross Scarlett mir geholfen hatte, aus London herauszukommen, habe ich einige Arbeiten für die Regierung Ihrer Majestät übernommen.«

»Was für eine Art von Arbeit?«

Sir Lucas rutschte in seinem Stuhl auf die Seite und sah hinauf zu den weißen Stuckgirlanden und der schnörkeligen Verzierung an der Decke. »In der Regierung, ganz besonders im Außenministerium, gibt es alle möglichen Situationen, die meine Dienste erforderlich machen. Für Ross war es oftmals notwendig, heimlich an Informationen heranzukommen, von denen die Ausländer nicht wollten, daß wir sie besaßen. Dokumente und solche Sachen.«

»Diese Dokumente müssen sehr wichtig gewesen sein, daß sie so teuer bezahlt wurden.«

Sir Lucas sagte nichts. Er drehte sich wieder zu ihr herum, setzte sich breitbeinig hin und stützte die Ellbogen auf die Schenkel. Dann verschränkte er die Hände, legte das Kinn darauf und sah zu ihr auf. In diesem Moment war er so sehr Nightshade, daß Prim die Fäuste in den Falten ihres Rocks versteckte, damit er nicht sah, wie sie zitterten. Als er etwas sagte, zuckte sie zusammen.

»Tun Sie das nicht.«

»Wie bitte?«

»Ich bin wirklich Sir Lucas Hawthorne, und kein Schwerverbrecher, der Sie umlegen soll.«

Prim hob die Hände. »Mein Mißtrauen sollte Sie nicht überraschen, Sir Lucas. Bei unserer ersten Begegnung fielen Sie über mich her wie ein Wolf über eine Ziege!«

»Das mußte ich ja. Es war nicht einfach, Sie zu finden, und ich wollte Sie nicht entkommen lassen.« Er unterband ihren Einwand, indem er aufstand und zum Kamin trat. »Lady Freshwell hat Ross Scarlett gebeten, Sie zu finden, und ich habe ihm den Gefallen getan. Das ist alles. Wenn wir schon beim Fragestellen sind, dann können Sie mir eigentlich auch gleich erklären, warum Ihre erlauchte Tante drei Tage wartete, bis sie sich an Ross wandte. Er sagte, ihr liege mehr daran, einen Skandal zu vermeiden, als Sie zu finden. Sie hat bereits in Umlauf gebracht, daß Sie Freunde auf dem Land besuchen.«

Prims Miene erhellte sich. »Dann weiß mein Bruder immer noch nicht, was passiert ist.«

»Ach ja, stimmt! Sie haben einen Bruder. Warum sind Sie nicht zu ihm gegangen?«

»Er ist noch an der Universität in Oxford.«

»Na und? Warum wohnen Sie bei einer Tante, wenn Sie noch einen Bruder haben?«

»Sir Lucas, Sie sind impertinent.«

»Impertinent, das ist ein herrliches Wort. Ich weiß noch ein anderes – fragil, das bedeutet zart und zerbrechlich, wie das venezianische Glas in dem Schränkchen.« Er zeigte auf einen zierlichen Glasteller, doch dann schnalzte er mit den Fingern.

»Jetzt fällt es mir wieder ein. Ross sagte, Ihr Bruder sei ein Lord oder so etwas.«

Prim spürte, wie ihr Rücken sich anspannte, und hörte, wie ihre Stimme kalt wurde. »Mein Bruder war der Erbe des Familientitels.«

»Was bedeutet, daß er ein großes Haus und jede Menge Land besitzt.«

»Sir Lucas, wo bleiben Ihre Manieren? Solche Fragen sind in gesellschaftlichen Kreisen nicht akzeptabel. Seien Sie versichert, daß ich zu Hause wohnen würde statt bei Lady Freshwell und ihrem Sohn, wenn er es sich leisten könnte.«

»Sie hat einen Sohn?«

Seufzend erwiderte Prim: »Lord Newton Freshwell.«

»Newton, wie?«

»Ja, Newton.«

»Hört sich für mich an wie ein schwächlicher Nichtsnutz. Ach, kommen Sie schon, seien Sie nicht gleich beleidigt. Wenn es stimmt, was Sie mir erzählt haben, können Sie zu diesen Leuten ohnehin nicht zurückkehren, ohne sich in Gefahr zu bringen, und wir können sie auch nicht herkommen lassen, um Sie abzuholen.«

»Mein Ruf ist ohnehin schon ruiniert, und zwar seit dem Moment, als ich zu dem verabredeten Zeitpunkt nicht erschien, um mich von Lady Freshwells Diener abholen zu lassen.«

»Keine Sorge, meine Ma und mein Pa sind hier. Alles hat seine Richtigkeit, und später, wenn alles vorbei ist, können wir sagen, Sie waren die ganze Zeit hier.«

»Ich bezweifle, daß diese List ausreichen wird.«

»Aber natürlich. Ich sage Ross, er soll die Geschichte seinen Bekannten Mrs. Treat-Fotheringay, Lady Mendlehouse und dem alten Cyril Richmond erzählen. Er wird Sie schon ins rechte Licht rücken. Aber zuerst verraten Sie mir Ihr Geheimnis.«

Prim sah sich um. Sie befanden sich in einem dieser eindrucksvollen Räume, die im Stile von Ludwig XIV., dem Sonnenkönig, eingerichtet waren. Eine weiße Stuckdecke mit klassischen Motiven, die barocken Möbel und das zarte venezianische Glas in den verschiedenen Vitrinen sagten einiges über das Vermögen von Sir Lucas aus. Sie wagte einen Blick auf ihren Gastgeber. Er beobachtete sie mit diesem fragenden Ausdruck, der sofort die drohende Gefahr, die von Nightshade ausging, vergessen ließ. Dieser aufgeweckte Schurke, der sich auf einmal in einen Gentleman verwandelt hatte, hatte ihr Leben gerettet. Das mußte sie zugeben. Und deshalb durfte sie auch sein Leben nicht in Gefahr bringen. Die Ehre verbot dies.

Er durchschritt den Raum, blieb wenige Fuß von ihr entfernt stehen und hob eine Augenbraue. »Nun?«

»Ich weigere mich, darüber zu sprechen.«

»Erlauchte Miss Prim, Sie werden es mir auf der Stelle sagen.«

»Ich werde Ihr Leben nicht auch noch in Gefahr bringen.«

»Ich lebe in ständiger Angst um mein Leben, seit ich einen Meter weit spucken kann.«

»Sir, Ihre Sprache!«

»Ich werde es nicht zulassen, daß Sie sich als meine Beschützerin aufspielen. Zur Hölle mit Ihnen! Zuerst haben Sie Angst vor mir, und jetzt haben Sie Angst um mich, und das völlig grundlos.«

Während er gesprochen hatte, war er immer näher gekommen, und Prim hatte sich erhoben. »Es sind nicht nur Sie ...« Sie schloß schnell den Mund, und ihre Zunge erschien im Mundwinkel.

»Ach! Und was soll das heißen?« Er kniff die Augen zusammen.

In diesem Moment kam Nightshade wieder zum Vorschein. Der freundliche Sir Lucas tauchte in dem wilden Ungestüm des unbarmherzigen Schurken unter. Seine samtweiche Stimme jagte ihr einen Schauer über den Rücken.

»Nun, meine kostbare kleine Komplizin, sagen Sie mir, meine wohlerzogene, liebe Dame, wer Ihr Geheimnis noch kennt.«

»Ich ...« Ihre Stimme versagte, und sie mußte noch einmal anfangen. Wenn sich ihre Stimme nur nicht so zittrig angehört hätte! »Ich weigere mich, darüber zu sprechen.«

Er machte einen Schritt nach vorn, so daß sie nach hinten ausweichen mußte und auf dem Stuhl landete. Rasch beugte er sich herab und legte die Hände auf die Stuhllehnen, damit sie nicht fliehen konnte. Er war so nah, daß sie die Wärme seines Körpers spüren und seinen männlichen Duft einatmen konnte. Prims Kehle war ausgedörrt. Sie lehnte sich so weit wie möglich zurück und versuchte dabei, seinem Blick standzuhalten.

»Miss Dane«, flüsterte er. »Ich habe schon viele Menschen dazu überredet, das zu tun, was ich wünsche. Zwingen Sie mich nicht, auch Sie zu überzeugen.«

Innerlich wie Espenlaub zitternd, wandte Prim den Blick nicht ab. »Sir Lucas«, fuhr sie ihn an. »Sie müssen sich entscheiden, ob Sie ein Verbrecher oder ein Gentleman sind. Und Sie werden diese Entscheidung höflicherweise auf der Stelle treffen, denn ich werde mich auf keinen Fall weiterhin den plötzlichen Wandlungen Ihres Charakters aussetzen.«

»Wir werden sehen, ob Sie es tun oder nicht«, murmelte er als Antwort.

Ein Klopfen an der Tür veranlaßte Nightshade, von ihr abzulassen und sich als Sir Lucas in einen Stuhl gegenüber von Prim zu setzen. Auf seine Aufforderung hin traten ein Serviermädchen und ein Diener ein. Erleichtert mußte Prim fast lächeln, als sie sah, wie die Ankunft der beiden bei ihrem Gastgeber einen Anfall von Zivilisiertheit auslöste. Es war, als beobachtete man, wie ein dunkler Raum von einer Gaslampe erhellt wurde.

Der Diener trug ein schweres silbernes Tablett mit einem Teeservice herein, das Mädchen folgte mit einem kleineren Tablett voller Gebäck. Sir Lucas musterte die beiden wie ein General das Anrücken einer gefährlichen und gut ausgerüsteten Armee. Als der Diener neben ihm stehenblieb und ihn fragend ansah, starrte Sir Lucas ihn nur düster an und schwieg. In diesem Augenblick wurde Prim klar, daß er keine Ahnung hatte, was von ihm erwartet wurde, und daß ihm genau dieser Umstand äußerst peinlich war. Um seine Unwissenheit zu überspielen, blieb er einfach sitzen und funkelte den armen Diener an.

Prim stellte fest, daß sie sich an Sir Lucas' Verlegenheit nicht weiden konnte. »Wenn Sie mir gestatten, Sir Lucas?«

»Wie? O ja, natürlich, Miss Prim ... Miss Dane.«

Prim gab mit der Selbstverständlichkeit und Selbstsicherheit eines Menschen, der sein Leben lang bedient worden war, Anweisungen. Die beiden Tabletts wurden auf einem Tisch zwischen einem Sofa und zwei Sesseln abgestellt.

»Danke«, sagte sie zu dem Diener. »Das wäre dann alles.«

»Sehr wohl, Miss.«

Nachdem die beiden gegangen waren, wartete Prim auf einen Wink ihres Gastgebers, ob sie servieren sollte oder nicht, aber er war noch immer damit beschäftigt, die Tür, durch die die Hausangestellten verschwunden waren, mit düsteren Blicken zu durchlöchern.

»Sir Lucas, möchten Sie, daß ich einschenke?«

»Hmmm?«

»Den Tee, soll ich ihn einschenken?«

»Wenn es Sie glücklich macht.« Er schien die Tür überaus interessant zu finden, denn er wandte den Blick auch dann nicht ab, als sie ihm eine Tasse reichen wollte.

»Sir Lucas.«

»Ja«, erwiderte er geistesabwesend.

Prim hob die Stimme und hielt ihm die Tasse hin. »Wie wünschen Sie Ihren Tee?«

»Wie? O ja, danke.« Er nahm die Tasse und begann darin zu rühren.

»Sie haben mir keine Antwort gegeben, als ich Sie fragte, wie Sie Ihren Tee nehmen.«

Ohne getrunken zu haben, setzte Sir Lucas die Tasse wieder ab und sah sie aus großen Augen an. Prim nippte an ihrem Tee mit Milch und Zucker, wobei ihr Unbehagen wuchs. Zweifellos würde er noch einmal versuchen, sie dazu zu bewegen, ihr Geheimnis preiszugeben, und sie fühlte sich zu erschöpft, um einer weiteren Befragung standzuhalten.

»Wissen Sie, Miss Dane, wenn Sie mir erzählen würden, was Sie gesehen haben oder was Sie wissen, dann hätte derjenige, der hinter Ihnen her ist, keinen Grund mehr dazu. Das Geheimnis wäre nicht mehr geheim, und Ihr Tod nicht mehr notwendig.«

Daran hatte Prim auch bereits gedacht. »Sie täuschen sich. Selbst wenn das Geheimnis der ganzen Welt bekannt wäre, gäbe es immer noch den wichtigsten aller Gründe, mich zu beseitigen.« Der Mörder würde erst recht alles daran setzen, sie umzubringen, bevor sie vor Gericht aussagen konnte.

»Verdammt nochmal«, entfuhr es Sir Lucas, während er sie nachdenklich ansah. »Was können Sie wissen, was so gefährlich ist?«

»Ich –«

»Weigere mich, etwas dazu zu sagen. Ich weiß, ich weiß. Was also wollen Sie tun – sich für den Rest Ihres Lebens verstecken?«

Auf diese Frage war sie nicht gefaßt. Mit einem Schlag gewann die Erschöpfung Oberhand. Sie fühlte sich hilflos und einsam. So lange war sie tapfer gewesen, doch nun war sie am Ende ihrer Kräfte. Ihre Augen brannten, und die Konturen von Sir Lucas begannen zu verschwimmen.

»Oy! Fangen Sie nicht an zu schniefen und zu heulen.«

Die Tasse und die Untertasse in ihrer Hand klirrten, als Prim ihre Serviette an die Nase hielt. Sie konnte nicht verhindern, daß sie laut aufschluchzte. Die Tasse klapperte nun gefährlich. Sir Lucas fluchte und griff nach dem Porzellan, ehe sie es fallenließ. Prim drückte die Serviette vor den Mund und ballte die andere Hand zur Faust, um ihre Fassung wiederzuerlangen. Sie verlor den Kampf und brach in Schluchzen aus. Beschämt bedeckte sie die Augen mit dem Tuch.

Die Polster des Sofas bewegten sich neben ihr. Eine warme Hand griff nach ihrer Faust. Prim keuchte auf und wagte einen Blick über den Rand der Serviette. Sir Lucas saß neben ihr, und sie kam sich plötzlich winzigklein vor. Er hatte ihre Faust genommen, bog die verkrampften Finger vorsichtig auf und bedeckte sie vollständig mit seinen Händen. Prims Tränen trockneten, als sie seine Wärme spürte. Die Welt schrumpfte plötzlich auf jene wenigen Zentimeter Haut zusammen, an denen sie sich berührten, und Prim bemerkte, wie sich etwas in ihr bewegte, sich um sich selbst drehte und eine unerwartete Spannung erzeugte.

»Es dauerte ganz schön lang, bis Sie das machten, was ich schon bei unserer ersten Begegnung von Ihnen erwartete. Schlag mich einer tot, wenn Sie nicht eine ganz beachtlich mutige alte Jungfer sind.«

»M-mutig? Ich bin nicht mutig. Ich habe Angst.« Die Tränen kehrten zurück.

»Dann lassen Sie mich Ihnen helfen.«

Eine weitere Überraschung. Nightshade konnte sanft und nett sein. Selbst seine Stimme war sanft. Normalerweise erinnerte sie an einen vielstimmigen Chor – voll, harmonisch und Lobpreisungen der Niedertracht und Gottlosigkeit singend. Nun stiegen bei dem Klang seiner Stimme Bilder von hohen Zinnen und edlen Rittern in ihr auf, und zum erstenmal war sie versucht nachzugeben. Doch was käme dabei heraus? Gefahr für zwei Menschen anstatt für einen; Gefahr für denjenigen, der sein Leben aufs Spiel gesetzt hatte, um ihr zu helfen.

»Ich kann nicht zulassen, daß Sie mir helfen.«

»Sie sind ein jämmerlicher Dummkopf, Miss Dane.«

Prim entzog ihm ihre Hand. »Nur eine ehrlose Person sagt so etwas zu einer Dame. Aber Sie müssen meine Anwesenheit nicht ertragen. Ich werde unverzüglich aufbrechen.«

»Das werden Sie nicht.«

»Dann bin ich also doch eine Gefangene.«

»Sieht so aus.«

Prim erhob sich.

»Wo gehen Sie hin?«

»Ich nehme an, Sie wollen mich wieder in einen vergitterten Raum einsperren oder womöglich in Ihr Verlies.«

»Setzen Sie sich!« brüllte Nightshade.

Gegen ihren Willen gehorchte Prim. Er senkte das Kinn und sah sie an. Seine Haltung rief Erinnerungen an dunkle, nebelverhangene Straßen und versteckte Gefahren hervor. Er machte es schon wieder, wollte sie einschüchtern. Prim straffte die Schultern, faltete die Hände in ihrem Schoß und erwiderte seinen Blick. So blieben sie eine ganze Weile sitzen, bis Sir Lucas'

Lächeln Nightshade verdrängte. Sie hörte ihn leise lachen und sah ihn argwöhnisch an.

»Verdammt soll ich sein, wenn Sie nicht verstockt wie ein Esel sind, Miss Dane.«

»Es freut mich, daß meine Schicksalsschläge und Heimsuchungen Sie belustigen«, fauchte Prim.

»Jetzt versinken Sie bitte nicht in Ihrem persönlichen Jammertal. Ich machte Ihnen einen Vorschlag.«

»Ach wirklich?«

»Verdammt, ich hasse es, wenn Sie so hochnäsig und dünkelhaft werden und ich mir vorkomme wie eine Wasserratte der Themse.«

»Wie bedauerlich für Sie.«

»Sehen Sie, was ich meine? Aber das ist es nicht, was ich sagen wollte. Ich wollte sagen, daß Sie mir darin recht geben müssen, daß Sie sich verteufelt schwer tun werden, wenn Sie ohne meine Zustimmung von hier verschwinden wollen. Stimmt's?«

Ärgerlich nickte Prim.

»Stimmt«, bestätigte er mit einem Grinsen, für das sie ihm am liebsten gegen das Knie getreten hätte. »Wir stecken also in dem gleichen Schlamassel wie in London. Versprechen Sie, daß Sie nicht weglaufen, bevor wir eine Lösung für diese Misere gefunden haben, oder soll ich die Zugbrücke hochziehen und ein hübsches Zimmer im Verlies für Sie finden? Ich würde natürlich ein paar Möbel reinstellen.«

Seine Logik war bestechend und machte sie wütend. Eine lange Stille trat ein, in der sie mit ihrem Zorn kämpfte. Schließlich mußte Prim einsehen, daß sie zu wenig Alternativen hatte und daß sie ihr Leben aufs Spiel setzte, wenn sie Sir Lucas ohne einen vernünftigen Plan verließ.

»Vorläufig«, erwiderte sie, »werde ich bleiben.«

»Nicht nur vorläufig. Sie müssen versprechen –«

»Sir Lucas, das ist mein endgültiges Angebot.«

Er musterte sie von Kopf bis Fuß, als versuche er, ihre Entschlußkraft abzuschätzen. »Na gut, Miss Prim.«

»Wenn Sie mich dann jetzt bitte entschuldigen wollen, Sir Lucas.« Prim erhob sich vom Sofa.

»Warten Sie«, widersprach Sir Lucas. »Sie haben noch nicht alles gehört.«

Prim ließ sich so weit wie möglich von ihm entfernt auf der Kante des Polsters nieder. »Ja?«

»Ich muß Sie etwas fragen.«

»Ich werde Ihnen nichts –«

»Nicht das.« Sir Lucas räusperte sich. »Was ich sagen wollte, war, daß, wenn Sie schon einmal hier sind, Sie mir ja vielleicht so gute Manieren, wie Sie sie haben, beibringen könnten. Ich werde heiraten, und meine Verlobte ist aus gutem Hause, wie Sie. Ich brauche Umgangsformen für die höheren gesellschaftlichen Kreise.«

Das war das letzte, was Prim erwartet hatte. Ihr Kinn fiel herab; schnell schloß sie den Mund wieder. Er hatte eine Verlobte. Sie war schockiert. Nein, sie war außer sich. Er konnte nicht verlobt sein. Sie wollte nicht, daß er verlobt war. Ihre Gedanken verwandelten sich in Skorpione, die gegeneinander kämpften und sich ihre Stachel tief ins Fleisch jagten. Zur Hölle mit ihm. Er war verlobt, und er wollte, daß sie ihm Manieren beibrachte. Ihm Manieren beibrachte, damit er seine Verlobte beeindrucken konnte!

»Was sagen Sie dazu?« fragte er.

»Sicherlich nicht!«

Er betrachtete sie stumm. Dann, aus heiterem Himmel, lachte er Nightshades dämonisches Lachen. »Denken Sie genau nach, Miss Prim. Je mehr Manieren Sie mir beibringen, desto weniger werden Sie von

Nightshade zu sehen bekommen.« Er lehnte sich zu ihr herüber, und Prim drückte sich in die äußerste Sofaecke.

»Nun, wie lautet Ihre Antwort, Miss Prim?« sagte er leise und löste die Vision eines Piratenkapitäns in ihr aus, der blutverschmiert an Deck stand. »Mit wem wollen Sie Ihre Zeit verbringen – mit Sir Lucas oder mit mir?«

Prim stieß ihn an der Schulter von sich weg und rutschte über die Sofakante auf den Boden. Nightshade beugte sich über sie und bot ihr die Hand. Ohne auf sein Angebot einzugehen, rappelte Prim sich auf und eilte zur Tür. Mit der Hand am Türknauf drehte sie sich um, um nachzusehen, ob er ihr folgte, doch er stand am Sofa und lächelte sie mit der Verschlagenheit eines heidnischen Gottes an.

»Beim Abendessen werden wir mit dem Unterricht beginnen, Sir Lucas.«

Nightshade bedachte sie mit einem Grinsen wie es der Teufel auf dem Gesicht tragen mußte, nachdem er eine Seele der Verdammnis zugeführt hat, und verbeugte sich schwungvoll vor ihr. »Ich wußte, daß Sie mich verstehen würden, Miss Dane.«

7

Castle Beaufort war einst die Heimat von Herzögen und Prinzen gewesen. Luke kaufte es von einem Baron, dessen Familie die Ehre zuteil geworden war, verschiedene Stuart-Könige mit Mätressen zu versorgen, bis England nicht mehr mit hübschen Frauen oder lüsternen Herrschern aufwarten konnte. Die massiven Grundmauern der Burg, ihre achthundertjährige Geschichte und die Schätze, die sie barg, gaben Luke das Gefühl der Beständigkeit, nach der er sich ein Leben lang gesehnt hatte.

Er konnte über den Burghof schlendern und Türme ansehen, die den Rosenkrieg und Cromwell überstanden hatten. Er konnte die Rüstungen in der alten Halle bewundern, die renovierten Wohnflügel mit ihren gotischen Fassaden und der Einrichtung aus verschiedensten Stilepochen. Jedesmal spürte er, wie sich seine Wurzeln tiefer im Boden verankerten.

Hier würde er leben, heiraten und eine Familie gründen. Nie wieder würde er der verirrte, ungewollte und schmutzige Balg sein, der stehlen mußte, damit er etwas zu essen hatte.

Den Besitzern von Burgen mangelte es nie an Essen oder Ansehen. Luke erinnerte sich noch gut, wie Mr. Tuggle, ein schmieriger, fetter Lebensmittelhändler in der Pitch Lane, ihn voller Ekel gemustert hatte, als wäre er Pferdemist an den Stiefeln seiner Kunden. Zugegeben, er hatte ihm einmal einen Apfel gestohlen, aber das war nach dem Tod seiner Mutter gewesen, als er zwei Tage ohne einen Bissen zu essen auf der Straße verbracht hatte. Er hatte zuerst um übriggebliebenes Obst oder Gemüse gebeten, aber der fette alte Mistkerl hatte ihm einen Tritt versetzt und ihn angespuckt. Niemand würde ihn jemals wieder so behandeln.

Die Erinnerung an Mr. Tuggle verblaßte, und Luke blickte auf den Brief, den er gerade verfaßte. Er saß in seinem Büro neben der Bibliothek im Erdgeschoß des Palas. Die Tür stand offen, und er blickte auf den Korridor mit den vielen Türen, die geöffnet waren, um Luft und Kerzenlicht hereinzulassen.

Hinter seinem Büro befand sich der Mural Room – der Raum mit den Wandgemälden. Das Gemälde an der Decke stellte eine Kuppel dar, die in der Mitte offen war und augenscheinlich den Blick zum Himmel freigab. Freskomalereien schmückten die Wände, und der Mural Room wurde als Meisterwerk der Renaissance angesehen. Für Lukes Geschmack ließen die ganzen klassischen Gestalten, die Eroberer, Senatoren, Damen, Götter und Göttinnen das Zimmer überfüllt wirken.

Sein Arbeitszimmer war um einiges schlichter. Es hatte einen geschnitzten Fries mit einem Muster aus Muschelschalen und Palmenwedeln. An den Wänden hingen Porträts von früheren Burgbewohnern, die nun auf Luke herabschauten.

Seine Feder brachte kratzend Anweisungen für seinen Mittelsmann in London zu Papier – dem Bindeglied zwischen seiner jetzigen und seiner vergangenen Welt. Entweder war Prim mit jemandem in Berührung gekommen, der so gefährlich war wie Inigo Ware, oder sie war im Besitz von Wissen, das jemanden mit viel Macht bedrohte. Letzteres machte Luke Kopfzerbrechen. Sein Agent mußte vorsichtig vorgehen, um kein Mißtrauen zu erwecken, während er Nachforschungen anstellte, und er schrieb ihm, um noch einmal die Wichtigkeit seiner Diskretion zu unterstreichen.

Nachdem er seinen Namen daruntergesetzt hatte, steckte Luke den Brief in einen Umschlag und seufzte. Er machte sich Sorgen um Miss Dane. Er hatte den verzweifelten und entschlossenen Ausdruck in ihren Augen gesehen. Sie würde über nichts anderes nachdenken als über einen Ausweg aus ihrem Dilemma, einen Ausweg, wie sie sich selbst schützen konnte und ihn – *ihn.*

Als ob er den Schutz eines zarten Mädchens mit graugrünen Augen brauchte. Dies war sicherlich eine ihrer unliebsamsten Eigenschaften. Miss Primrose Dane glaubte, sie müßte alle beschützen. Wohin hatte das geführt? Dahin, daß sie fast umgebracht worden wäre. Manchmal benahm sie sich derart herausfordernd, daß er sie am liebsten in den Burggraben geworfen hätte. Trotz der großen Versuchung würde er so etwas natürlich niemals tun. Was ihn allerdings davon abhielt, war ihm selbst ein Rätsel.

Vielleicht hatten ihre guten Seiten ihn beeindruckt. Sie kümmerte sich um jene Kinder, zu denen er einst gehört hatte, versuchte, ihnen etwas beizubringen, damit es ihnen einmal besser ging. Außerdem hatte Miss Dane mehr Mut als eine ganze Kompanie königlicher Grenadiere. Ja, Miss Primrose Dane war eine bewundernswerte junge Frau. Seltsam, daß sie nicht verheiratet war. So betrachtet, war ihre ganze Situation merkwürdig. Sie lebte bei Verwandten, die sich offensichtlich nicht viel aus ihr machten, während ihr Bruder in Oxford weilte und es nicht fertigbrachte, ihr in dem Anwesen, das er geerbt hatte, ein Heim zu bieten.

Luke nahm die Feder wieder in die Hand. Diesmal wollte er Ross Scarlett schreiben. Er mußte mehr über

Miss Dane in Erfahrung bringen, dann fand er vielleicht eine Lösung, wie er sie auf Beaufort halten konnte, und möglicherweise auch den Schlüssel für ihre gefährliche Lage. Auf jeden Fall mußte er sie so lange hierbehalten, bis sie ihm Anstand, Etikette und die ganzen anderen Dinge beigebracht hatte, die er noch lernen mußte, wenn er heiraten wollte.

Seine Verlobung war fast genauso einfach gewesen wie der Kauf von Castle Beaufort. Vor Jahren, als er gerade in den Besitz seines Vermögens gekommen war, hatte Luke festgestellt, daß man damit auch Ansehen kaufen konnte. Viele Familien mit langem Stammbaum waren bereit, seine einfache Abstammung zu übersehen, solange er nur reich war. Luke würde nie vergessen, wie verwundert er über die Erkenntnis gewesen war, daß Adelstitel den Verstand aus einer Familie saugten. Menschen, deren Vorfahren im Zeitalter der Ritter und Belagerungen listige Raufbolde gewesen waren, hatten Nachfahren, denen das Geld unter den Fingern zerrann.

Die Randolphs, denen die Grafschaft Benfield gehörte, waren solche Nachfahren. Mit der Drohung im Nacken, den Familiensitz an seine Schuldner zu verlieren, hatte der Graf bereitwillig einer Ehe zwischen Luke und seiner Tochter Lady Cecilia zugestimmt. Allerdings bestand der Graf darauf, daß Lady Cecilia einverstanden war. Luke hatte vor seinem Antrag Erkundigungen über die Dame eingezogen. Jetzt mußte sie nur noch kundtun, ob sie seinen Antrag annahm. In wenigen Wochen würde sie einen Besuch abstatten, natürlich in Begleitung einer älteren Verwandten.

Luke hatte dem Grafen versprochen, daß er versuchen würde, Lady Cecilia für sich zu gewinnen, ihre Entscheidung aber auf jeden Fall akzeptieren würde.

Ihm waren einige Möglichkeiten bekannt, wie man eine Frau für sich gewann, keine davon eignete sich jedoch für Lady Cecilia.

Dies war ein weiterer Grund, weshalb Luke Miss Dane brauchte. Sie war eine wirkliche Aristokratin. Instinktiv wußte sie, wie man Hausangestellte befehligte, wie man teure Kleidung trug, als sei dies das normalste auf der Welt, und wie man sich unter vornehmen Pinkeln benahm. Sie hatte einen aufgeweckten Verstand und ausgeprägtes Feingefühl, das er an ihr bewunderte. Noch mehr Achtung rang ihm ihre Fähigkeit ab, ihr damenhaftes Gehabe abzulegen, wenn die Notwendigkeit eintrat, in den Elendsvierteln von London zu überleben.

»Schlag mich einer tot«, murmelte Luke vor sich hin. »Ich werde nie vergessen, wie sie den alten Jowett mit einem Ziegelstein zur Strecke brachte.«

Er adressierte den Brief an Ross Scarlett, als Mrs. Snow in der offenen Tür erschien. Luke fluchte leise, denn er war so in Gedanken vertieft gewesen, daß er ihre Schritte auf dem gewienerten Boden nicht gehört hatte. Wie ein schwarzer, mißbilligender Rabe stand seine Haushälterin nun vor ihm.

»Entschuldigen Sie bitte, Sir Lucas, aber Miss Dane antwortet nicht, wenn das Mädchen an die Tür klopft, und das Abendessen ist fertig.«

Er erinnerte sich an Miss Danes Tonfall und Haltung und versuchte, beides nachzuahmen. »Ich werde mich darum kümmern, Mrs. Snow.« Ein breites Grinsen breitete sich auf seinem Gesicht aus, das sein herrschaftliches Auftreten Lügen strafte. »Lassen Sie den Kopf nicht hängen, altes Haus. Morgen kommt Featherstone zurück, dann haben wir nichts mehr miteinander zu tun.«

Die Antwort war ein verkniffenes Nicken. Hin und

her schaukelnd wie ein Frachtdampfer auf hoher See, zog sich Mrs. Snow zurück. Er hörte, wie die Schlüssel, die an einer Kette um ihre Taille hingen, klirrten, als sie durch den Mural Room marschierte und verschwand. Luke legte die Briefe auf den Poststapel und machte sich auf den Weg zu Miss Danes Zimmer. Mrs. Snow hatte sie in dem Flügel untergebracht, der zu seinen eigenen Räumen am entferntesten lag. Bestimmt hatte das seine Richtigkeit, denn anständige Damen und Herren schienen sich davor zu fürchten, miteinander auf engem Raum alleingelassen zu werden.

Luke schritt durch die alte Halle in den Westflügel zu einem Halbturm, in den eine elegante Wendeltreppe mit einem stilvollen Geländer mit schwarzen und goldenen Gitterstäben eingepaßt worden war. Der obere Treppenabsatz und der anschließende Flur führten zu einer Reihe von Zimmern mit Stuckarbeiten in Weiß und Gold.

Kurz nachdem er Beaufort erstanden hatte, hatte ihn all diese Pracht eingeschüchtert. Dann begann ihm zu dämmern, was er die ganze Zeit über schon hätte wissen müssen. Ein Mensch konnte sich an alles gewöhnen, sogar an die größte Pracht. Inzwischen geschah es manchmal, daß er die Marmorsäulen, die Gemälde von van Eyck, Reynolds und Holbein, die teuren Wandbehänge oder die erlesenen Spiegel gar nicht mehr wahrnahm.

Oben angekommen, ging Luke zu der Zimmerflucht, die den schönen Namen ›Princess Carolines Suite‹ trug. Er wußte nicht, wie sie zu dieser Bezeichnung gekommen war. Fast jeder Raum der Burg hatte einen Namen, und es gab fast zweihundert Zimmer. Immer noch entdeckte er hin und wieder Räume, die nicht in den Plänen vorkamen, die ihm beim Kauf ausgehändigt worden waren. Sein Gutsverwalter sagte, niemand wüßte genau, wieviele Zimmer es gab.

Vor Miss Danes Tür blieb er stehen, klopfte leise an, und dann noch einmal lauter, als er keine Antwort bekam. Er wartete eine Minute und stieß die Tür dann rasch auf, als ihm der Gedanke kam, Miss Dane könnte geflohen sein. Mit langen Schritten durchquerte er das Wohnzimmer und stürmte ins Schlafzimmer, wo er wieder langsamer wurde, als er sich dem Hepplewhite-Bett mit den vier Pfosten näherte. Darauf nämlich lag Miss Dane, das Haar offen, die kleinen Füße lugten unter dem schweren Reisekostüm hervor. In einer Hand hielt sie noch immer den Kamm, den sie benutzt haben mußte, doch sie schlief sehr tief und fest.

Luke bemerkte die bläuliche Färbung ihrer Augenlider und die leichte Röte ihrer Wangen. Ihre Wimpern waren von einem dunklen Goldton, ebenso ihre Augenbrauen. Die Farbe ihrer Haare erinnerte ihn an die goldene Verzierung des Rapiers in der alten Halle. Als sie seufzte, wanderte sein Blick zu ihren rosigen Lippen. Dann wimmerte sie im Schlaf, als würde sie von Dämonen verfolgt. Sie bewegte sich und begann heftig zu atmen.

Luke streckte die Hand aus und legte sie auf die ihre, um sie zu beruhigen. Zuerst schien sie seine Berührung nicht zu bemerken, doch dann zog sie ihre Hand fort, und seine mit ihr. Sie drückte beide an ihren Hals und ihre Wange und zwang Luke auf das Bett, wo er sitzenblieb und die flaumig-zarte Haut ihrer Wange bestaunte.

»Das war leichtsinnig«, flüsterte er.

Sein Arm ruhte zwischen ihren Brüsten. Nightshade wäre sicherlich nicht wie ein zaghafter Mönch sitzengeblieben. Luke schwankte zwischen unsittlichen Gedanken und Anstand – zwischen Nightshade und Sir Lucas. Er biß die Zähne zusammen und verdrängte Nightshade in die hinterste Ecke seiner Seele. Mit seiner freien Hand entwand er ihr vorsichtig den Kamm und steckte ihn in seine Jackentasche. Dann zog er seine Hand aus der ihren und entfernte sich mitsamt seinen Gelüsten.

Als er sich abwandte, um seine Kleidung glattzustreichen, fiel sein Blick auf einen Sekretär, der als Frisierkommode diente. Miss Danes Tasche, die zu dem Reisekostüm paßte, lag darauf. Sie hatte eine seltsame Form für eine Tasche – eine scharfe Kante bildete sich ab. Luke ging zu der Kommode, nahm den Beutel und zog etwas heraus, von dem er zuerst dachte, es sei eine goldene Schatulle. Als er den Gegenstand ins Licht hielt, sah er jedoch, daß es sich um ein Buch mit einem vergoldeten Einband handelte.

Auf der Vorderseite schmückte es eine bossierte Borde mit Smaragden, Rubinen, Perlen und Amethysten. In der Mitte war eine Abbildung von Christus in einem Oval aus weiteren Edelsteinen. Luke öffnete die beiden mit Edelsteinen besetzten Spangen, die das Buch geschlossen hielten, und stieß auf dicke elfenbeinfarbige Seiten mit einer ordentlichen Handschrift und Bildern in leuchtenden Farben.

Der Anfangsbuchstabe des ersten Wortes auf jeder Seite war kunstvoll ausgeschmückt. Obwohl das Buch auf Lateinisch geschrieben war, erkannte Luke den Buchstaben O, der mit dicken goldenen Linien geschrieben war und runde blaue Flächen einschloß. In dem O saßen zwei königliche Gestalten, ein Mann und eine Frau, die lange Roben und Kronen trugen.

Luke schlug das Buch wieder zu und sah dabei Miss Dane an. Die ganze Zeit, während der sie sich versteckt hatte, hatte sie dieses Buch bei sich gehabt. Wenn sie es verkauft hätte, hätte sie fliehen und an jedem beliebigen Ort wohnen können. Es mußte ihr sehr viel bedeuten. Anscheinend ging sie nirgendwohin ohne dieses Buch. Luke lächelte.

»Tut mir leid, Miss Prim, aber ich mache es zu Ihrem eigenen Besten«, flüsterte er.

Er wartete noch einen Augenblick, um zu sehen, ob sie auch wirklich noch schlief, dann schlich er sich auf Zehenspitzen hinaus. In der alten Halle blieb er neben einer Turnierrüstung stehen und trommelte mit den Fingern auf das Buch. Miss Dane würde ihn sofort verdächtigen. Sie würde verlangen, daß er es zurückgab, und wenn er sich weigerte, würde sie selbst danach suchen. Er brauchte ein gutes Versteck. Davon sollte es in einer Burg dieser Größe eigentlich genug geben, aber Miss Dane war ganz schön schlau. Er mußte einfach noch schlauer sein.

Während er auf dem rot-weißen Boden aus venezianischem Marmor auf und ab ging, wanderte Luke im Geiste durch die ganze Burganlage. In seine Gemächer oder sein Büro konnte er es nicht bringen. Auch nicht in die Bibliothek. Dort würde sie nachschauen, weil sie vermutete, daß er es zwischen den Tausenden von Bänden, die bereits in den Regalen standen, versteckt hatte. Wie er Miss Dane kannte, würde sie jeden einzelnen Raum absuchen.

Wie wäre es mit den Türmen? Er würde einen Platz im Water Gate Tower, im Clock Tower oder im Zeughaus finden, wo auch die Schatzkammer untergebracht war. Dann gab es noch das Verlies des Prison Tower oder des Plantagenet Tower. Nein, er hatte die Verliese ihr gegenüber bereits erwähnt; sie würde sich daran erinnern. Was war mit dem Garden Tower? Nein, dort war es so schön, daß das Suchen richtig

Spaß machte. Was er brauchte, war ein unerfreulicher und dennoch naheliegender Platz.

»Das ist es!«

Luke schlug die Hand auf den Mund und sah sich um, ob ihn jemand gehört hatte. Er war immer noch allein. Es wurde schon spät. Spärliches Licht von zwei Lampen ließ die Rüstungen groteske Schatten werfen. Eine der Laternen mit sich nehmend, eilte Luke aus der alten Halle die Treppen zum inneren Burghof hinunter. Er überquerte den Rasen zum Plantagenet Tower und betrat ihn durch eine halbrunde Tür.

Ohne anzuhalten stieg er die dunkle Wendeltreppe zum dritten Stock hinauf, wo auf einem kleinen Treppenabsatz eine schmale Tür in die Wand eingelassen war. Luke drückte sie auf und befand sich in einem kleineren Turm, der gleichsam ein Vorsprung des Plantagenet Tower war, dem Latrinenturm. Ein Schacht führte von der Spitze des größeren Turmes bis hinunter zum Burggraben.

Da der Schacht nicht mehr benutzt wurde, war er mit Steinen gefüllt. Der kleine Raum, in dem Luke stand, beherbergte eine Bank über dem Schacht mit hölzernem Sitz und Deckel. Er hob den Deckel, wickelte das Buch in sein seidenes Taschentuch und legte es auf die Steine. Später wollte er mit einem passenden Behälter für das Buch zurückkehren.

Luke trat aus dem Raum, machte die Tür hinter sich zu und hob die Lampe hoch, als er die Wendeltreppe hinunterging. Kurz darauf saß er in dem kleinen Eßzimmer und ließ sich den frischen Braten schmecken, während Mrs. Snow im Hintergrund lauerte. Wenn sie nicht gerade den Diener, der ihm servierte, ausschalt, schürzte sie voller Mißbilligung über seine Tischmanieren die Lippen. Luke schwor sich, mit dem Unterricht zu beginnen, sobald Miss Dane morgen erwachte. In der Zwischenzeit begnügte er sich damit, Mrs. Snow wegzuschicken. Nach dem Abendessen würde er nach Vyne Cottage gehen, um Ma und Pa zu besuchen.

Luke lächelte bei dem Gedanken an seine Eltern. Obwohl sie viel älter waren als seine richtigen Eltern – das vermutete Luke zumindest – hatten sie ihn aufgenommen, als er gerade vier Jahre alt gewesen war. Er erinnerte sich nicht mehr besonders gut an seine richtige Mutter, an seinen Vater schon gar nicht. Woran er sich erinnerte, war ein dunkler, kalter Raum mit einem Bett und einer Frisierkommode mit einem zerbrochenen Bein. Die einzige andere klare Erinnerung waren die Männer, die an die Tür klopften, seine Mutter, die aufmachte und ihn dann hinausschickte, wo er warten mußte, bis die Männer wieder gingen.

Andächtig spießte Luke ein Stück Fleisch auf, schob es in den Mund und kaute. An seine leibliche Mutter dachte er nur selten. An Tusser und Louisa Hawthorne zu denken, war wesentlich erfreulicher. Sie waren arm gewesen, wie alle, die er kannte, aber das hatte sie nicht davon abgehalten, ihn bei sich aufzunehmen, nachdem seine Mutter gestorben war. Sie konnten außer ihren Namen nicht viel schreiben, besaßen keine vornehmen Manieren und wußten nicht viel über die Welt außerhalb von London, aber sie hatten ihm das Leben gerettet und ihm Liebe gegeben. Als er aus den Elendsvierteln fortgegangen war, hatte er sie mitgenommen und später auch nach Castle Beaufort gebracht. Aber weder Tusser noch Louisa fühlten sich in dieser prachtvollen Umgebung wohl. Beide haßten Mrs. Snow, was Luke als Beweis für ihren ungetrübt guten Geschmack betrachtete.

»Sie schaut drein, als erwarte sie, daß ich im nächsten Moment den silbernen Teller klaue«, beschwerte sich Tusser.

Louisa hatte voller Bestürzung das Buntglas in der gotischen Kapelle angesehen und gesagt: »Luke, der Herr segne dich, aber wir gehören nicht hierher.«

Er wollte, daß sie glücklich waren, und deshalb ließ er ein Landhaus, das zu Beaufort gehörte, für sie herrichten. Was Hausangestellte betraf, so hatte er sie mit Müh' und Not zu einem Mädchen-für-alles überreden können. Trotzdem machte er sich Sorgen um sie. Sie kamen allmählich in ein Alter, in dem sie Hilfe brauchten. Sein jüngster Plan sah vor, ihnen zu einer Hausangestellten zu verhelfen, indem er ihnen eine junge Frau aus St. Giles ins Haus schickte, die Arbeit brauchte. Wenn seine Mutter glaubte, einer armen Heimatlosen zu helfen, konnte das Mädchen vielleicht bleiben.

Luke beendete sein Abendessen und machte sich bereit, nach Vyne Cottage zu reiten. Er rechnete damit, daß Miss Dane nicht vor dem nächsten Morgen aufwachte, was ihm nur recht sein konnte. Er brauchte sie ausgeruht und bei guter Gesundheit, um Manieren und die Autorität von ihr zu erlernen, die selbst Mrs. Snow einschüchterte. Vielleicht war er schon so elegant und wohlgesittet wie die höchstrangigen Adligen bei Hofe, bis seine Vertrauten etwas über ihr Geheimnis herausfanden.

»Verflucht sollen Sie sein, und Ihr Herz soll in der Hölle schmoren, Mrs. Snow.«

Etliche Stunden später in derselben Nacht stahl sich Mortimer Fleet durch eine stille Straße in der Nähe der Park Lane in London und schlich die Stufen zum Kücheneingang eines Stadthauses hinunter. Als er das erstemal gekommen war, hatte er es an der Vordertür versucht und war von einem Lakaien weggescheucht worden. Jetzt klopfte er leise am Hintereingang und wurde von einem mißbilligenden Butler eingelassen, der ihn über die Dienstbotentreppe nach oben in einen Raum mit dicken Holztüren führte.

Sein Arbeitgeber – der Gentleman, wie Mortimer ihn nannte – hatte größten Wert darauf gelegt, daß er keine Minute vor dieser späten Stunde erschien, auch wenn der vornehmste Ball längst schon vorüber war und seine feinen Freunde schliefen. Mortimer war in diesem Zimmer schon ein paarmal gewesen, seit der Gentleman ihn mit dem Mord an Pauline Cross beauftragt hatte. Lustig eigentlich, daß sie es gewesen war, die sie vor mehreren Jahren zusammengebracht hatte.

Mortimers Gesicht verzog sich bei diesem Gedanken zu einem häßlichen Grinsen. Der Butler machte die Tür mit Nachdruck hinter ihm zu, und Fleet schlenderte in den Raum. Er war verglichen mit den eingeengten Verhältnissen im East End äußerst geräumig. Und er war überall bemalt. Der Gentleman hatte den Namen des Malers genannt, als hätte Mortimer ihn kennen müssen, aber er hatte ihn sofort wieder vergessen, so sehr war er über das Thema des Gemäldes verblüfft gewesen.

›Raub der Sabinerinnen‹, hatte sein Arbeitgeber es genannt. Fleet war sein Leben lang vom Abschaum der Menschheit umgeben gewesen, aber er hätte es niemals für möglich gehalten, daß vornehme Herren inmitten von Bildern mit nackten Frauen wohnten, die grausam verschleppt wurden. Eine Weile vergnügte er sich damit, die Brüste einer verzweifelten Frau anzustarren, dann wanderte er weiter zu einer geschnitzten Schatulle mit Zigarren und strich mit dem Finger darüber.

Der Finger war sauber, aber der Nagel war abgebrochen. Seine Haut war rissig und trocken von Wind und Wetter, sein Hals und sein Gesicht von feinen Fältchen durchzogen.

Doch Fleet hatte sich für dieses Treffen mit seinem hochherrschaftlichen Arbeitgeber herausgeputzt. Er hatte das hellbraune Haar fein säuberlich über die beginnende Glatze gekämmt und trug seinen protzigen Anzug mit der karierten Hose und der orangefarbenen Weste. Der Mantel war maßgeschneidert, eine teure Investition. Aber Fleet hatte großen Wert auf die Schulterpolster gelegt, um seine schmalen, eingefallenen Schultern zu überspielen.

Manche Idioten waren so dumm, seinen eher schmächtigen Körperbau und seine geringe Größe mit Schwäche zu verwechseln, und Mortimer war immer gern bereit, ihnen das Gegenteil zu beweisen, indem er sie in einer dunklen Gasse überfiel und fast zu Tode prügelte. Es kam dem Ruf eines Mannes zugute, wenn er so etwas hin und wieder machte.

Die Türflügel gingen auf, und der Gentleman trat ein. Fleet schob sich die Melone aus der Stirn und sagte: »Guten Abend, Boss.«

»Hast du sie gefunden?«

»Noch nicht.«

»Tausend Höllenhunde!«

»Regen Sie sich bitte nicht auf, Boss.« Er bemühte sich um eine ordentliche Aussprache.

»Ich habe dir doch befohlen, sie zu finden. Muß ich dir erst sagen, was geschehen wird, wenn sie verrät, was sie gesehen hat?«

Fleet ließ den Gentleman die alte Leier abspulen. Sein Arbeitgeber war dafür bekannt, daß er sich öfters wiederholte, als wäre Fleet zu dumm, um zu begreifen, was mit ihm geschah, wenn er des Mordes für schuldig befunden wurde. Seine Gedanken schweiften ab, und er bemerkte neidvoll die makellose Kleidung des Gentleman. Sein Gastgeber verfügte außerdem über vollendete Manieren und ein elegantes Erscheinungsbild, wirkte aber trotzdem niemals unmännlich. Das Haar war glatt nach hinten gekämmt und betonte die hohe Stirn, die mehr Intelligenz versprach, als sich vielleicht dahinter verbarg. Schmale Nasenflügel bebten, wenn er angewidert oder empört war. Im Moment war er ganz zweifellos empört.

»Finde sie, verdammt nochmal.«

»Verstehen Sie doch«, erklärte Fleet. »Ich und meine Männer, wir haben jetzt schon tagelang die Elendsviertel durchstöbert. Wir haben sie ein paarmal gesehen, aber sie ist uns entwischt. Ich sagte doch, Sie sollen sich keine Sorgen machen. Sie versteckt sich irgendwo, wo sie niemandem etwas verraten kann. Sie wird uns nicht verpfeifen, und sie wird auch nicht abhauen. Solange meine Männer sie suchten, war ich in verschiedenen Spelunken und habe mich erkundigt. Nachher gehe ich noch ins Black Fleece. Hab' bis jetzt noch keine Zeit gehabt.«

»Hör gut zu, Fleet. Wenn du nicht bald was herausgefunden hast, suche ich mir jemand anders.«

Fleets Augen wurden schmal, und er rieb sich die rauhe, trockene Haut an seinem Kinn. »Würde ich nicht tun, Boss. Schließlich hat sie uns beide gesehen. Wäre keine gesunde Idee, einen anderen mit reinzuziehen.«

»Willst du mir drohen, du bösartiges kleines Wiesel?«

»Nennen Sie es, wie Sie wollen, Boss, aber bringen Sie keinen anderen ins Spiel. Wäre schlecht für uns beide.«

Fleet verließ das Haus auf dem gleichen Weg, den er hineingekommen war, und nahm eine öffentliche

Droschke zum Black Fleece. Er hatte dem Gentleman nicht die ganze Wahrheit verraten, warum er gerade diese Taverne aufsuchen wollte. Obwohl er auch vorhatte, die Gäste über Miss Primrose Dane auszuhorchen, ging er in erster Linie dorthin, weil ihm zu Ohren gekommen war, daß Nightshade zurück sei. Wenn er Nightshade ins Jenseits befördern konnte, solange er nach der Dame suchte – um so besser. Nightshade war ihm schon immer ein Dorn im Auge gewesen, auch damals schon, als sie beide Lehrlinge bei Inigo Ware gewesen waren. Nightshade besaß all die Dinge, die Fleet heimlich begehrte – Größe, männliche Schönheit, die Frauen zu allen möglichen törichten Dingen veranlaßte, um ihn auf sich aufmerksam zu machen, und einen flinken Verstand.

Er hatte sich stets gewundert, daß Inigo ihn statt Nightshade zu seiner rechten Hand gemacht hatte. Fleet war immer die Zielscheibe von Nightshades beißendem Spott gewesen und hatte bei jedwedem Vergleich zwischen den beiden schlechter abgeschnitten. Vielleicht hatte am Ende ja auch Nightshades Überlegenheit Inigo Ware beeinflußt.

Fleet kannte das Leben auf der Straße; kein Verbrechen war ihm fremd, und er wußte, wie man sich unter Straßenräubern behauptete. Aber Nightshade hatte eine fast geniale Intelligenz, von der Fleet wußte, daß er sie niemals erreichen konnte, so daß er für Inigo zweifellos die geringere Bedrohung darstellte. Wie war er stolz darauf gewesen, Wares Vertrauter zu sein! Der Gedanke, was für ein brillanter Dieb Nightshade geworden war, brachte Fleet zum Kochen. Die Jahre, in denen er den Erfolgen seines Rivalen hatte zusehen müssen, während er sich abmühte, hatten Fleets kleine, gemeine Seele grün vor Neid werden lassen.

Auch daß er Nightshade die Freundin gestohlen hatte, hatte ihm den gallebitteren Neid nicht genommen. Nach einer Weile hatte sie sogar versucht, zu seinem Feind zurückzugehen. Er hatte sie davon abgehalten, aber der Mord an ihr hatte den Stachel der Niederlage nicht entfernen können. Solange Nightshade lebte, konnte Fleet sich nicht auf seinem rechtmäßigen Thron als König der Elendsviertel von London niederlassen. Zu viele sahen noch immer zu diesem Bastard auf, egal, wie lange er weg gewesen war. Erst wenn sein Rivale tot war, konnte Fleet die Krone an sich nehmen und auf sein Haupt setzen.

Mortimer stieß die Tür des Black Fleece auf. Er würde es genießen, mit seinem Absatz in Nightshades hübsches Gesicht zu treten. Eines Tages würde er das Ableben des Bastards hier feiern, in der Lieblingsspelunke seines Feindes. Fleet blieb hinter der Tür stehen, um sich im Schankraum umzusehen. Es war voll wie immer, und es trat eine kurze Stille ein, während der ihn jeder Dieb, jede Prostituierte und jeder Falschspieler musterte. Man erkannte ihn, und nach einer Weile wurden die Gespräche fortgesetzt, wenn auch ein wenig wachsamer. Fleet wußte, daß die meisten ihn unauffällig beobachteten, aber das war ihm egal. Niemand wußte, weshalb er hier war, und die wenigsten waren dumm genug, sich nach dem Grund seines Besuchs zu erkundigen.

Als seine Augen sich an das dunstige Licht gewöhnt hatten, sah er sich die Anwesenden nacheinander an, fand aber nichts von Interesse. Dann entdeckte er, wonach er gesucht hatte. Badger und Cyril Prigg standen am Ende der Theke und sprachen mit Big Maudie. Er setzte sich in ihre Richtung in Bewegung, aber die beiden Burschen verloren keine Zeit. Als er bei Maudie anlangte, sah er gerade noch, wie sie durch die Küche verschwanden und hörte, wie die Tür ins Freie hinter ihnen zuschlug.

Maudie sah ihn ausdruckslos an. Er hatte eine Vorliebe für große, starke Frauen entwickelt, und Big Maudie überragte ihn um knapp einen Fuß. Ihre Brust war von beträchtlichem Umfang und befand sich fast auf seiner Augenhöhe. Ihr lockiges braunes Haar widerstand sämtlichen Versuchen, es zu zähmen, und Fleet fand Gefallen an der Art, wie ihre Finger den Knüppel an ihrem Gürtel berührten. Maudie allerdings hatte ihn noch nie gemocht.

»N'Abend, Maudie.« Er griff sich an den Hut, für den Fall, daß sie ihre Meinung geändert hatte.

»Humpf.«

»Hab' gehört, Nightshade ist zurück.«

»Schon wieder weg«, knurrte sie.

Fleet bestellte einen Gin und lehnte sich an die Theke. »Du weißt natürlich nicht zufällig, wo er hin ist.«

»So was verrät er mir nicht.« Maudie begann den Knüppel zu streicheln.

Fleet wischte Schmutz vom Rand seines Glases, während seine Augen jeder Bewegung von Maudies Fingern folgten. »Ich würde einiges dafür springen lassen, wenn ich wüßte, wo er ist.«

»Dann würdest du für Lügen bezahlen, weil er nämlich nie sagt, wo er hingeht.«

»Aber wenn du was gehört –«

Big Maudie stieß sich von der Theke ab und drehte ihm den Rücken zu. »Ich hab' noch andere Dinge zu tun.«

Es hatte keinen Sinn, sich über Maudies Derbheit zu ärgern. Sie benahm sich immer so, sogar Nightshade gegenüber. Fleet leerte sein Glas und bestellte noch einen Schnaps. Während er wartete, fiel ihm auf, daß keine Frauen da waren. Manche waren vermutlich oben, viele andere noch unterwegs auf der Suche nach Kundschaft. Als er sich gerade zu einer Gruppe von Kartenspielern gesellen wollte, in der Hoffnung, aus ihnen etwas herausquetschen zu können, öffnete sich die Tür, und Larder Lily trat ein.

Fleet zog seine schmächtigen Schultern in dem gepolsterten Mantel nach oben und schlenderte auf sie zu. »N'Abend, Lily.«

»Hallo, Fleet. Was treibt dich in dieser trostlosen Nacht hierher?«

»Nicht viel los in letzter Zeit, Mädchen, und da dachte ich, ich such' mir ein bißchen Unterhaltung.«

Lily trat näher an ihn heran, zweifellos hatte sie Geld gewittert. Fleet legte den Arm um ihre rundlichen, einladenden Schultern. »Ich mag Männer, die Geld in der Tasche haben und nicht geizig sind«, schnurrte sie. »Allerdings bin ich hungrig.«

»Setz dich zu mir, ich wollte gerade einen Happen essen.«

Bald saßen sie traulich nebeneinander an einem Tisch abseits von den anderen. Vor ihnen stand Maudies beliebte Pastete aus Steak und Nieren und Ale zum Hinunterspülen. Fleet wartete, bis Lilys rosaroter Mund nicht mehr ständig mit Essen gefüllt war, bevor er die Unterhaltung wieder aufnahm.

»Hab' gehört, Nightshade sei zurück, Lily.«

»Aye, das war er, aber er ist wieder weg.«

»Zu dumm«, stellte Fleet fest. »Ein paar Dinge sind noch offen zwischen uns.«

Lily machte sich über den Apfelkuchen her. »Ich weiß, was zwischen euch los ist.«

»So ist es schon lange nicht mehr«, erwiderte Fleet überheblich. »Ich bin jetzt ein sehr erfolgreicher Geschäftsmann, Lily. Alles ganz legale Geschäfte in der City.«

»Du hast mit Banken und so was zu tun?« fragte Lily mit beleidigend skeptischem Unterton.

»Aber ja doch, Mädchen. Erst heute abend war ich in der Park Lane.«

»Nein!« Lilys Hand verharrte in der Luft, als sie gerade ein Stück Apfelkuchen zum Mund führte. »Hast du mir ein Geschenk mitgebracht?«

»Du warst die erste Dame, die mir einfiel, als ich die vornehmen Geschäfte am Strand sah.«

Lily ließ ihre Gabel auf den Teller sinken und beugte sich über den Tisch zu ihm vor. »Zeig uns das Geschenk, Mortimer, mein Lieber.«

»Ich will den richtigen Moment abwarten, Lily.« Fleet klopfte auf seine Manteltasche, um anzudeuten, wo sich das Geschenk befand.

Lily richtete sich auf und verschränkte die Arme vor der üppigen Brust. »Und wann soll dieser richtige Moment sein?«

»Nachdem ich das erledigt habe, weswegen ich hergekommen bin.« Er machte eine Pause, um ihre Neugierde anzustacheln. Als sie sich wieder vorbeugte, fuhr er fort. »Ich bin auf der Suche nach einer jungen Frau. Sie wird von ihrer Familie vermißt, die sie natürlich zurückhaben will. Sie hat dickes, glänzendes Haar in verschiedenen Goldtönen und sieht vornehm und anständig aus. Sie hat graugrüne Augen.«

Lily zuckte die Schultern und spießte grantig ein Stück Kuchen auf. »Was willst du denn von der? »

»Du hast sie gesehen!« Fleet hatte nicht erwartet, daß Lily mit der Beschreibung etwas anfangen konnte. Eigentlich hatte er sie über Nightshade ausfragen wollen. Vor Verblüffung hatte er die Stimme gehoben, so daß alle zu ihnen herüberstarrten. Drohend erwiderte er die Blicke und rückte ein Stück näher an Lily heran. »Wo ist sie?«

»Woher soll ich das wissen?«

Fleets spröde Finger ballten sich zu Fäusten. Er konnte warten, bis er mit Lily allein war und die Wahrheit aus ihr herausprügeln, aber er wollte keine Zeit verlieren. Also griff er in seine Manteltasche und zog ein mit Zwirn verschnürtes Päckchen heraus, aus dem er eine Kamee als Medaillon an einer goldenen Kette auswickelte. Sie stammte aus seinem letzten Friedhofsraubzug. Fleet ließ sie vor Lilys Augen hin und her baumeln.

»Sag mir, wo sie ist, dann will ich sehen, was ich für dich tun kann.«

Lily starrte das Medaillon mit gierigen Augen an. »Sie war hier, aber er hat sie weggebracht.«

»Wer? Wer hat sie weggebracht?«

Lily griff nach dem Schmuckstück, aber Fleet riß es weg, versteckte es in seiner Faust und hielt die Faust mit auffordernder Miene vor Lily hin. Das Mädchen leckte sich die Lippen und schob die Krümel auf dem Tisch mit den Fingern hin und her. Als sie nichts sagte, öffnete er die Hand.

»Außenrum sind lauter Diamantsplitter.«

Lily verschlang das Medaillon mit den Augen, während sie hastig einen Schluck Ale trank. »Echte Diamantsplitter.« Sie betrachtete ihn argwöhnisch. »Bist du sicher, daß dein alter Streit mit Nightshade erledigt ist?«

»Was hat das mit ... verdammt nochmal ... willst du damit sagen, Nightshade hat die Dame?«

Lily schloß die Lippen über einem Stück Apfel und kaute schweigend. Fleet zog noch ein Päckchen aus seinem Mantel und legte es neben das Medaillon auf den Tisch.

»Da drin ist der passende Ring, Lily. Ich gebe dir mein Wort, daß ich nicht an Nightshade interessiert bin. Es geht mir nur um die Dame.« Er schob die beiden Gegenstände in Lilys Richtung. »Wenn ich die Dame finde und zu ihrer Familie zurückbringe, krieg ich genügend Moneten, um mein kleines Geschäft bis ans Ende meiner Tage am Laufen zu halten. Und ich stehe ewig in der Schuld von demjenigen, der mir hilft.«

Lily schob ihren Teller zur Seite und stützte sich mit den Ellbogen auf den Tisch, während sie Fleet fixierte. Fleet erwiderte ihren Blick offen und unbekümmert. Eine rundliche Hand griff nach dem Medaillon.

Da Fleet sie nicht aufhielt, drückte Lily es an ihre Brust und flüsterte: »Ich hab' gesehen, wie Nightshade die Dame hergebracht hat, aber sie sind wieder fort. Wohin, weiß ich nicht.«

Fleet wickelte den Kameenring aus und hielt ihn so an die Lampe, daß die Edelsteine glitzerten. »Lily, mein Mädchen, laß uns noch eine Weile über Nightshade und seine Begleiterin sprechen.«

8

Prim hatte gerade ihr spätes Frühstück beendet und dachte voller Sorge an die Kettles. Wie war es ihnen ergangen? Wußte jemand etwas über ihre Verbindung mit ihnen? Ihre größte Angst war, daß einer von Fleets Männern die kleine Alice als Zeugin des Mordes wiedererkannte. Wie sehr wünschte sie sich, sie könnte die ganze Familie aus dem erbärmlichen Milieu herausholen und an einen sicheren Ort bringen.

Als sie aufgewacht war, hatte sie feststellen müssen, daß sie nicht nur die ganze Nacht hindurch, sondern bis in den nächsten Nachmittag hinein geschlafen hatte, so erschöpft war sie gewesen. Ihr einziger Trost war, daß sie endlich einen Ausweg aus ihrem Dilemma gefunden hatte – Amerika. Sie würde zu den ehemaligen Kolonien segeln und dort ein neues Leben beginnen. Zwar erforderte dieser Entschluß eine Menge Mut, aber schlimmer, als von Mördern gejagt zu werden, konnte es auch dort nicht sein.

Es gab nur wenig, was sie in England hielt. Ihr Bruder war ihr einziger naher Verwandter, und wenn dieser erst die Universität verließ, würde er sich auf dem Familienlandsitz niederlassen. Von ihr wurde ganz selbstverständlich erwartet, daß sie die Rolle als Gastgeberin und Haushälterin übernahm, bis er eine standesgemäße Frau fand. Danach würde sie überflüssig sein. Ohne eigenen Ehemann war sie auf das Wohlwollen ihres Bruders oder ihrer Tante angewiesen. Es hatte ihr noch nie gepaßt, von jemandem abhängig zu sein, aber sie hatte ihr Schicksal akzeptiert, weil sie über kein Vermögen verfügte. Nachdem sie jedoch selbst in den Elendsvierteln von London überlebt hatte, war Prim klar geworden, daß sie in der Lage war, für sich selbst zu sorgen. Ohne die Hilfe von Tante Freshwell oder ihrem Bruder.

Zugegeben, ihr Leben würde sich nicht in der vornehmen Gesellschaft abspielen, es könnte jedoch durchaus interessant, ja fast unterhaltsam sein. In Amerika konnte sie sich mit ihrem kleinen Vermögen vermutlich mehr Luxus leisten. Vielleicht reichte es sogar für ein Haus und ein Dienstmädchen. Wer konnte wissen, welche Möglichkeiten dieses junge Land sonst noch bot? Natürlich war ihr auch Angst davor, doch sie mußte hart zu sich selbst sein und durfte sich von ihrer Angst nicht übermannen lassen.

Während sie an ihrer zweiten Tasse Tee nippte, blickte Prim auf den ehemaligen inneren Burghof hinaus, auf dem sich nun ein grüner Rasen erstreckte mit herbstlich gefärbten Bäumen. Das bunte Laub war ein wesentlich beruhigenderer Anblick als der Blick in ihre Zukunft. Einst mußte der Burghof voller Menschen gewesen sein, die ihren Geschäften in der Schmiede, dem Taubenschlag, dem Kräutergarten und der Apotheke nachgingen. Spielende Kinder rannten umher, Hunde wurden für die Jagd abgerichtet, Falkner kümmerten sich um die Ställe, Ritter übten sich mit dem Schwert – überall herrschte lärmendes Treiben. Jetzt war alles mit Rasen bewachsen, aus dem Bäume mit Blättern wie Edelsteinen ragten.

Vielleicht war es ein solcher Ort gewesen, an dem ihr Buch der Horen aufbewahrt worden war. Prim nahm noch einen Schluck Tee, doch die Hand, die ihre Tasse hielt, erstarrte mitten in der Bewegung. Das Buch! Hastig setzte sie die Tasse ab und eilte ins Schlafzimmer. Dort war inzwischen aufgeräumt und das Bett gemacht worden. Sie suchte unter den Laken, zwischen den Matratzen, unter dem Bett. Kein Buch. Hatte sie es nicht gelesen, bevor sie eingeschlafen war? Oder hatte sie es irgendwo liegen lassen?

Prim massierte sich die Stirn. Es konnte auch sein, daß sie sich nur einbildete, sie hätte das Buch angesehen. Voller Bangen lief sie zum Schreibtisch und griff nach dem Stoffbeutel. Er war leer.

Prims Hände fühlten sich plötzlich eiskalt an. Aufgeregt ging sie auf und ab. Hatte ein Bediensteter das Buch gestohlen, solange sie schlief? Prim wurde langsamer, blieb schließlich stehen. Halt – konnte sie sich wirklich vorstellen, daß Mrs. Snow jemanden einstellte, der zu Diebstählen neigte? Wer in der Burg würde es wagen zu stehlen?

»Nightshade!«

Prim eilte zum Klingelzug und zog daran. Dann lief sie zum Schrank, in dem das Mädchen die Kleidung verstaut hatte, die ihr Entführer für sie besorgt hatte. Schwarze Reitkleidung und Stiefel waren darunter. Prim schlüpfte aus ihrem Kleid und zog gerade das Reitkostüm über, als die Zofe eintrat.

»Ja, Miss? Oh, warten Sie, ich helfe Ihnen, Miss.« Das Mädchen zog den Rock nach unten und machte ihn fest.

»Danke, Rose.«

Eine militärisch zugeschnittene Jacke und ein männlich wirkender Hut folgten.

»Rose, sagtest du, Sir Lucas sei nicht in der Burg?«

»Ja, Miss. Er ging nach dem Frühstück fort, um Mr. und Mrs. Hawthorne in Vyne Cottage zu besuchen.«

»Führe mich zu den Ställen, Rose. Ich werde Sir Lucas einen Besuch abstatten.«

Kurze Zeit später ritt Prim auf einem schnellen kleinen Rotschimmel hinter einem Pferdeburschen her, den sie gebeten hatte, ihr den Weg nach Vyne Cottage zu zeigen. Der Weg führte durch die Parklandschaft von Beaufort in dichten Wald. Prim folgte dem Knecht auf einem gewundenen, schattigen Pfad zum Fluß. Dort sah sie Ruinen einer großen Klosterkirche, die hoch in den Himmel ragten. Sie führten die Pferde im Schritt durch eine Furt, kletterten auf das andere Ufer hinauf und befanden sich wieder im Wald.

Unvermittelt lichteten sich die Bäume und gaben den Blick auf ein dreistöckiges Landhaus mit Steinwänden, die dicht mit Efeu bewachsen waren, frei. Fast schien es, als sei das Haus mitten aus alten Eichen gewachsen. Die riesigen Äste breiteten sich wie schützende Arme darüber aus und ließen nur auf der Vorderseite Platz, wo ein sonniger Garten mit unendlich vielen verschiedenen Blumen angelegt war.

Eine beleibte Frau, das dunkelgraue Haar zu einem Knoten gebunden, fegte den Weg aus Pflastersteinen, der durch den Garten führte. Ihre Kleider waren mit einer feinen Staubschicht bedeckt, und sie bearbeitete die Steine mit solchem Ingrimm, als hätten sie ein furchtbares Verbrechen begangen. Ihr Gesicht hatte durch die Anstrengung die gleiche rote Farbe angenommen wie ihr Rock. Sommersprossen breiteten sich über Nase und Wangen aus und verliehen ihr eine heitere Ausstrahlung mit Sinn für praktische Dinge.

Als Prim abstieg und die Zügel dem Knecht reichte, blickte die Frau auf und lächelte. Ihre Schneidezähne standen ein wenig vor, und durch das Lächeln bekam sie ein Doppelkinn. Sie kam zum Tor in dem weißen Zaun und öffnete es.

»Sie müssen Miss Dane sein. Willkommen, meine Liebe. Unser Luke hat uns alles über Sie erzählt.«

Noch ehe sie antworten konnte, wurde Prim auch schon um ein Blumenbeet mit riesigen rosaroten Blumen in den Schatten einer Eiche dirigiert, wo weiße Korbmöbel zum Sitzen einluden.

»Setzen Sie sich, meine Liebe, setzen Sie sich, damit wir uns kennenlernen können.«

»Mrs. Hawthorne?«

Die Dame legte eine Hand an ihre erhitzte Wange. »Wo bleiben nur meine Manieren? Ja, meine Liebe, das bin ich. Louisa Hawthorne. Sehr erfreut, wirklich.«

Nachdem Prim den Reithandschuh abgestreift hatte, wurde ihre Hand mit festem Griff gepackt und tüchtig geschüttelt. Der Besen deutete auf einen Sessel, und Prim mußte sich schnell setzen, damit sie nicht weggefegt wurde. Mrs. Hawthorne schob noch einen Haufen Laub aus dem Weg, ehe sie sich in den Sessel neben Prim sinken und den Besen neben sich auf den Boden fallen ließ.

»Puh! Ein außergewöhnlich warmer Tag, nicht wahr? Ich lasse Elsie gleich Limonade für uns bringen.« Mrs. Hawthorne blies sich eine vorwitzige Haarsträhne aus der Stirn und schnaufte.

»Mrs. Hawthorne, ich hätte etwas mit Ihrem Sohn zu besprechen.«

»Oh, er ist irgendwo in der Nähe, meine Liebe. Wir werden ihn finden, keine Sorge. Unser Luke hat uns erzählt, was für schreckliche Dinge Sie hinter sich haben.«

»Tatsächlich?«

Mrs. Hawthorne lehnte sich zu ihr herüber, und Prim blickte in ein Paar brauner Augen, die vor Munterkeit sprühten. Prim hatte alle Mühe, Mrs. Hawthornes Lächeln nicht zu erwidern.

»Machen Sie sich mal keine Sorgen. Unser Luke wird auf Sie aufpassen, bis Ihr kleines Problem aus der Welt geschafft ist.«

Prim nestelte an ihren Handschuhen und mußte den Blick von Mrs. Hawthornes fröhlicher Offenheit abwenden. »Ich fürchte, es gibt keine Lösung für meine mißliche Situation, Mrs. Hawthorne. Zumindest nicht hier. Obwohl ich nicht das geringste dafür kann, sind die Umstände für mich sehr unehrenhaft.«

»Wieso denn das, Miss Dane?«

Nicht daran gewöhnt, so direkt gefragt zu werden, schürzte Prim nur die Lippen und blickte auf ein Beet mit spätblühenden Rosen.

»Ach, Sie meinen, weil Sie dic ganze Zeit ohne Begleitung in den Elendsvierteln waren und anschließend allein mit unserem Luke.«

Prim zuckte zusammen, als ein dicker Finger den Ärmel ihrer Jacke berührte.

»Wie können Sie so etwas denken! Unser Luke wird alles in Ordnung bringen. Sie werden mit unbeflecktem Ruf wieder nach Hause gehen, ganz sicher, glauben Sie mir.«

Was sollte sie zu dieser Frau sagen? Mrs. Hawthorne schien ihren Sohn für eine Kreuzung aus einem Zauberer und König Arthur zu halten.

Kopfschüttelnd erwiderte Prim: »Ich zweifle, ob das möglich sein wird, Mrs. Hawthorne, aber ich danke Ihnen für Ihre freundlichen Worte.«

»Freundliche Worte sagt sie.« Mrs. Hawthorne lachte fröhlich. »Gott segne Sie, Miss Dane. Unser Luke ist der beste Dieb von London. War es, besser gesagt. Er bringt alles fertig.«

Die Frau sprach von seiner Tätigkeit als Dieb, als handle es sich dabei um einen ganz normalen Beruf. Mrs. Hawthorne erfaßte blitzschnell Prims Mißfallen. Sie betrachtete die junge Frau einen Augenblick schweigend. Dann begann sie erneut zu plaudern, und Prim brachte es nicht übers Herz, in den unregelmäßigen kurzen Pausen in ihrem Redeschwall ihre Bitte zu wiederholen, den Sohn der Dame umgehend herbeizuschaffen.

»Ach, was für ein schöner Tag heute. Nicht wie die meisten Tage in London, nicht wahr? Der Herr sei gesegnet, aber ich erinnere mich noch genau an das grausige Wetter an jenem Abend, als ich unseren Luke fand. Er war ja noch ein ganz kleiner Zwerg, gerade mal vier Jahre alt. Seine Mutter war an diesem Abend an Cholera gestorben. Das arme Kind dachte, daß sie schlief, und lief weg, als er sie nicht aufwecken konnte.«

Mrs. Hawthorne senkte die Stimme und legte eine Hand an den Mund. »Eine gefallene Frau, wissen Sie. Na ja, auf jeden Fall fand ich den kleinen Kerl schlafend vor meiner Haustür. Er war mit den Straßenbälgern herumgestreift, hatte Essen geklaut und war vor den Kaufleuten und der Polizei davongelaufen. Mr. Hawthorne meinte, wir sollten ihn ins Waisenhaus oder in ein Armenhaus bringen, aber das brachte ich nicht fertig.«

Tränen glitzerten in Mrs. Hawthornes Augen. »Habe drei eigene Kinder verloren, wissen Sie. Wie haben mich diese großen Augen unter den langen Wimpern angefleht. Sie hätten ihn sehen sollen. Ich habe ihm Milch und Haferbrei gegeben, und er nahm Schüssel und Tasse, setzte sich in eine dunkle Ecke und aß so schnell, daß ihm fast schlecht wurde. Der arme Kleine dachte, ich würde es ihm vielleicht wieder wegnehmen, wissen Sie.«

»Wie furchtbar.« Prim spürte, wie ihr Herz sich zusammenzog, genau wie bei den Kindern der Kettles und den vielen anderen von Geburt an benachteiligten Menschen.

»Wissen Sie, was noch schlimmer war? Als er Mr.

Hawthorne über das Armenhaus und so was sprechen hörte, weinte er kein bißchen. Er stellte die Tasse und die Schüssel ab und ging einfach aus meiner Küche hinaus. Ich konnte es kaum glauben. Er stieß mit seinen kleinen Händchen die Tür auf und ging hinaus. Dort blieb er stehen, sah sich die schmutzige Straße an und ließ den Kopf hängen. Dann hörte ich seinen leisen Seufzer. Aber danach straffte er die kleinen Schultern und ging weg. Das war der Moment, in dem ich zu Mr. Hawthorne sagte, wenn der kleine Junge wegginge, könnte er gleich mit ihm gehen. Aber wissen Sie was? Mr. Hawthorne hatte es sich bereits anders überlegt und holte Luke auf der Stelle zurück.«

»Das freut mich sehr.«

»Ich bedauere nur, daß wir so arm waren, daß wir Luke keine anständige Ausbildung bezahlen konnten. Dann hätte er nicht stehlen müssen, um für die Familie zu sorgen. Aber Mr. Hawthorne wurde im Hafen verletzt, und mein Putzgeld reichte nie für alles.« Mrs. Hawthornes gutgelauntes Lächeln kehrte zurück. »Aber ich habe immer mit unserem Herrn darüber gesprochen. Hab' ihn immer über Luke auf dem laufenden gehalten, damit es im Himmel keine Unklarheiten gibt, wissen Sie.«

»Ich verstehe«, erwiderte Prim, verblüfft über diese ungewöhnliche Auslegung christlicher Moral.

»Mr. Hawthorne mußte also als Lumpensammler arbeiten, aber die Zeiten waren hart. Trotzdem glaube ich nicht, daß Luke auf die schiefe Bahn geraten wäre, wenn er die Wahrheit über seine Mutter nicht herausgefunden hätte. Irgend so ein junger Dummkopf sagte es ihm. Fleet war sein Name. Ich glaube, von da an meinte Luke dann, er hätte nichts besseres verdient, als Dieb zu werden. Es war nur gut, daß er dabei so außergewöhnlich talentiert war, wissen Sie.«

»Wie merkwürdig, daß er dann seinen … äh … Beruf aufgab und ein vornehmer Herr wurde.«

Prim wollte mit dieser Bemerkung Mrs. Hawthorne dazu verleiten, etwas mehr über die Vergangenheit von Sir Lucas preiszugeben, aber ehe die Dame antworten konnte, trat ein älterer Mann aus dem Haus und hinkte mit einer Elfenbeinkrücke mit goldenem Knauf auf sie zu. Die edle Krücke stand in krassem Gegensatz zu seinem abgetragenen Anzug und der weichen zerknitterten Mütze. Eine goldene Uhrenkette betonte noch die Schäbigkeit des Anzugs. Sein Kiefer war eingefallen und verriet fehlende Zähne, und seine Hände waren steif und verkrümmt von vielen Jahren harter Arbeit.

Als er bei ihnen ankam, zog er die Mütze von seinem kahlen Haupt. »Mutter, ich sehe, wir haben Besuch.«

»Ja, Hawthorne. Das ist Miss Dane, von der uns unser Luke erzählt hat.«

»Und wie ich annehme, hast du ihr alles über ihn erzählt, was du doch nicht tun sollst.«

»Warum nicht? Jetzt ist er doch angesehen.«

»Du sollst dich auch nicht für ihn entschuldigen. Er war der beste Dieb von London, und er hat nur von denen gestohlen, die es verdient haben.« Tusser Hawthorne setzte sich neben seine Frau und strahlte vor Stolz. »Unser Luke hat ein besonderes Talent, die schönsten Dinge zu stehlen – Silber, Juwelen, Gemälde. Gemälde bringen hohe Preise von den richtigen Käufern, sagt er. Was ich nicht verstehe, ist, warum er die ganzen Bücher gestohlen hat. Auch noch, um sie zu lesen.«

»Hawthorne, du alte Schwatzbase.«

»Wenn wir schon von Büchern reden«, begann Prim.

Weiter kam sie nicht, denn ein gellender Schrei erschütterte die friedliche Stille. Ein junges Hausmädchen kam um die Hausecke gelaufen, verfolgt von einer aufgebrachten Ziege, die laut meckerte und den Kopf schüttelte. Luke Hawthorne war dicht hinter ihnen, rief dem Mädchen etwas zu und lachte dabei.

Mrs. Hawthorne sprang auf, schnappte den Besen und eilte durch den Garten. Mit den Borsten des Besens schlug sie der Ziege auf den Kopf und scheuchte das Tier wieder hinter das Haus. Das Mädchen war inzwischen im Haus und hatte die Tür hinter sich zugeschlagen. Noch immer lachend gesellte sich Luke zu seinem Vater und Prim.

»Guten Tag, Miss Dane.«

Prim nickte ihm wortlos zu und hielt nach weiteren wildgewordenen Ziegen Ausschau.

»Keine Angst«, beruhigte sie Luke. »Die anderen Tiere sind in ihren Ställen. Rose hat noch Schwierigkeiten beim Melken, und die Ziege weiß das.«

»Mr. Night – Sir Lucas, ich glaube, Sie wissen, weshalb ich hier bin.«

»Muß doch eine Freude sein, die Lungen mit frischer Landluft füllen zu können«, erwiderte Luke und stützte sich auf der Lehne des Stuhls seines Vaters ab. »Nachdem Sie so lange in London waren.«

Prim runzelte die Stirn, doch Tusser Hawthorne kam ihrer Antwort zuvor.

»Kann mir nicht vorstellen, wie sie sich in dem Steinhaufen, in dem du lebst, wohlfühlen soll. Hat mich fast verrückt gemacht, als ich in dem riesigen Kaninchenbau wohnen mußte.« Tusser beugte sich auf seiner Krücke vor und blinzelte ihr zu. »Hab' mich so oft verlaufen, daß ich ein Garnknäuel mitnahm und aufrollte, wenn ich irgendwohin ging, wo ich vorher noch nicht gewesen war.«

Luke stöhnte und sagte: »Pa, Miss Dane interessiert das nicht.«

»Sie hätten erst Mrs. Hawthorne sehen sollen. Hat richtig angefangen Trübsal zu blasen, das hat sie noch nie in ihrem Leben.« Tusser lehnte sich wieder zurück, atmete tief ein und wieder aus, während er mit seinen Blicken den Garten, das Haus und den Wald aufsog. »Nein, hier ist es viel schöner. Mutter hatte recht. Diese Burg war einfach zu protzig für Leute wie uns.«

Prim sah, wie Tusser Lukas Hand tätschelte, ehe sie sagte: »Ich glaube, daß keine Heimstatt zu großartig sein kann für Menschen mit einer Gesinnung wie Mr. und Mrs. Hawthorne, aber eine Burg vermag sicherlich nur mit Schwierigkeiten häusliche Behaglichkeit auszustrahlen.«

Tusser schaute sie verwirrt an und blickte hilfesuchend zu seinem Sohn. Luke grinste.

»Sie findet, daß ihr ordentliche Leute seid, du und Ma, und sie meint auch, daß die Burg zu groß ist.«

Tusser schüttelte den Kopf und bedankte sich bei Prim. »Sie müssen schon entschuldigen, Miss Dane, aber Mutter und ich sind nicht besonders erfahren in dieser Art von Reden.«

»Macht nichts, Pa. Sie spricht auch nicht die ganze Zeit so.«

»Sie ist eine richtig vornehme Dame, jawohl, das ist sie.«

Um zu verhindern, daß die beiden Männer sich weiterhin über ihre Vorzüge unterhielten, stand Prim mit einem Ruck auf. »Sir Lucas, könnte ich bitte unter vier Augen mit Ihnen sprechen?«

Wieder wurde sie unterbrochen, denn Mrs. Hawthorne trat aus der Haustür und bat sie herein. Tusser ging voran, und Sir Lucas bot ihr seinen Arm. Prim machte einen Schritt zur Seite – um Tussers Krücke auf dem schmalen Weg auszuweichen – und stellte sich dabei an eine sonnige Stelle. Urplötzlich sah Sir Lucas sie so verdattert an, als sähe er etwas, womit er nicht gerechnet hatte. Prim runzelte die Stirn. Da beugte er sich zu ihr herab und flüsterte ihr ins Ohr.

»Sie haben wohl Angst, mich nach all dieser Zeit anzufassen.«

»Machen Sie sich nicht lächerlich, Sir Lucas.«

Prim spürte, wie ihre Wangen rot anliefen, als sie die Hand auf seinen Arm legte. Woher hatte er es gewußt? Sie hatte sich plötzlich daran erinnert, wie sich seine Arme anfühlten, und war vor den beunruhigenden Gefühlen, die seine Nähe in ihr auslösten, zurückgeschreckt. Aber sie würde nicht zulassen, daß er sie bloßstellte. Schweigend gingen sie auf das Haus zu. Während sie die Stufen zur Haustür hinaufstiegen, blickte Sir Lucas zu ihr herab.

»Das Sonnenlicht steht Ihnen gut, Miss Dane.«

Das unerwartete Kompliment brachte sie einen Moment aus der Fassung, so daß sie nur ein schwaches Danke flüstern konnte. Sie begaben sich in einen Salon mit schweren Möbeln, die bequem aussahen und weder Anspruch auf Eleganz noch auf antiquarischen Wert erhoben. Prim wurde zu einem Polstersessel geführt. Kaum hatte sie sich gesetzt, als Mrs. Hawthorne Tusser um seine Hilfe in der Küche bat, was diesen offensichtlich überraschte. Er widersprach jedoch nicht, sondern folgte seiner Frau hinaus.

Sir Lucas schlenderte zu der Wand mit den hohen Fenstern zum Vorgarten und drehte sich dann zu ihr herum. »Ma hat uns mit Absicht alleingelassen. Sie weiß, daß Sie wütend sind und will mir die Gelegenheit geben, Sie zu tranquilisieren.«

»Wie bitte?« Prim war durch das Wort für einen Augenblick abgelenkt.

Luke verschränkte die Hände hinter seinem Rücken.

»Tranquilisieren. Das heißt beruhigen. Hab' ich heute morgen in meinem Wörterbuch gelesen.«

»Aha.« Prim bemerkte, daß Sir Lucas in übermütiger Stimmung war und ein spitzbübisches Lächeln seinen Mund umspielte. »Sir Lucas, ich mache mir Sorgen um die Familie, die mich aufnahm, die Kettles. Was ist, wenn einer von den den Kriminellen herausfindet, daß sie mir geholfen haben?«

»Hat Sie irgend jemand in deren Wohnung gesehen?«

»Ich glaube nicht, aber ...«

»Ich kann nicht helfen, wenn Sie mir nicht reinen Wein einschenken.«

Prim spielte mit ihren Handschuhen. »Alice, das älteste Mädchen, war bei mir.«

Es folgte ein längeres Schweigen, in dem sie sich völlig auf die Beschaffenheit ihrer Handschuhe konzentrierte.

»Sagen Sie mir, wo die Kettles wohnen«, forderte Luke sie schließlich ruhig auf. »Sie müssen weggebracht werden, und zwar schnell.«

Als sie aufblickte, bohrten sich zwei harte schwarze Augen in die ihren.

»Der Vater ist Trinker.«

Luke zuckte die Schultern. »Trinker oder nicht Trinker, er wird die Wahl haben.«

»Was für eine Wahl?«

»Er kann das, was ich sage, im Stehen oder im Liegen befolgen.«

»Im Liegen«, wiederholt sie verständislos. Dann keuchte sie auf. »Sie werden doch nicht –«

»Schauen Sie, Miss Prim, es hat keinen Wert, mit Halunken umzugehen als wären sie Mitglieder eines Wohltätigkeitskomitees.«

Prim dachte kurz an Mr. Kettles rücksichtslosen Egoismus, nickte und gab Luke die Adresse. Er wirkte höchst erstaunt, er hatte wohl nicht erwartet, daß sie in einer so elenden Gegend untergekommen war. Er rieb sich das Kinn. Sein langes Haar hing ihm ins Gesicht. Er schob es zurück und starrte in den Garten hinaus, wobei er offensichtlich darüber nachdachte, wie er die Kettles retten konnte. Prim legte die Handschuhe auf die Armlehne ihres Sessels und erhob sich.

»Wo ist mein Buch, Sir Lucas?«

»Was für ein Buch?«

»Mein Buch der Horen – o nein, ich werde mich auf kein Spielchen mit Ihnen einlassen.«

Da drehte er sich zu ihr herum, und wieder waren seine Augen vom Haar verdeckt. »Keine Spielchen. Schade.«

»Was haben Sie damit gemacht?« Prim begann sich bereits wieder zu ärgern, als sie seine spöttische Miene und seinen herausfordernden Ton bemerkte. »Es ist sehr wertvoll, aber ich nehme an, das wissen Sie.« Ein plötzlicher Verdacht keimte in ihr auf, und ihre Augen wurden schmal. »Sie können es nicht verkaufen. Man würde es erkennen.«

Lukes spöttischer Blick verschwand. »Hüten Sie Ihre Zunge, Miss Primrose erlauchte Dane. Ich habe Ihr Buch nicht an mich genommen, um es zu verkaufen. So etwas habe ich nicht mehr nötig.«

»Aus den Worten Ihrer Eltern schloß ich, daß Sie von den Reichen gestohlen haben, um mit den Armen zu teilen«, gab Prim zurück.

Jetzt war es an Luke zu erröten. »Es geht Sie nichts an, was ich in der Vergangenheit getan habe.«

»Sie haben von den Reichen gestohlen, und alles selbst behalten.« Prim sah sich um. »Das ist nicht zu übersehen. Aber ich habe nicht die Absicht, eines Ihrer Opfer zu werden.«

Plötzlich stand er vor ihr und funkelte sie aus zornblitzenden Augen an. »Sie sind bereits ein Opfer, und angesichts Ihrer spitzen Zunge überrascht mich das nicht.«

»Sir, ich bin bekannt für mein freundliches Auftreten und meine untadeligen Manieren.«

Luke warf den Kopf in den Nacken und lachte. »Hab' schon lang nicht mehr so gelacht.«

»Habe.«

»Wie?«

»Es heißt ›habe‹ und nicht ›hab'‹«, erklärte Prim durch die Zähne.

»Genau das ist es, was ich brauche. Wir können heute mit dem Unterricht anfangen.«

Der Mann brachte sie zur Weißglut. »Erst wenn ich mein Buch wiederhabe!«

»Erst wenn Sie mir alles beigebracht haben!«

Prim legte die Reitgerte weg, verschränkte die Arme und starrte Sir Lucas wütend an. »Jetzt hören Sie mir einmal gut zu. Nur ein sehr abgebrühter und gefühlloser Mensch stiehlt etwas von seinem Gast.«

»Wie Sie wollen, Miss Prim. Kein Unterricht – kein Buch.«

Mit einem erbosten Laut fuhr Prim herum und drehte ihrem Peiniger den Rücken zu. Langsam gewann ihre Vernunft wieder Oberhand über ihren Zorn. Wenn sie nach Amerika wollte, konnte sie das Buch nicht mitnehmen. Es gehörte ihr eigentlich nicht, und sie mußte es ihrem Bruder zurückgeben, damit er es in die Bibliothek zurückstellen konnte. Plötzlich spürte sie, daß Sir Lucas dicht hinter ihr stand. Sie konnte ihn zwar nicht sehen, aber aus irgendeinem merkwürdigen Grund konnte sie ihn spüren. Ihr Körper fing an zu kribbeln, als er immer näher kam und sich schließlich über ihre Schulter beugte.

»Geben Sie auf?« fragte er mokant.

Prim schrie auf und flüchtete.

»Nein!« Ihre Stimme überschlug sich, und sie mußte sich räuspern. »Nein. Ich habe es mir überlegt. Sie können das Buch behalten. Ich bin sicher, daß Sie gut darauf aufpassen, und Sie können es bald meinem Bruder zurückgeben.«

Wieder ging Luke auf sie zu, und sein Blick war auf ihr Gesicht fixiert. »Warum? Ich kenne diesen schlauen Ausdruck auf Ihrem Gesicht. Was für eine Dummheit brüten Sie jetzt wieder aus?«

Prim wich zurück und stellte sich schnell hinter einen Stuhl. Luke blieb stehen.

»Hier bin ich für immer in Gefahr. Außerdem ist mein Ruf in England ruiniert. Deshalb habe ich beschlossen, nach Amerika auszuwandern und dort ein neues Leben zu beginnen.«

»Gottverdammt.«

»Bitte, Ihre Ausdrucksweise.«

»Ich pfeife auf meine Ausdrucksweise. Sie werden überhaupt nirgends hingehen.«

»Das werde ich.«

»Sie können nicht!«

»Warum nicht?«

Er starrte sie an, und ein Muskel an seinem Kinn zuckte. Prim hatte noch nie erlebt, daß Nightshade nichts mehr einfiel, aber nun schien er verwirrt – sogar verzweifelt. Warum? Konnte es sein, daß er aus einem anderen Grund nicht wollte, daß sie wegging? Prims Mund formte sich zu einem O, als ihr durch den Kopf schoß, daß Luke Hawthorne ihre Anwesenheit möglicherweise aus sehr eigennützigen Gründen wünschte.

»Warum sollte ich nicht gehen?« fragte sie.

Er funkelte sie noch immer wortlos an. Dann hellte sich seine Miene auf.

»Sie können nicht gehen, ehe Sie mir Etikette und Manieren beigebracht haben. Das haben Sie versprochen.«

»Jede Dame von Stand kann Ihnen das beibringen.«

»Nicht jede«, widersprach er überzeugt. »Sie wollen doch wohl nicht behaupten, daß jede Dame Mrs. Snow so einschüchtern kann wie Sie?«

»Natürlich. Nun ja, vielleicht auch nicht.«

Luke steckte die Hände in die Taschen und schlenderte um den Stuhl herum. »Ich sag' Ihnen was, Miss Dane. Wir machen einen Handel. Sie bringen mir Manieren bei, und wenn sich Ihre Lage nicht gebessert hat, wenn meine Verlobte wieder abgereist ist, schicke ich Sie persönlich nach Amerika.«

Ach, das war also der Grund für seine Panik. Prim schalt sich, weil sie dahinter so etwas wie Zuneigung gesucht hatte. Was für eine Vermessenheit. Sie, die schon zu Hause selten jemand wahrgenommen hatte und die von Mr. Acheson unter die Fittiche genommen worden war, konnte wohl kaum das Interesse eines so gutaussehenden Charmeurs wie Sir Lucas Hawthorne auf sich ziehen. Was für ein törichter Gedanke. Nein, sie mußte sich praktischen Überlegungen zuwenden. Sie brauchte die Hilfe von Sir Lucas, um nach Amerika zu kommen.

»Na schön. Ich werde Ihnen helfen, bis der Besuch Ihrer Verlobten vorüber ist. Keinen Tag länger. Dann werden Sie mir helfen, unverzüglich nach Amerika aufzubrechen.«

»Einverstanden. Wir werden sofort damit beginnen, nachdem Ma uns verköstigt hat.« Er legte den Kopf auf die Seite und musterte sie auf unverschämte Art von Kopf bis Fuß. »Bin schon höchst gespannt, was Sie mir beibringen werden, Miss Prim.«

9

Fleet flanierte auf dem Bürgersteig unter einer Markise gegenüber einer wohlanständigen Pension in Woolwich. Weder Jowett noch Stark hatten herausfinden können, welche Verbindung es zwischen der alten Dame, der das Haus gehörte, und dem verruchten Nightshade gab. Gäste kamen und gingen. Händler klopften am Lieferanteneingang auf der Seite des dreistöckigen Backsteingebäudes. Es war von einem Eisenzaun und einem Tor umgeben, die Rost angesetzt hatten.

»Vornehm, aber arm«, knurrte Fleet.

Nach endlosen Stunden des Ausspionierens wußte er, wann Waschtag war, wie der Abfall entsorgt wurde, mit welchen jungen Männern die Hausmädchen ausgingen und mit welcher Begeisterung die Köchin jeden Tag einkaufen ging. Die Köchin erschien in diesem Moment an der Tür und gab der Küchenhilfe Anweisungen, während sie den Mantel anzog und einen Korb an ihren Arm hängte. Ein kleiner Junge trottete ihr nach, offenbar um später tragen zu helfen.

Fleet drehte sich schnell zu einem Schaufenster um und sah das Spiegelbild der Köchin, nachdem sie die Stufen zum Bürgersteig erklommen hatte. Als die Köchin das Tor öffnete und hinaustrat, erschien die Besitzerin persönlich mit einem Stapel Briefe in der Hand. Sie reichte sie der Köchin und sprach dabei ein paar geflüsterte Worte, bei denen sich beide nach allen Richtungen umblickten. Die Köchin steckte die Briefe in ihren Korb, rief den Jungen, der auf dem

Zaun herumgeklettert war und setzte sich in Richtung des Straßenmarktes in Bewegung.

Fleet sah der Frau nach und rieb sich das stoppelige Kinn. Anscheinend war die Köchin beauftragt worden, die Post wegzubringen. Fleet hatte einen Cousin, der im Haushalt eines wohlhabenden Kaufmanns arbeitete, und von diesem wußte er, daß Köchinnen besonders darauf erpicht waren, ihre Rechte zu wahren, und stets Respekt für ihre besondere Stellung beanspruchten. Köchinnen, selbst solche, die in einer Pension angestellt waren, wären empört, um einen so untergeordneten Botengang gebeten zu werden. Was stand in diesen Briefen?

Den Kragen über die Ohren gezogen und die Hände tief in den Taschen vergraben, folgte Fleet der Köchin und ihrem Begleiter. In einer bevölkerten Straße, die seinen Absichten entgegenkam, holte er die beiden ein. Es dauerte nur wenige Augenblicke, bis er direkt hinter ihnen war, der Frau einen Stoß verpaßt und ihr den Fuß gestellt hatte, so daß sie strauchelte.

Die Köchin kreischte und stürzte auf den Bürgersteig, wobei sie mehrere andere Fußgänger mit sich riß. Der Korb glitt ihr vom Arm. Während sich eine Traube von Menschen um sie bildete – manche, um zuzusehen, andere um zu helfen –, durchwühlte Fleet den verstreuten Inhalt des Korbes. Unauffällig nahm er den Packen Briefe an sich, stand auf und entfernte sich gemächlichen Schrittes.

Er betrat einen Stoffladen, zog sich in eine Ecke zurück und ging die Briefe durch. Fünf stammten von der Dame des Hauses und waren an Leute gerichtet, von denen er noch nie etwas gehört hatte. Zwei waren von den Hausangestellten und einer von einer Dame namens Mistress Eve Shadow. Etwas daran war komisch, denn es schien ein Brief zu sein, der einen weiteren Brief beinhaltete.

»Eve Shadow?« murmelte Fleet, während er die anderen Briefe hinter einen Stoffballen gleiten ließ. »Eve Shadow. Komischer Name.« Er stand neben den großen Rollen und trommelte mit den Fingern auf den Briefumschlag.

Seine Lippen verzogen sich. Fleet riß den Brief auf. »Und ich dachte immer, du seist schlau, mein Junge.«

Aus dem Umschlag entnahm er einen versiegelten Brief. Dieser war mit derselben Handschrift versehen, ohne Absender. Empfänger war ein Rechtsanwaltsbüro mit guter, aber keinesfalls exklusiver Adresse im Westend. Fleet öffnete auch diesen Brief und entdeckte sofort Miss Primrose Danes Namen.

Ein breites, hämisches Grinsen breitete sich über sein Gesicht. Er las den Brief oberflächlich durch, stopfte ihn mitsamt dem Umschlag in seine Tasche und machte sich auf den Heimweg, nachdem er sich vergewissert hatte, daß die Köchin nirgendwo zu sehen war. Er begann zu pfeifen. Er brauchte Stark, einen passablen Fälscher, und die Hilfe von Jowett, der sich Zutritt zum Haus des Rechtsanwalts verschaffen sollte. Endlich war er einen Schritt weiter.

Luke saß an einem runden Mahagonitisch mit Füßen wie Krallen im Duke's Drawing Room. Der Salon gehörte zu den dunklen Räumen, die mehr der Zurschaustellung als der Behaglickeit dienten. Die Decke war zwanzig Fuß hoch, verziert mit einer Blumenrosette in Weiß und Gold, von deren Mitte ein Lüster aus Kristall hing. Luke betrachtete ihn mißtrauisch.

Das Ding war mit seinen tausenden von Kristallen verteufelt schwer und befand sich direkt über dem Tisch. Wenn es herunterfiel … Luke stand auf, schnappte die Notizen, die er gerade gelesen hatte, und begab sich zum Kamin. Er warf die Blätter auf ein rotes Damastsofa, setzte sich, streckte die Füße zum Feuer und überkreuzte sie an den Knöcheln. Den Kopf legte er auf die Unterarme, lehnte sich zurück und starrte erneut zur Decke.

»Ein Herzog«, deklamierte er laut, »wird mit ›Euer Gnaden‹ angesprochen, ebenso eine Herzogin. Ein Marquis mit ›Mylord‹. Er ist der Marquis von Soundso. Seine Frau heißt ›Mylady‹, genau wie die Frauen von Grafen, Vicomtes und Baronen. Ein Baron wird Lord Soundso genannt, nicht Baron Soundso, was ausländisch ist. Count ist ein ausländischer Titel. Die Frau eines Barons wird mit Lady Soundso angeredet, nicht aber mit dem Familiennamen, aber die Töchter von Herzögen, Marquis und Grafen sind Lady Ann, Lady Mary und so weiter.«

Luke runzelte die Stirn und überflog seine Notizen. »Irgendwo gibt es doch auch Damen mit Männernamen, das weiß ich ganz bestimmt. Wo war das nochmal?« Ergebnislos durchsuchte er seine Unterlagen. »Zur Hölle mit ihnen allen. Diese verdammten Hochwohlgeborenen und Vicomtes und Ritter und Herzöge. Warum zum Teufel werden manche Damen Lady Henry oder Lady James anstatt Lady Mary genannt? Wo ist der verflixte Zettel?«

In seinem Kopf schwirrte alles mögliche durcheinander. Der Herzog von Newcastle, dessen richtiger Name nicht Newcastle war, Lady Edbury, Lord Robert Paget, dessen Name tatsächlich Paget war, der Graf von Donoughmore, Cecil Waring, dritter Baron Revingstoke. Die Liste war endlos, und es wurde erwartet, daß er sie auswendig kannte. Luke stöhnte.

Die Regeln der vornehmen Gesellschaft zu lernen, das war schwieriger, als ein guter Dieb zu werden. Im

Moment würde er viel lieber in ein Stadthaus am Portman Square einbrechen, als auf eine weitere Unterrichtsstunde mit Miss Dane zu warten. Sie hatte sich als strenge Lehrerin erwiesen, die von ihm erwartete, daß er sich alles merkte, was sie sagte, und es am nächsten Tag lückenlos wiederholen konnte.

Luke fuhr auf, als er hörte, wie die Tür aufging und sich rasche Schritte näherten. Er sah Miss Dane zu, wie sie auf ihn zukam, und fragte sich erstaunt, warum ihm noch nie aufgefallen war, wie sie einen Raum betrat. Er konnte es nicht beschreiben, aber irgendwie bewegte sie sich unheimlich anmutig. Die Schritte wurden gedämpft, als Miss Dane den Teppich erreichte. Luke eilte um das Sofa herum, um sich zu verbeugen.

»Guten Morgen, Miss Dane.«

»Guten Morgen, Sir Lucas.«

»Ich hoffe, Sie verbrachten einen angenehmen Abend.«

»Ja, das tat ich wirklich, Sir Lucas.«

»Darf ich Sie zu einem Sessel führen?«

»Danke.«

Er bot ihr einen Arm und begleitete sie zu einem Sessel neben dem Sofa. Vor drei Tagen, als sie mit dem Unterricht begannen, hatte er sich neben sie auf das Sofa gesetzt und dafür eine gesalzene Rüge eingefangen.

Heute begann Miss Dane nicht sofort. Er blieb stehen und fragte, ob etwas nicht in Ordnung sei.

»Sir Lucas, können Sie mir sagen, ob Sie etwas von den Kettles wissen?«

»Ja, sie sind ein Haufen kleiner Monster.«

»Sie sind keine Monster. Sie tun, was sie können, wenn man bedenkt, was für einen Vater sie haben. Es ist meine Schuld, daß Alice in Gefahr schwebt.«

»Machen Sie sich keine Sorgen, ich habe mich um alles gekümmert.«

»Tatsächlich?«

»Ich habe jemanden geschickt, um nach ihnen zu sehen. Sie waren alle dort, auch Ihre kleine Alice.« Er sah sie von der Seite an. »Ich habe sie aus der Stadt fort zu einem Freund bringen lassen. Er kümmert sich um eine Unterkunft und sieht zu, daß die ganze Familie versorgt ist.«

»Danke, Sir Lucas.«

Er konnte sehen, wie sie sich entspannte, und er wurde mit einem Lächeln belohnt, das unvermutet eine Saite in seinem Herzen anklingen ließ. Um derartig unerwünschte Gefühle erst gar nicht aufkommen zu lassen, nahm Luke schnell inmitten seiner Notizen Platz und seufzte, als Miss Dane ihn bat, den Stoff der letzten Stunde zu wiederholen.

Er tauchte in den Dschungel von förmlichen Anreden ein und machte seine Sache ganz gut, bis seine Gedanken abschweiften und ihm durch den Kopf ging, wie Miss Dane das Zimmer betreten hatte. Sie schien zu gleiten wie ein Segelschiff in ruhigem Gewässer. Sie trug ein royalblaues Kleid mit lachsfarbenen und goldenen Streifen, und dunkelblaue Manschetten blitzten unter ihren weiten Ärmeln hervor. Es war eine gute Idee gewesen, sie um ihre Hilfe zu bitten. In ihrem Erscheinungsbild, ihrem Auftreten und mit ihrem Charakter war sie eine vollendete Dame. Miss Dane konnte mit ihren glockigen Röcken einen Raum betreten und einen sofort an einen weichen Westwind denken lassen, der sanft durch einen Garten strich. Sie wackelte nicht mit den Hüften und ließ auch ihren Reif nicht schwingen wie die anderen Frauen, die er kannte.

Außerdem sprach sie stets absolut korrekt; zumindest fand er das, und ihre Stimme war melodiös wie eines der Klavierstücke von diesem Burschen Chopin. Miss Dane wußte, wann man eine Haube statt eines Hutes trug. Sie wußte, welchen Sonnenschirm man am Morgen benutzte, welches Taschentuch zu einem Tageskleid paßte und welchen der unzähligen Löffel seines silbernen Bestecks man zum Vorlegen und welchen für die Suppe nahm. Miss Dane schien einfach alles zu wissen.

»Nein, Sir Lucas. Man spricht einen Ritter nicht mit Lord Soundso an. Sie haben einen Rittertitel. Dieser Titel ist nicht vererbbar. Sie werden Sir Lucas genannt, nicht Lord Hawthorne.«

»Zum Teufel mit den Titeln und dem ganzen Adelskram. Das alles ergibt keinen Sinn nicht.«

»Das alles ergibt keinen Sinn.«

»Sehen Sie, Sie finden das auch.«

Miss Dane schürzte die Lippen und seufzte. »Nein, ich habe nur Ihre Grammatik verbessert. Es heißt ›Es ergibt keinen Sinn‹ und nicht ›Es ergibt keinen Sinn nicht‹.«

»Egal, auf jeden Fall habe ich die Nase voll von Titeln.«

»Das habe ich geahnt, und deshalb habe ich ein paar Punkte über Anstandsregeln und Manieren aufgeschrieben.«

»Bei Tisch?«

»Sir Lucas, Ihre Tischmanieren sind nicht so schlecht wie Sie zu denken scheinen. Nein, ich spreche vom Benehmen eines Gentleman, besonders gegenüber einer Dame.«

»Ich setze sie mir nicht auf den Schoß, falls Sie das meinen.«

Er konnte nicht widerstehen, sie an ihren engen Körperkontakt zu erinnern. Es gefiel ihm, wenn sie errötete. Es war ein wundervoller Anblick, wenn sich die milchweiße Haut rosarot verfärbte und von den bernstein-, gold- und weizenfarbigen Strähnen ihres Haars abhob. Er wünschte, sie würde es nicht zu einem Knoten aufstecken. was sagte sie gerade?

»Ich glaube, was diese Umgangsformen anbetrifft, muß ich kein Blatt vor den Mund nehmen, denn wenn ich richtig verstanden habe, haben Sie damit die meisten Schwierigkeiten.«

»Richtig.«

Miss Dane las vor: »Folgendes dürfen Sie niemals tun: auf eine Reise, zum Abendessen, ins Theater, ins Konzert oder zu einer ähnlichen Veranstaltung allein mit einer Dame gehen, die keine enge Verwandte von Ihnen ist.«

»Was, niemals?«

Miss Dane nickte.

»Sind Sie sicher?«

»Absolut.«

»Was ist mit einem Picknick?«

»Auf gar keinen Fall, denn das gilt gleichermaßen als Reise und als Veranstaltung.«

Genau in diesem Augenblick verirrte sich ein Sonnenstrahl durchs Fenster und setzte ihr Haar in Flammen. Wieder vergaß er zuzuhören. Seine Fantasie spielte ihm einen merkwürdigen Streich. Ihm war plötzlich, als befände er sich auf einmal in einer Traumwelt, in der die Luft aus silbernem Nebel bestand und alle Geräusche wie Glocken klangen. Es war eine Welt, die er sich geschaffen hatte, als er ein einsames Kind war, und es keinen sicheren Ort für ihn gab.

Er erinnerte sich noch daran, wie er in Hauseingängen geschlafen hatte, wenn man das schlafen nennen konnte. Zwar ruhte sein Körper, aber sein Kopf konnte nicht abschalten. Es gab so viele Dinge, vor denen er Angst hatte, aber am meisten fürchtete er sich vor größeren Jungen, die in der Dunkelheit lungerten und sich einen Spaß daraus machten, ihn zu verprügeln. Wenn der Hunger und die Angst kamen und er nicht schlafen konnte, zog er sich in seine Welt mit dem silbrigen Nebel zurück und lauschte den magischen Geräuschen – schwere Glocken, zarte Glöckchen, das Plätschern eines Baches, das Rascheln von Blättern im Wind. In dieser Welt fühlte er sich in Sicherheit. Und nun versetzte ihn diese junge Dame genau in diese Welt, indem sie nur einfach in einem Sonnenstrahl vor ihm saß.

»Sir Lucas, Sie passen ja gar nicht auf. Das ist sehr unhöflich.«

»Es tut mir leid«, antwortete er und zwang sich zurückzukehren. »Nirgendwohin ohne Anstandsdame gehen.«

»Korrekt.«

»Niemals mit einer Dame allein sein.«

Sie nickte.

Sein Blick wanderte über ihr leuchtendes Haar und unwillkürlich rutschte es ihm heraus: »Wir sind allein, Miss Dane. Außerdem steht Ihnen Sonnenlicht so gut.«

»Sir Lucas«, antwortete sie scharf. »Bitte keine Vertraulichkeiten.« Sie wich seinem Blick aus, und ihre Schultern sanken zusammen. »Mein Fall liegt leider ganz anders. Aufgrund meiner Situation bin ich für immer aus der Gesellschaft ausgestoßen. Normalerweise würde ich Sie niemals allein besuchen oder mich darauf einlassen, Sie in irgend etwas zu unterrichten. Jedoch ...«

»Jedoch?«

Miss Danes Zunge stahl sich zwischen ihre Lippen.

Luke lächelte und rutschte ein wenig näher zu ihr heran.

»Jedoch stehe ich in Ihrer Schuld und werde bald noch tiefer in Ihrer Schuld stehen. Ich kann mir im Moment nicht vorstellen, wie ich Sie dafür entlohnen soll. Außerdem haben Sie mich zu einem äußerst unlauteren Handel gezwungen.«

»Es gibt also doch Gelegenheiten, bei denen ich mit einer Dame allein sein kann.«

Sie funkelte ihn an. »Ja, wenn sie ohnehin ruiniert ist.«

»Schelten Sie nicht mit mir, Miss Primrose erlauchte Dane. Ich habe Sie nicht ruiniert. Ich habe nur versucht zu helfen.«

»Sie können mir helfen, indem Sie mich nach Amerika schicken, bevor er mich findet!«

»Bevor wer Sie findet?«

Unwillkürlich wollte sie antworten. Ihre Lippen formten bereits die Worte, doch dann fing sie sich wieder und sprang auf. Ihre Notizen flatterten von ihrem Schoß.

»Oh, Sie sind ein unverfrorener Mensch, mich so in die Falle zu locken!«

Eingedenk der Regeln, die er bereits gelernt hatte, stand Luke auf, als Miss Dane aufstand, und bückte sich, als sie sich bückte – und schlug mit seinem Kopf gegen ihren. Der Schmerz ließ ihn fluchend in die Knie gehen. Er hörte Miss Dane aufschreien. Noch immer fluchend griff er nach ihr, als sie zu stürzen drohte. Sie fiel in seine Arme und krümmte sich zusammen. Luke schloß die Augen. Miss Dane in seinem Schoß sog scharf die Luft ein, und als er auf sie hinabblickte, sah er, daß sie sich den Kopf hielt.

»Lassen Sie mich sehen.« Er drehte sie herum und zog ihr die Hände weg.

»Es – es geht schon.«

Luke beachtete ihren Einwand nicht, legte die Finger unter ihr Kinn und hob ihren Kopf an. Als er sie an der Stelle berührte, die sie zuvor mit der Hand bedeckt hatte, schrie sie auf.

»Hören Sie auf zu jammern, und lassen Sie mich Ihren Kopf ansehen.«

»Mir fehlt nichts, Sir. Bitte gestatten Sie mir, daß ich aufstehe.«

Luke ließ die Arme sinken und schob sie von sich weg auf den Boden. Empört über dieses unstatthafte Benehmen, kämpfte Miss Dane mit ihren Röcken, um aufzustehen. Luke stand bereit, als sie strauchelte und fast wieder umgefallen wäre.

»Alberne kleine Närrin.« Er hob sie auf und trug sie zum Sofa. »Sie haben eine ganz ordentliche Beule. Lösen Sie Ihr Haar.«

»Das werde ich nicht tun«, widersprach Miss Dane, als sie sich zurücklegte. »Das gehört sich nicht.«

Luke wußte, daß es zwecklos war, mit ihr darüber zu streiten, was sich gehörte und was nicht. Er kniete neben ihr nieder und begann Nadeln aus ihrem Haar zu ziehen.

»Was machen Sie da?«

»Ich nehme den Druck von Ihrem Kopf, albernes Ding.«

Sie hielt ihn am Handgelenk fest und blitzte ihn an. »Hören Sie auf!«

Sie hatten sich auch schon zuvor berührt, aber Luke konnte sich nicht erinnern, daß Miss Dane schon einmal freiwillig ihre Hand auf seine bloße Haut gelegt hatte. Ihre Finger fühlten sich warm an. Er spürte sogar ihren Puls schlagen. Die Sonnenstrahlen verwandelten die Flut ihrer Haare in himmlisches Feuer.

»Himmlisches Feuer«, flüsterte er.

»Wie bitte?« Sie sah ihn verwirrt an.

Leuchtendes Grün, Türkis und Grau zog ihn in den Bann, und ohne nachzudenken beugte er sich näher zu ihr. Es schien das Natürlichste auf der Welt, sie zu küssen. Sofort war er von einem Zauber erfüllt, und ihm wurde warm, als hülle das Feuer ihres Haars auch ihn ein.

Während er ihren Mund erforschte und sich an ihren zarten Lippen labte, war er voller Staunen. Luke hatte zahllose Frauen geküßt und hatte ganz automatisch angenommen, Miss Dane würde nicht anders sein als der Rest. Was für ein Irrtum! Sie war von Anfang an anders als die anderen gewesen. Ihr Kuß hatte die gleiche Wirkung wie eine ganze Flasche Branntwein.

Er konnte ihr Herz an seiner Brust spüren. Nein, dieses Hämmern war nicht ihr Herz. Luke tauchte aus seiner Versunkenheit auf und stellte fest, daß Miss Danes kleine Faust gegen seine Brust hämmerte. Er wich zurück, doch sie hörte nicht auf. Da hielt er ihre Hände fest.

»Lassen Sie das«, forderte er sie barsch auf.

Sie hielte inne und starrte ihn aus großen Augen an. Das Haar hing ihr ins Gesicht. Noch immer vor ihr knieend, fand Luke ganz allmählich seine Beherrschung wieder. Er zwang sich, ruhig zu atmen und seinen aufgewühlten Körper abkühlen zu lassen. Als er die Augen wieder öffnete, sah er Primrose Dane mit anderen Augen an. Wie kam es, daß sie eine Jungfer war, ein Mädchen, das so küssen konnte? Wahrscheinlich hatte noch nie jemand versucht, sie zu küssen.

»Gott sei meiner Seele gnädig«, flüsterte er.

Miss Dane blickte ihn voller Verwirrung an. Luke merkte, daß er sie noch immer umfaßt hielt. Widerstrebend gab er sie frei und erhob sich. Er entfernte sich und blieb vor einer Intarsientruhe aus dem Rokoko stehen. Während er die spiralenförmigen Kurven und geschlängelten Linien betrachtete, ging er mit sich selbst ins Gericht. Er hatte in seinem Leben schon viele schreckliche Dinge getan, aber jetzt war er ein Gentleman. Er konnte unmöglich die Unschuld einer schutzlosen jungen Frau, die unter seiner Obhut stand, ausnutzen. Nightshade meldete sich, lachte und wollte wissen, warum nicht.

»Verdammt und zugenäht, ich brauche diesen Kampf nicht auch noch, ich habe schon genug am Hals.«

»Sir Lucas, ich verlange, daß Sie aufhören, vor sich hinzumurmeln, und daß Sie Ihr anmaßendes Verhalten erklären.«

Er fuhr herum und starrte Miss Dane an.

»Anmaßend?«

»Höchst unannehmbar«, bestätigte sie.

Miss Dane hatte ihr Haar inzwischen wieder aufgesteckt, allerdings lockerer als zuvor. Aufrecht und steif wie ein gestärkter Kragen stand sie vor ihm, den zarten Mund zusammengekniffen, die Wangen hochrot.

»Sie müssen mir Ihr Wort geben, daß Sie von solchen Taten in Zukunft Abstand nehmen, Sir Lucas.«

»So, muß ich das?«

»Sie verspotten mich, Sir.«

Nightshade lachte in ihm, stachelte ihn an, forderte ihn heraus. Luke steckte die Fäuste in die Taschen, senkte das Kinn und sah die Frau an, die vor ihm stand. Seine Stimme war ein heiseres Flüstern.

»Nein, Miss Prim, ich verspotte Sie nicht.«

»Dann verlange ich, daß Sie mir Ihr Verhalten erklären, Sir Lucas.«

»Bitten Sie mich lieber nicht darum.«

»Wie bitte?«

Er ging langsam auf sie zu, wobei er sich alle Mühe gab, das zehrende Verlangen, das in Nightshade bohrte, zu unterdrücken. »Sie wollen keine Erklärung, Miss Prim.«

»Bleiben Sie, wo Sie sind!«

Als er die Panik in ihrer Stimme wahrnahm, blieb er stehen, warf sich in einen Sessel und starrte den Lüster an.

»Habe ich Ihr Wort?«

»Wie? Mein Wort wofür?«

»Ihr Wort, daß es keine Wiederholung eines so abstoßenden Verhaltens gibt.«

»Abstoßend war es also.« Wie konnte sie so kühl sein, wenn er derartig litt? »Ziehen Sie nicht die Nase vor mir hoch, als röchen Sie an der Abortgrube, Miss Prim. Eben noch war ich der Lehrer, aber Sie haben mächtig schnell gelernt.«

Es war ihm eine Belohnung, als sie aufkeuchte und ihr das Blut in die Wangen schoß. Sein Grinsen verlor sich allerdings, als sie an ihm vorbei aus dem Salon marschierte.

»Keine Minute Unterricht mehr, Sir Lucas, bevor Sie mir Ihr Wort gegeben haben.«

10

Sie träumte von einem Ball. Acheson hatte sie vor der Schande bewahrt, allein und ohne Tanzpartner herumzustehen. Sie schwebten durch den heißen Ballsaal und drehten sich in einem fort. Um sie herum tanzten weitere Paare, und die Röcke der Frauen raschelten über den polierten Boden. Die Hitze und das flackernde Licht der Kronleuchter machten sie schwindlig.

Plötzlich war Acheson verschwunden, und Montrose tanzte mit ihr. Prim versuchte, nach Acheson Ausschau zu halten, aber sie konnte ihn nicht sehen. Montrose wirbelte sie über die Tanzfläche, wobei er ständig über Bücher sprach. Seine Stimme dröhnte unablässig an ihrem Ohr und machte sie ganz krank. Sie wollte aufhören zu tanzen, aber Montrose verwandelte sich in Harcourt, der sie mit frischem Elan im Kreis schwang. Sie fingen an, sich immer wilder zu drehen und stießen dabei gegen ein anderes Paar. Als die Frau sich umwandte, sah Prim das blutige Kleid und das Messer, das in ihrer Brust steckte. Die Frau starrte Prim aus glasigen Augen an.

Prim schrie. Ihr Partner packte ihren Arm. Es war der Mörder! Der Partner der toten Frau begann zu lachen, als Prim vor dem Mörder und seinem Opfer zurückwich. Das Gelächter wurde immer lauter und gemeiner. Plötzlich war es Luke Hawthorne, der so laut lachte, daß sie sich die Ohren zuhalten mußte. Prim erwachte und fragte sich, ob sie wirklich laut geschrien hatte, oder ob auch dies nur ein Traum gewesen war.

Prim spähte durch die offene Tür des Salons hinaus, um sich zu vergewissern, daß niemand vorbeikam. Dann schlich sie über den Aubusson-Teppich, kletterte auf den Fenstersitz und blickte zu Luke Hawthorne auf der anderen Seite des Rasens hinüber. Auf seinem Weg zu der Ruine des Bergfrieds blieb er stehen, um mit dem Gärtner zu sprechen. Wie jeden Tag, so ging er auch heute nach Beendigung ihres Unterrichts seinen Aufgaben als Burgherr nach. Prim wollte ihm folgen.

Vor drei Tagen, nachdem sie lange unter Alpträumen und Unentschlossenheit gelitten hatte, hatte sie beschlossen, ihre Abmachung mit Sir Lucas nicht einzuhalten. Sie war erst eine gute Woche in der Burg, aber der Kuß hatte ihren Entschluß bestärkt. Noch niemals hatte jemand sie auf diese Art geküßt. Er hatte es ohne jede Eile getan, mit dem ganzen Mund, ja, dem ganzen Körper, und sie hatte etwas Außergewöhnliches und auch etwas Böswilliges gespürt. Da hatte sie gewußt, daß es Nightshade war, der sie küßte.

Sie hatte schon genug Ärger und konnte unmöglich auch noch im gleichen Haus wie Nightshade wohnen bleiben, auch wenn dieses Haus das reinste Labyrinth war. Nach dem Kuß konnte sie seine Anwesenheit selbst dann spüren, wenn er sich im Wachhaus aufhielt und sie eine Viertelmeile von ihm entfernt war. Nein, das stimmte nicht ganz. Seit dem Kuß wollte sie seine Anwesenheit spüren, egal, wo er war.

Aus diesem Grund mußte sie ihm folgen und das Versteck des Buches der Horen herausfinden. Prim konnte den Gedanken nicht ertragen, das kostbare kleine Buch dazulassen. Sie mußte es finden, ihr Wort brechen und auf der Stelle nach Amerika abreisen. Davor mußte sie allerdings noch das Buch ihrem Bruder zurückgeben. Dann mußte sie irgendwie in den Besitz ihrer bescheidenen Schmuckstücke gelangen und sie verkaufen, um die Überfahrt nach Amerika zu bezahlen. Zwar würde sie dann weniger Geld zur Verfügung haben, um ihr neues Leben zu beginnen, aber sie mußte unbedingt fort, denn sie befürchtete sehr, sich in Luke Hawthorne verliebt zu haben. Nein – sie befürchtete, sich in Nightshade verliebt zu haben.

Prim duckte sich rasch, als Luke und der Gärtner sich in ihre Richtung umdrehten. Als die beiden sich trennten, sah sie, wie ihr Gastgeber seinen Weg zur Ruine fortsetzte. Sie war ihm jeden Tag nach dem Unterricht gefolgt. Wenn sie zusammen waren, benahm sie sich steif und förmlich, aber wie sonst sollte sie die gebotene Distanz wahren? Er hätte das sicherlich nicht getan, warum sonst wäre er so entsetzlich unhöflich gewesen, als sie ihn in die Schranken wies – bis sie ihn an seine Verlobte erinnert hatte.

Danach hatte er sich wieder anständig benommen. Vor ein paar Minuten war ihr Unterricht von einem unerwarteten Besucher unterbrochen worden. Sir Lucas hatte seinen Gast im Zimmer neben dem Duke's Drawing Room empfangen und die Verbindungstür hinter sich zugezogen. Prim hatte keine Zeit verloren und war an die Tür geeilt, sobald er dahinter verschwunden war.

Leise öffnete sie die Tür einen Spalt und betrachtete den Besucher. Ein Polizist! Sir Lucas reichte ihm ein in braunes Packpapier eingeschlagenes Päckchen und führte den Besucher wieder hinaus. Als er in den Salon zurückkam, saß Prim in ihrem üblichen Sessel am Kamin und kochte vor Wut.

»Entschuldigen Sie bitte die Unterbrechung, Miss Dane«, sagte er in der künstlichen, formellen Weise, die er sich angwöhnt hatte, seit sie auf der strengen Einhaltung der Umgangsregeln bestand. »Vergeben Sie mir.«

»Das werde ich nicht tun«, fuhr sie ihn an. »Sie sind ein gemeiner Schuft ohne Skrupel.«

Nun verfiel er in die Angewohnheit, die sie am meisten ärgerte – er ahmte auf übertriebene Art ihre Ausdrucksweise nach. »Ich bitte um Verzeihung?«

»Sie haben mit der Polizei über mich gesprochen«, erwiderte sie wütend. »Leugnen können Sie sich sparen. Ich habe den Konstabler gesehen.«

Sir Lucas blickte an seiner Nase entlang auf sie herab. »Haben Sie mir etwa nachspioniert, Miss Dane? Wie stillos.«

»Sie haben Ihr Wort doch längst schon gebrochen, Sir, wagen Sie es also nicht, mir Vorwürfe zu machen.«

Mit gestrafften Schultern, die Nase hoch in der Luft, sah er in gelungener Imitation ihrer eigenen Haltung auf sie herab.

»Ich habe mein Wort nicht gebrochen. Der Konstabler war wegen einer Sache hier, die mit Ihnen nicht das geringste zu tun hat, auch wenn Ihnen schwerfallen mag, dies zu glauben.«

Sein selbstsicheres, unerschütterliches Auftreten begann sie zu verunsichern. Prim stand auf und stellte sich vor ihn hin. »Was für einen Grund könnten Sie schon haben, mit der Polizei zu sprechen?«

»Ich weigere mich, mit Ihnen darüber zu sprechen«, antwortete er mit spöttischem Lächeln.

Prim lief rot an und gab zurück: »Damit bestätigen Sie meinen Verdacht, und ich betrachte unsere Abmachung als nichtig. Ich werde so bald wie möglich weggehen.«

»Ach! Hören Sie mal gut zu, Miss Primrose erlauchte Dane. So bald Sie von hier verschwinden, haben Sie gerade nochmal eine Woche zu leben.«

»Dann sagen Sie mir, was Sie mit dem Konstabler zu reden hatten.«

»Sie sind eine ganz schön schlaue und hinterlistige Person.«

»Sagen Sie es mir.«

»Na schön, verdammt nochmal. Es hatte mit Featherstone zu tun.«

Prim starrte ihn nur an.

Sir Lucas wich aus, und zu ihrer Verblüffung sah sie, wie ihm das Blut ins Gesicht stieg. Was konnte einen so harten und abgebrühten Mann wie ihn in Verlegenheit bringen? Als er etwas murmelte, schüttelte sie den Kopf.

»Was sagten Sie?«

Er sah sie finster an. »Ich sagte, Featherstone hat auf Castle Beaufort fast so lange gedient, wie es hier steht.«

»Ich kann leider nicht ...«

»Das versuche ich ja zu erklären, verflucht nochmal.« Er räusperte sich. »Als ich die Burg kaufte, waren die meisten Bediensteten wie Mrs. Snow, aber Featherstone nahm sie sich zur Brust. Und er half mir, wissen Sie, die Dinge zu verstehen. Macht er immer noch. Wenn ich zu einem Abendessen eingeladen bin, sagt er mir alles über die Leute, die ich dort treffe. Wenn ich irgendwohin auf Besuch gehe, kommt er als mein Kammerdiener mit und hilft mir beim Anziehen und so was.«

»Was hat das mit dem Konstabler zu tun?«

»Nun, Featherstone ist ein anständiger Butler und Kammerdiener. Selbst Sie sagten das ja.« Er zögerte, als warte er auf ihre Zustimmung.

»Ja.«

»Also, er ist ein ordentlicher Bursche, der alte Featherstone, aber er hat eine kleine Schwäche. Er nimmt Sachen weg.«

»Wollen Sie sagen, er sei ein Dieb?« fragte sie ungläubig.

»Nein, kein richtiger Dieb. Er wäre ein verdammt schlechter Dieb. Featherstone nimmt Dinge, aber nicht allein wegen der Moneten. Er nimmt sie einfach.«

»Ich verstehe nicht.«

»Er kann es nicht lassen. Ihm geht es wie denen, die nicht aufhören können zu trinken. Featherstone kann nicht aufhören, schöne Dinge mitzunehmen. Letzten Monat war ich eingeladen, und als wir wieder nach Hause kamen, hatte er ein silbernes Sahnekännchen mitgehen lassen. Er wollte es nicht verkaufen. Eigentlich wollte er es gar nicht haben, aber er mußte es einfach nehmen.«

»Großer Gott«, sagte Prim. »War es das, was Sie dem Konstabler gegeben haben?«

Luke bewunderte ausführlich das Muster der roten Damasttapete. »Er wird dafür sorgen, daß es mit einer Entschuldigung von mir zurückgegeben wird. Ich habe eine Abmachung mit den Leuten in der Gegend. Die meisten sind sehr verständnisvoll, wahrscheinlich weil ich der neue Besitzer der Burg bin.«

»Verstehe ich das richtig, Sir Lucas, daß Sie durch die Gegend reisen und Dinge zurückbringen, die Ihr Diener an sich genommen hat, und sich für ihn entschuldigen?«

»Featherstone ist ein feiner Kerl«, lautete die Antwort. »Was soll ich denn tun – ihn in den Knast stecken? Es tut ihm immer leid, und er möchte es ja im Grunde nicht tun. Er leidet sehr unter seinem Leiden.«

Nun lächelte Prim ihn an. »Ich würde vermuten, daß es Ihnen äußerst unangenehm wäre, wenn Mr. Badger oder diese Maudie von Ihrer Güte hörten.«

»Hm.«

»Sie sind schwer zu durchschauen, Sir Lucas.«

Er wandte sich von der Tapete ab, zupfte an den Manschetten seines Gehrocks und sah sie an. »Sie sind ein Plagegeist, Miss Dane, wissen Sie das eigentlich? Und jetzt weigere ich mich, noch ein Wort zu diesem Thema zu sagen.«

Prim, die noch immer auf dem Fenstersitz kniete, mußte lächeln, als sie daran dachte, wie peinlich es ihm gewesen war, bei einer gutherzigen Tat ertappt worden zu sein. Dann erstarb ihr Lächeln. Warum kauerte sie hier und dachte belustigt an einen Mann, der das Herz eines Teufels besaß und die Grausamkeit eines ... eines Banditen.

Sie durfte sich nicht von ihrem wichtigsten Anliegen ablenken lassen, nämlich das Buch der Horen zu finden.

Wo war Luke hingegangen? Als sie wieder hinaussah, sprach er gerade mit einem seiner Untergebenen, der auf einem Heuwagen stand. Luke trat zur Seite, und der Mann setzte seinen Weg zum Stall fort. Prim wartete, bis Luke im alten Bergfried verschwunden war. Schnell lief sie aus dem Salon, holte unterwegs ihren Mantel aus einem Schrank in der großen Halle und eilte ihrem Gastgeber nach.

Das Schwierigste daran war, daß niemand etwas merken durfte. Betont langsam schlenderte sie über den Kiesweg, kam an Stallburschen, Gefolgsmännern und Hausmädchen vorbei. Ein Mann harkte den Kies, um den Weg zu ebnen. Sie blieb stehen, um einen Rosenbusch zu bewundern, und gelangte schließlich auf Umwegen in die Nähe des Bergfrieds. Als niemand hinsah, stieg sie die Treppe hinauf und schlüpfte schnell hinein.

Der Bergfried war ein normannischer Turm mit acht Fuß dicken Wänden, die auf der Innenseite einen Burghof umschlossen. Da er auf einem Erdhügel stand, beherrschte er die Burg mit seiner gewaltigen Höhe und den groben Steinwänden. Prim ging dicht an der Wand entlang die Treppe zum Burghof hinunter. Sonne schien durch den Treppenausgang herein, und sie wich der hellen Stelle sorgfältig aus. Was sie dahinter sah, war ein grüner Teppich aus Gras mit einem Brunnen. Wasser strömte aus einer Urne, gehalten von einer Frau in griechischer Kleidung. Die Erde um den Brunnen war frisch ausgehoben und wartete offensichtlich darauf, bepflanzt zu werden.

Luke war nirgendwo zu sehen, aber während sie die Steinwände musterte, hörte sie das Geräusch von Stiefelschritten. Prim ging rasch ein paar Stufen rückwärts und versteckte sich. Die Wände des Bergfrieds bildeten einen inneren und einen äußeren Kreis, dazwischen lagen die einstigen Wohngemächer.

Prim eilte an der alten Küche vorbei und hastete die Treppe hinauf, die auf das oberste Stockwerk des Bergfrieds führte. Das war nicht einfach, denn beim Bau der Treppe hatte man Damen mit Reifröcken nicht berücksichtigt. Sie mußte ihre Röcke anheben und seitlich zusammendrücken, gleichzeitig auf die Schritte lauschen, die ihr verrieten, wo Luke gerade war. Nur einmal blieb er stehen, und Prim lehnte sich schwer atmend gegen die Wand. Sie war fast schon oben.

Was war das für ein Geräusch? Er kam schon wieder herunter! Prim stieß sich von der Wand ab. Ihre Krinoline schwang über ihren Kopf nach oben, und sie hatte Mühe, sie wieder hinunterzudrücken und sich in eine Nische auf dem Treppenabsatz darunter zu zwängen. Kaum hatte sie es geschafft, ging auch schon Luke vorbei. Sie reckte den Hals und sah gerade noch, daß er nichts in den Händen hielt.

Sobald er vorbei war, lief Prim nach oben, wo eine Tür in die oberste Kammer des Turms führte. Es war ein leerer Raum mit einer Schießscharte. Von dort aus sah sie, wie Luke die Stufen im Freien hinunterging und auf eine Tür in der Wand zwischen dem Plantagenet Tower und dem Lion Tower zuschritt.

Atemlos lief Prim den ganzen Weg hinunter und mußte kurz stehenbleiben, ehe sie mit der angemessenen Würde aus dem Bergfried treten konnte. Ein Stück entfernt fiel ihr ein schwankender Lichtschein auf, der von einer Laterne stammen mußte. Sie folgte ihm durch die ehemaligen Soldatenunterkünfte zu einer Wendeltreppe im Lion Tower. Dort hörte sie erneut Schritte. Zögernd raffte sie die Röcke und erklomm die engen, ausgetretenen Steinstufen.

Diesmal kam sie an einer Reihe von Zimmern vorbei, die in intaktem Zustand überdauert hatten. Jeder Raum wurde von schmalen Schlitzen und nicht viel breiteren Fenstern mit schwachem Licht versorgt. Im untersten Raum lagerten die Überreste von Steinen, die einst zu einem Katapult gehörten. Im nächsten befanden sich die morschen Holzbalken des Katapults. Prim schwitzte und schnappte nach Luft, als sei sie am Ersticken. Im nächsten Stockwerk stieß sie auf einen Raum, in dem lediglich ein paar uralte Armbrüste an der Wand hingen.

Noch während sie nach Atem rang und die Waffen anstarrte, drang ein Pfeifen aus der obersten Kammer an ihr Ohr. Als nächstes hörte sie ein Knarren, dann ein Klappern. Mit trockenem Mund und schmerzenden Lungen machte sich Prim erneut auf den Weg.

Alles, was sie fand, war ein weiteres Zimmer mit Holzregalen, in denen einst Bogen aufbewahrt wurden, und Bogensehnen. Das Pfeifen kam vom Dach. Nein! Es kam immer näher. Luke befand sich auf dem Rückweg.

Verzweifelt suchte Prim den Raum ab und machte einen dunklen Mauervorsprung vor einem schmalen, verbarrikadierten Fenster aus. Sie drückte ihre Röcke eng an den Körper und quetschte sich so tief wie möglich in die dunkle Ecke. Dabei trat sie auf einen Stein, rutschte aus, und der Stein kratzte über den Boden. Prim erstarrte. Das Pfeifen hatte aufgehört.

Schritte näherten sich. Sie hörte den gleichmäßigen, leichten Rhythmus seines Ganges. Ihre Nerven waren zum Zerreißen gespannt, und vor ihrem geistigen Auge sah sie, wie seine Beine sich bewegten, wenn er mit der Geschmeidigkeit eines Tieres auf sie zukam. Prim legte die Finger auf die Lippen, um das Geräusch ihres Atems zu dämpfen, als Luke mit seiner Laterne über die Schwelle trat. Sie hielt den Atem an.

Luke bewegte sich in dieser aufreizenden Weise, die kleine Blitze in ihrem Körper auslösten. Prim biß die Zähne zusammen und fragte sich, ob er das absichtlich machte. Plötzlich hob er die Laterne an und betrachtete die Gestelle an der Wand. Dann drehte er sich um und starrte auf den Mauervorsprung. Ihr Herz setzte für einen Moment aus, als er das Kinn senkte und einen durchbohrenden Blick in ihre Richtung schickte.

Sie wollte schon mit der ganzen Würde, zu der sie noch fähig war, aus ihrem Versteck kriechen, als Luke sich wieder abwandte und hinausging. Vor Erleichterung hätte sie beinahe laut aufgeatmet. Prim biß die Lippen zusammen und verließ ihren Schlupfwinkel. Ihr Haar blieb an einem Stein über ihrem Kopf hängen und löste sich. Um es wieder hochzustecken, war die Zeit zu knapp. Sie lief hurtig die Treppe hinauf, fand aber keine Spur von ihrem Buch.

Als sie aus dem Lion Tower trat, verschwand Luke gerade im Treppenhaus des Plantagenet. Auch dorthin folgte sie ihm, doch vergeblich. Er stieg auf die Aussichtsplattform, spähte einige Minuten hinaus aufs Land und kam wieder herunter. Prim befürchtete allmählich, er könnte verrückt geworden sein.

Von ihren früheren Beobachtungen wußte sie, daß Luke sich regelmäßig mit seinem Gutsverwalter beriet, mit Featherstone alle möglichen Dinge besprach und seine Eltern besuchte. Gestern hatte er den Hawthornes ihre neue Magd vorgestellt, ein Mädchen, das er beim Betteln in St. Giles aufgelesen hatte. Prim war ihm sogar in die Gemächer gefolgt, die er für seine Verlobte herrichten ließ. Dort hatte er mit Kaufleuten aus London über antike Möbel und französische Tapeten gesprochen. Heute aber schien er entschlossen, jeden noch so abgelegenen Turm der Burg aufzusuchen.

Prim verspürte fast so etwas wie Dankbarkeit, als Luke seine Wanderung an der alten großen Halle vorbei hinunter zu der Küche führte. So wenig, wie sie jetzt noch benutzt wurde, wäre sie der ideale Ort, etwas zu verstecken. Prim eilte eine Wendeltreppe hinunter, denn Luke war plötzlich immer schneller geworden. Schließlich stand sie in einem riesigen gewölbten Raum mit mehreren wandhohen Feuerstellen.

Alte Bratenspieße hingen leer in ihren Gestellen, und Prim betrachtete sie, während sie versuchte, Lukes Schritte zu erlauschen. Er konnte durch jeden der fünf Bogengänge gegangen sein. In dem schummrigen Licht konnte sie die Umrisse der Traubenpresse erkennen, und auf der anderen Seite des Raumes stand ein Brunnen, der einst die Burg mit Wasser versorgt hatte. Hastig durchsuchte Prim die Feuerstellen und die Presse und sah im Brunnen nach. Kein Buch. Ergebnislos suchte sie in riesigen Kochtöpfen und leeren Fässern. Dann lauschte sie in jeden Bogengang hinein. Im dritten hörte sie Lukes Pfeifen. So langsam zerrte dieses Geräusch an ihren Nerven, denn es bedeutete, daß sie noch eine Treppe erklimmen mußte.

Zum Glück war diese Treppe wenigstens breit genug für ihre Krinoline. Seufzend raffte sie die Röcke und eilte ihrem Gastgeber nach. Sie folgte dem Pfeifen bis zu der Kammer mit der Zisterne für Regenwasser. Anschließend führte sie das Pfeifen über den Wehrgang durch ein Türmchen in den Plantagenet Tower. Dort verließ sie auf einmal ihr Orientierungssinn, und sie hatte keine Ahnung, wo sie war.

Im Plantagenet Tower war sie jedenfalls nicht mehr. Sie erinnerte sich an einen langen Gang durch das Gebäude, das sich an die Wehrmauer anschloß. Vielleicht war sie diesem verflixten Pfeifen bis zum Wachturm und der Zugbrücke gefolgt. Sie überlegte noch eine Weile und entschied sich schließlich. Der Weg führte abwärts, immer weiter abwärts. Es wurde dunkel, dann wieder heller bis sie durch einen Bogengang trat – und wieder in der Küche war.

»Verflixte Burg«, murrte sie. Als ein Schatten sich bewegte, schrie sie auf.

»Miss Dane?«

Es war einer der Diener. Prim stieß den Atem aus und schüttelte den Kopf.

»Dinesdale, ich habe Sie nicht gesehen.«

Dinesdale war auch einer von Lukes Schützlingen. Er hatte es sich zur Angewohnheit gemacht, immer wieder einen der Unglückseligen aus den Elendsvierteln nach Beaufort zu bringen. Dinesdale war erst gestern angekommen. Er war sehr groß und vom Bepacken der Güterwaggons auch sehr kräftig, so daß er einen riesigen und beängstigenden Schatten warf. Er gab keine Antwort auf ihre Bemerkung, was Prim ein wenig nervös machte.

»Was machen Sie hier unten?« fragte sie.

»Hab' mich verlaufen, Miss.«

»Oh.«

Prims Unruhe steigerte sich, als er wieder schwieg. Er starrte sie nur an, als wäre sie ein saftiges Stück Braten.

Auf den Bogengang neben der Presse deutend, sagte sie: »Dort geht's hinaus.«

Sie ging auf den Ausgang zu. Dinesdale bewegte sich ebenfalls, allerdings um sich ihr in den Weg zu stellen. Prim blieb stehen.

»Was machen Sie –«

Lukes Stimme ließ sie zusammenzucken.

»Miss Dane?«

Luke kam die Treppe neben der Weinpresse herunter und blieb unter dem Bogen stehen. »Was ist los? Dinesdale, was machst du hier unten?«

»Hab' mich verlaufen, Boss.«

Prim ging eilig um die massige Gestalt des Dieners herum und stellte sich neben Luke. »Ich fürchte, wir haben uns beide verlaufen, Sir Lucas. Ein Glück, daß Sie uns gefunden haben.«

»Stimmt«, sagte Luke mit einem abschätzenden Blick auf Dinesdale. »Wir können auf diesem Weg hinaus.«

Prim seinen Arm anbietend, führte er sie in die große Halle. Dinesdale folgte und erhielt den Befehl, Featherstone in der Anrichtekammer aufzusuchen.

Als er hinausging, wußte Prim, warum sie so nervös geworden war. Aus irgendeinem Grund erinnerte sie der Diener an diesen schrecklichen Jowett, der sie verfolgt hatte.

»Haben Sie sich erholt?«

»Hmm?« Sie war in Gedanken noch immer bei Jowett. »Ach so, ja, es geht mir wieder gut, aber jetzt habe ich Durst nach der ganzen Klett –« Prim unterbrach sich und starrte Luke an. »Was haben Sie gesagt?«

Seine dunklen Augen lächelten sie an.

»Ein paarmal dachte ich schon, ich müßte umkehren und Sie ein Stück tragen. Besonders nach dem letzten Ausflug auf den Plantagenet.«

Mit empörtem Keuchen und hochrotem Gesicht drohte Prim Luke Hawthorne mit dem Finger. »Niederträchtiger, nichtswürdiger, heimtückischer, verdammter, abscheulicher – Sie … Sie haben mich mit Absicht durch diese ganze elende Burg gescheucht!«

Luke warf den Kopf in den Nacken und lachte. Das Lachen brach sich an den Wänden und der hohen Decke. Mit zittrigen Beinen, schmerzender Brust, trockenem Mund und verschwitzter Haut erlaubte sich Primrose Victoria Dane zum zweitenmal in ihrem Leben, ihrer Wut freien Lauf zu lassen.

»Himmeldonnerwetter!« brüllte sie.

Luke mußte noch viel heftiger lachen. »Ich habe Sie nicht gebeten, mir zu folgen, Miss Prim. Sagen Sie mir, wie die Regeln für Ausspionieren lauten?«

»Regeln?« schrie sie außer sich. »Ich gebe Ihnen gleich Ihre Regeln.«

Sie wirbelte herum zu einem Tisch neben einer Turnierrüstung. Darauf lagen verschiedene verzierte Zubehörteile. Sie nahm einen Ellbogenschutz und schleuderte ihn auf Luke. Er duckte sich, noch immer lachend, so daß das Blech mit lautem Scheppern auf dem Boden landete. Prim langte nach einem anderen Teil und warf es, so daß er erneut ausweichen mußte. Jetzt lachte er nicht mehr ganz so laut. Bein- und Handschienen folgten.

»Halt! Hören Sie auf, Miss Prim!« Luke flüchtete sich hinter eine mittelalterliche Hochzeitstruhe, als sie einen Brustpanzer auf ihn zuschleuderte.

»Gemeiner, rücksichtsloser Schurke«, schrie sie.

Der Tisch war nun leer, so daß ihr keine Wurfgeschosse mehr zur Verfügung standen. Ihr Blick fiel auf die Schwerter, die an der Wand hinter dem Tisch hingen. Eine ganz ordentliche Auswahl, darunter auch ein massiver Degen, der aber viel zu schwer war. Daneben hingen ein Krummschwert, ein zweischneidiges Schwert mit dreieckigem Knauf und ein Einhandschwert mit einem runden Knauf. Das war das richtige.

Prim streckte sich und nahm die Waffe von der Wand. Sie war in gutem Zustand, kaum verrostet. Mit dem Schwert in der rechten Hand drehte sie sich zu Luke um, der sich gerade hinter der Truhe erhob.

Sie richtete die Schwertspitze auf seine Brust. »Es ist Zeit für eine weitere Unterrichtsstunde.«

11

Der Gentleman stand am Fenster und sah den Fenstertropfen zu, die an der Scheibe hinabrannen. Auf der Straße flackerte eine Gaslaterne wie ein gelbes Leuchtfeuer in der Dunkelheit.

Das werde ich nicht zulassen. Alles, was ich mir erarbeitet habe, soll von einer toten Hure und einer bedeutungslosen alten Jungfer bedroht sein. Meine Position und meine Arbeit sind zu wichtig. Ich habe es satt, mir deswegen Sorgen zu machen. Höchste Zeit, daß damit Schluß ist, höchste Zeit.

Er drehte sich um und sah seinen Besucher an, den er normalerweise nicht einmal seinen Küchenhof betreten lassen würde, geschweige denn sein Arbeitszimmer. »Hawthorne ist es also? Verdammt und zugenäht. Hawthorne ist kein Mann, dem man in die Quere kommt.«

»Wer hätte das gedacht?« wunderte sich Fleet. »Nightshade ein feiner Herr. Ein verdammtes Wunder, in der Tat. Sie haben schon mal von ihm gehört, Boss?«

»In meiner Stellung erfährt man solche Dinge. Aber das spielt keine Rolle, Fleet. Wir müssen sie von ihm wegholen.«

Eine kurze Pause folgte. Dann grunzte Fleet.

»Vielleicht auch nicht, Boss.« Fleet setzte sich in einen Ledersessel des Gentleman, langte nach einer der teueren Zigarren und zündete sie an. »Vielleicht nicht. Wenn wir jemanden dort einschleusen können oder jemanden benutzen können, der schon dort ist.«

»Was sagst du da?« Der Gentleman hielt sich am

Fenstersims fest, um seinem Gast die Zigarre nicht aus den Fingern zu reißen.

»Ich sage, daß man eine ganze Burg voller Diener bestechen kann, wenn man genug Geld hat.« Fleet betrachtete die glühende Spitze der Zigarre.

Der Gentleman verzog verächtlich das Gesicht. »Noch mehr Zeugen, du Dummkopf.«

»Nee, überlassen Sie das ruhig mir, Boss. Ich sorge dafür, daß jemand sich um die Dame kümmert. Glauben Sie mir, in weniger als zwei Wochen sind wir sie los.«

Blitzschnell stand der Gentleman neben Fleet, packte ihn am Kragen und zog ihn auf die Beine.

Das Gesicht nur wenige Zentimeter von dem Fleets entfernt, knurrte er: »Eine Woche. Du hast genau eine Woche. Danach mache ich es selbst, wenn es sein muß.«

Der Gentleman ließ Fleet so plötzlich los, wie er ihn geschnappt hatte. Fleet fiel zurück in den Sessel, und ehe er ein Wort sagen konnte, wurde ihm die Zigarre aus der Hand gerissen.

»Raus jetzt.«

Fleet stand auf und zupfte umständlich sein Hemd und die Jacke zurecht. »Sie sollten auf sich aufpassen, Boss. Ihr Temperament ist daran schuld, daß Sie überhaupt in diesem Schlamassel stecken.«

Dem Gentleman schoß das Blut ins Gesicht. »Ich brauche keinen Ratschlag von einem Mann mit der Kultiviertheit einer Kanalratte.« Er wandte sich wieder dem Fenster zu und legte eine Hand gegen das kühle Glas. »Verschwinde jetzt, Fleet, bevor ich beschließe, daß du mir genausoviel Ärger machst wie meine tote Mätresse.«

Der Gentleman hörte, wie sich die Tür hinter seinem Besucher schloß. Es war Zeit, daß er die Sache selbst in die Hand nahm. Wenn Fleet versagte, landete er ebenfalls mit dem Gesicht nach unten in der Themse. Und was Miss Dane anbelangte … Diener waren nicht die einzigen, die freien Zutritt zu Castle Beaufort hatten.

Luke bot sich ein wundersamer Anblick – Miss Primrose Dane bedrohte ihn mit einem Schwert. Er wollte eigentlich nicht lächeln, denn sie war ohnehin schon außer sich vor Wut, aber es gelang ihm nicht, es zu unterdrücken. Das Schwert wankte, als sie zornig aufschrie und sich auf ihn stürzte.

Wären die Fenster nicht gewesen, hätte er vielleicht versucht auszuweichen, so aber war sie plötzlich von Sonnenstrahlen eingehüllt, die ihr Haar zum Leuchten brachten. Fasziniert blieb er stehen und sah sie an. Prim war schon fast bei der Hochzeitstruhe, doch als sie sah, wie er staunend dastand, machte sie auch halt. Das Schwert war noch einen Moment auf seine Brust gerichtet, dann senkte sich die Spitze nach unten. Ihr Atem war das einzige Geräusch in dem riesigen Raum. Bewegungslos starrten sie sich an.

Luke erwachte aus seiner Benommenheit, als ihr zartes Gesicht sich schmerzlich verzog und Tränen aus ihren Augenwinkeln rannen. »Was ist jetzt los?«

Ein gequälter Aufschrei war die Antwort. Prim ließ das Schwert fallen, als hätte sie sich daran verbrannt, und es landete scheppernd auf dem Steinboden. Sie wandte sich von ihm ab und senkte den Kopf. Er konnte sehen, wie sie wiederholt mit der Faust gegen das Bein schlug, konnte aber nicht verstehen, was sie sagte. Zögernd verließ er seinen geschützten Platz hinter der Truhe und ging auf sie zu.

Als er näher kam, sah er, daß noch immer Tränen auf ihre Füße tropften. Sie schien in ein ernsthaftes

Gespräch mit sich selbst vertieft. Als reine Vorsichtsmaßnahme schob er das Schwert mit der Fußspitze aus ihrer Reichweite, bevor er sich noch näher an sie heranwagte. Sie schien ihn völlig vergessen zu haben.

»Er hat dich in eine Barbarin verwandelt«, murmelte sie. »Bald wirst du Schmuck und Gemälde aus vornehmen Häusern stehlen und mit diesen … diesen Gestalten im Black Fleece Schnaps trinken. Wie abscheulich! Schau dir an, was aus dir geworden ist. Du kletterst über die Dächer von London und verkehrst mit Fischhändlern und Verbrechern. Daß du ihn tatsächlich mit einer Waffe angegriffen hast! Nicht zu fassen. Du hast jeglichen Anstand und gutes Benehmen vergessen. Keinerlei Manieren. Verrückt. Völlig verrückt.«

Schweigend hörte er zu, wie sie sich beschimpfte. Nach ihrem Kuß hatten die Schwierigkeiten mit Miss Primrose Victoria Dane erst richtig begonnen. Seither war sie ihm gegenüber immer äußerst korrekt gewesen, wie die Frau eines Pastors. Nun wurde ihm klar, daß er unterschätzt hatte, mit welcher Belastung sie nun schon so lange zurechtkommen mußte. Ohne das Leben, das ihr vertraut war, die Menschen, die sie kannte – kein Wunder, daß sie die Beherrschung verloren hatte. *Jetzt wäre wahrscheinlich der richtige Zeitpunkt, um ihr zu sagen, wie sehr mir das gefiel.* Nein, dann würde sie nur noch Gehirnfieber bekommen. Zumindest aber könnte er versuchen, sie zu beruhigen.

»Na na, Primmy, es gibt keinen Grund, so hart zu sich selbst zu sein.«

Sie fuhr zu ihm herum. Ihr Haar fiel ihr dabei ins Gesicht, und sie schien jetzt erst zu bemerken, daß es sich gelöst hatte. Hastig fing sie an, es nach hinten zu streichen.

»Es gibt in der Tat jeden Grund, hart zu mir zu sein, wie Sie es ausdrücken, Sir Lucas. Obwohl Ihr Benehmen unehrenhaft war, hätte ich niemals so unangemessen darauf reagieren dürfen.«

Er sah zu, wie sie mit ihrem Haar kämpfte, bückte sich und sammelte ein paar Haarnadeln auf. »Hier, lassen Sie mich Ihnen helfen.«

»Verzeihung?«

»Sie brauchen sich nicht zu entschuldigen.«

»Das habe ich auch gar nicht getan. Ich wollte Ihnen damit mitteilen, wie unschicklich das wäre – Sir!«

Er griff nach ihren langen weichen Haarsträhnen, als er direkt hinter ihr stand. Sie wollte sie ihm entziehen und schrie empört auf, als er nicht losließ.

»Dumme Person, halten Sie still.«

»Sir Lucas, Sie dürfen mein Haar nicht berühren.«

»Hören Sie auf zu zappeln.«

Als er immer noch nicht losließ, blieb ihr nichts anderes übrig, als sich abzuwenden und zuzulassen, daß er ihr das Haar aus dem Gesicht strich. Unter ihrem fortwährenden Protest fuhr er ungerührt fort, die seidenen Strähnen zu entwirren. Jedesmal, wenn seine Finger ihre Schulter, ihre Wange oder ihren Hals berührten, zuckte sie zusammen. Ihre Angespanntheit löste den fast unbezähmbaren Wunsch in ihm aus, sie in die Arme zu nehmen. Er konnte den Duft ihres Badesalzes riechen – Geißblatt.

Immer wieder kämmten seine Finger durch die Fülle ihres Haars, und er mußte seinen ganzen Willen zusammennehmen, um nicht das Gesicht in dieser sonnendurchflutenden duftenden Wolke zu vergraben. Von ihrem Antlitz sah er den weichen Bogen ihrer Wange und die zarte Röte unter der porzellanweißen Haut. Unwillkürlich mußte er an die Brust eines Rotkehlchens denken. Dieser Gedanke lenkte seine Aufmerksamkeit auf ihre Brüste, die sich regelmäßig hoben und senkten. Ihr auf diese Weise nah zu sein, erinnerte daran, was er empfunden hatte, als er das erstemal eine Symphonie von Mozart gehört hatte – eine unbeschreibliche Lebensfreude, von der er wollte, daß sie niemals aufhörte. Er schlang eine Haarsträhne um den Knoten, den er in ihrem Nacken geformt hatte. Die zarten Sehnen an ihrem Hals lenkten ihn ab.

Wieviel Zeit verstrichen war, vermochte er nicht zu sagen, als er plötzlich bemerkte, daß sie zitterte. Was machte er da bloß? Womöglich provozierte er schon den nächsten Wutausbruch, weil er ihre Würde schon wieder verletzte. Er zwang sich, einen Schritt zurückzutreten, und hob die Hände. Sie blieb noch eine ganze Weile unbeweglich stehen und stellte damit seinen Willen derart auf die Probe, daß seine Stimme rauh von Verlangen war, als er sagte: »Fertig.«

»Wie?«

Er räusperte sich und versuchte es noch einmal. »Ich bin fertig, Miss Dane.«

Sie drehte sich um, doch er wandte sich ab, denn noch immer stand sie in dem hellen Licht und sah aus, als gehörte sie in eines der bunten Glasfenster in der Burgkapelle. Und weil sie genauso benommen zu sein schien wie er. Sie erholte sich zuerst.

»Bitte nehmen Sie meine Entschuldigung für mein Benehmen an, Sir Lucas.«

»Jetzt seien Sie nicht schon wieder so förmlich mit mir.«

Ihre Schultern sanken herab, und sie seufzte. »Zu lange schon habe ich mich nicht mehr in vornehmen Kreisen bewegt und wurde mit Menschen konfrontiert, die man nur verabscheuen kann. Ach, ich meine natürlich nicht Sie, Sir Lucas.«

»Richtig.«

»Ich scheine die Grundsätze meiner guten Erziehung und meiner Kultiviertheit völlig vergessen zu haben.« Sie hob in einer hilflosen Geste die Hände. »Alles, was ich wollte, war ein eigenes Heim und die Möglichkeit zu lernen.«

»Zu lernen? Was, so richtig mit Büchern?«

»Deshalb habe ich ja auch das Buch der Horen bei mir, wissen Sie. Ich interessiere mich sehr für alte Bücher, Manuskripte und Geschichte. Unsere Bibliothek zu Hause war sehr gut. Unsere Familie besitzt alte Unterlagen und Bücher aus der elisabethanischen Zeit und sogar noch ältere.« Sie seufzte. »Aber natürlich gehöre ich nicht wirklich in unser Zuhause. Das Schicksal einer Tochter, wissen Sie. Töchter müssen aus dem Haus.« Ihr Blick heftete sich an ihre Schuhspitzen. »Und wenn sie das nicht tun, sind sie eine Last.«

»Wer hat Ihnen denn so etwas gesagt, Miss Prim?« fragte er mitfühlend.

Prim hob den Kopf, lächelte und ließ seine Frage unbeantwortet. »Wissen Sie, wie kostbar mein Buch der Horen ist? Die Kolorierung, besonders die des Kalenders, ist einzigartig.«

Sie litt in ihrem Innern. Warum war ihm das eigentlich noch nie aufgefallen? Weil er zu beschäftigt mit sich selbst gewesen war. Die tapfere kleine Miss Prim wollte irgendwohin gehören. Zur Hölle mit ihrer so überaus erlauchten Familie. Der Bruder war zu selbstsüchtig, um auf ein paar Annehmlichkeiten an der Universität zu verzichten, damit er ihr ein schönes Heim bieten konnte. Die Tante zu knauserig, um sie so auszustatten, daß sie eine gute Partie war, aber allzu bereit, sie als unbezahlte Gesellschafterin zu benutzen.

»Verflucht sollen sie sein, und der Teufel soll sie holen.«

»Sir Lucas?«

»Oh, ich habe eine Idee.«

»Bitte, Sir Lucas, wir haben doch über Ihre Ausdrucksweise schon des öfteren gesprochen«

»Herrje, wie wahr«, antwortete er mit näselndem Tonfall. »Ich habe einen äußerst erfreulichen Gedanken, Miss Dane. Würden Sie gerne die Bibliothek in Augenschein nehmen?«

»Würden Sie es bitte unterlassen, auf diese widerliche Weise zu sprechen. Aber ich habe die Bibliothek bereits gesehen.«

»Sie meinen die untere. Das ist die neue Bibliothek. Ich meine aber die obere – die alte.«

»Es gibt zwei?«

»Soviel ich weiß. Könnten auch noch mehr sein, die ich noch nicht entdeckt habe. Kommen Sie, Miss Prim.«

Er bot ihr auf die höflichste Weise den Arm. Prim sah ihn zwar argwöhnisch an, legte aber trotzdem die Hand auf seinen Arm und begleitete ihn zu den Räumen über der großen Halle. Nachdem er eine Lampe angezündet hatte, traten sie vor eine ungewöhnlich große Tür aus altem Eichenholz mit eisernen Beschlägen. Luke zog einen Schlüssel aus der Tasche und öffnete das Portal, das nun aufschwang und den Blick auf etwas freigab, das an eine Höhle mit Regalen erinnerte. »Featherstone behauptet, dies sei einst das Gemach des Burgherrn gewesen.« Luke folgte einer schweigsamen Prim in die alte Bibliothek.

»Großer Gott«, flüsterte sie.

Luke blieb neben ihr stehen und betrachtete die Regalreihen voller Bücher, die bis zur Decke reichten. So etwas wie eine Empore war nachträglich angebracht worden, damit man die obersten Reihen erreichen konnte, und sie erstreckte sich durch die gesamte Bibliothek. Auf langen Tischen standen Kästen mit Unterlagen, Lesepulte und Schaukästen aus Glas. Er stellte die Lampe ab und öffnete mehrere Fensterläden. Dann ging er zu einem hohen Lesepult und schlug einen dicken, ledergebundenen Band auf, der dort angekettet war.

»Habe keine Ahnung, was das sein soll.«

Prim stellte sich neben ihn und blätterte ein paar Seiten um. Dann schlug sie das Buch zu, um den Einband zu betrachten. »Herr im Himmel«, keuchte sie.

»Was ist?«

»O mein Gott.«

»Was denn? Ist es schlimm?«

Sie öffnete das Buch wieder und zeigte auf eine gelbe Seite. »Sehen Sie doch, das Buch ist von Hand geschrieben, nicht gedruckt.«

»Ja.«

»Auf Pergament mit diesen feinen Linien. Jede Signatur – das ist eine Zusammenfassung von Seiten – besteht aus acht Blättern. Die Signaturen werden aufeinandergelegt und gebunden.«

»Aber es sind keine Bilder darin wie in Ihrem Buch«, stellte Luke fest. »Dann kann es doch gar nicht so wertvoll sein.«

Sie wandte sich mit großen, funkelnden Augen zu ihm um. »Oh, ich glaube es ist genauso wertvoll, wenn nicht sogar noch wertvoller als mein Buch, Sir Lucas.« Sie deutete auf die Schrift, die trotz ihres Alters gestochen scharf war. »Das ist eine sehr alte Schrift. Älter als die insulare Versalschrift oder die karolinische. Es handelt sich vielleicht um einen klerikalen Stil aus dem elften Jahrhundert, und es ist natürlich lateinisch geschrieben.«

»Natürlich.«

Luke legte die Hände auf den Rücken und sah zu, wie sie über dem Buch brütete. Er fand es bezaubernd, wie sie aufblühte, während sie dieses alte Ding ansah. Als sie aufblickte, bemühte er sich rasch um eine interessierte Miene, damit sie nicht gleich wieder beleidigt war, wenn er sie so unverhohlen anstarrte.

Sie legte den Kopf auf die Seite und lächelte ihn an. »Sie verstehen es immer noch nicht, Sir Lucas.«

»Doch, ich verstehe. Es ist ein altes Buch.«

»Elftes Jahrhundert.«

»Ein sehr altes Buch.«

»Sir Lucas, dieses Buch stammt höchstwahrscheinlich aus den Jahren kurz nach 1085.«

»Aha.«

»Die Regierungszeit von Wilhelm dem Eroberer.«

»Guter Mann, dieser Wilhelm.«

Prim schüttelte den Kopf und zeigte noch einmal auf die lateinischen Zeilen. »Sir Lucas, ich glaube, es handelt sich um die Kopie eines Auschnitts aus dem Reichsgrundbuch.«

»Hört sich nicht besonders aufregend an.«

»Das Reichsgrundbuch, Sir Lucas, ist die einzige Niederschrift ihrer Art auf der ganzen Welt, eine vollständige Auflistung der Länder und Reichtümer von England, in Auftrag gegeben von Wilhelm dem Eroberer, und sie ist fast achthundert Jahre alt.«

Luke kniff die Augen zusammen und wiederholte: »Achthundert.« Er sah das Buch an, die Schrift, die mit einer Feder auf Tierhaut geschrieben war, als ihm die Ungeheuerlichkeit aufging. »Sagten Sie acht? Achthundert Jahre alt?«

Prim nickte. »Es ist nur ein kleiner Ausschnitt. Die komplette Auflistung umfaßt viele Bücher. Wir müssen darauf achten, daß wir die Fenster schließen, ehe wir gehen. Das Licht ist nicht gut für alte Dokumente.«

Luke starrte noch immer das Reichsgrundbuch an, doch Prim schlenderte an den Regalen und Tischen entlang. Ihre begeisterten Ausrufe rissen ihn aus seiner Versunkenheit. Sie blätterte inzwischen in einem Buch mit ähnlichen Illustrationen wie in ihrem eigenen.

»Sehen Sie doch«, sagte sie. »Ein Buch mit Korälen.« Sie nahm einen anderen Band in die Hand. »Das ist ein Buch der Psalmen, und hier ist ein Herbarium. Sehen Sie die Zeichnungen von Pflanzen und Kräutern? Es ist in secretary Schrift geschrieben, das sieht man an den spitzen Buchstaben. Wußten Sie –« Sie unterbrach sich und biß sich auf die Lippen.

»Weiß ich was?«

»Ich sollte nicht so plappern.«

»Sie plappern nicht. Es interessiert mich. Sprechen Sie weiter.«

Es war zu spät. Sie war verlegen, errötete und war verunsichert. Er mußte sie ablenken.

»Wissen Sie, Miss Dane, daß ich fast nichts über Sie weiß außer dem wenigen, was Ross Scarlett mir erzählte?«

»Sie wissen, daß mein Vater ein Baronet war, Lord William Harold Dane. Meine Mutter hieß Frances Cornwallis.«

»Das meinte ich nicht. Wie ist es, wenn man als Dame aufwächst?«

Sie lächelte und setzte sich, das Herbarium auf dem Schoß. »Nicht annähernd so großartig, wie Sie es sich vorstellen. Nach meiner Geburt überließ mich meine Mutter einer Amme, später einer Gouvernante. Meine Eltern hätten genausogut auf einem hohen Berg leben können, wie die griechischen Götter. Vater war leicht reizbar, und alle schlichen wie Gespenster durch das Haus, wenn er wütend war. Mutter warnte uns dann immer, indem sie dreimal an ihrem Ärmel zupfte.«

»Was für ein Lump.«

»Mein Bruder und ich hatten den ganzen Ostflügel des Hauses für uns.« Prim faltete die Hände auf dem offenen Herbarium. »Nanny Peace war mehr eine Mutter für uns als unsere richtige Mutter. Sie fütterte uns mit Haferbrei und Toast zum Frühstück. Sie schnitt den Toast in Streifen und nannte sie kleine Soldaten. ›Möchtest du deinen Toast in kleinen Soldaten?‹ fragte sie uns immer.«

Prim verstummte und schlug die Augen nieder.

»Was geschah mit ihr?«

»Oh, nichts Besonderes.« Prim preßte die Lippen zusammen. »Wir wurden zu alt für ein Kindermädchen. Meine Eltern schickten Nanny weg, und ich sah sie nie wieder.«

»Wollen Sie damit sagen, sie schickten den einzigen Menschen weg, der wie eine Mutter zu Ihnen war?«

Sie lächelte gequält. »Sie meinten es nicht böse. Sie sahen es eben anders.«

»Aha. Und dann gingen Sie zur Schule.«

»Nein, ich hatte eine Gouvernante. Mein Bruder ging zuerst nach Eton und dann auf die Universität.«

»Und Sie haben mit der Gouvernante gelernt?«

»So könnte man es nennen. Ich bekam Unterricht in Sprachen, Grammatik, Rechtschreibung, Geographie, Musik, Körperhaltung und Tanz.«

»Mehr Unterricht als ich«, stellte Luke fest.

»Sehr wenig Mathematik, keine Politik, klassische Philosophie oder Wissenschaft, kaum Literatur. Mein Vater sagte, daß Jungen überall hingehen und alles tun sollen und daß Mädchen nirgendwohin zu gehen und nichts zu wissen brauchen.«

Luke zeigte auf das Reichsgrundbuch. »Aber Sie wissen eine Menge, Miss Prim.«

»Ich brachte mir vieles selbst bei. Abends blieb ich immer lange auf, um zu lesen. Bis die Haushälterin Rede und Antwort stehen mußte wegen der vielen Kerzen, die ich verbrauchte. Da befahl mein Vater, daß mir die Kerze weggenommen wurde, wenn ich im Bett war.« Sie seufzte und fuhr mit dem Finger über den Falz des Buches. Ihre Schultern sanken herab, und Luke fluchte leise. Erstaunt blickte sie auf.

»Entschuldigung.«

»Was ist denn, Sir Lucas?«

»Ich habe darüber nachgedacht, was Sie sagten, Primmy.«

»Ich verstehe nicht ganz.«

»Ich habe über Ihr großartiges Haus und das blaue Blut und die gute Erziehung nachgedacht, und dann kam ich darauf, warum Sie so traurig sind.«

Sie sah weg, doch er fuhr fort.

»Ich habe mir vorgestellt, wie schrecklich es sein muß, an einem so noblen Ort aufzuwachsen, wenn alle einen für überflüssig und lästig halten, als wäre man eine zahme Gans mit einem Hinkebein oder so etwas.«

Prim hob den Kopf und sah ihn aus feucht schimmernden Augen an.

»Es tut mir leid, Miss Prim, wenn ich schon wieder gegen die Etikette verstoßen habe.«

Er war verblüfft, als sie ihre Hand auf seine legte und flüsterte: »Wissen Sie eigentlich, was für eine selten einfühlsame Seele Sie besitzen, Luke?«

»Primmy, bis jetzt hat noch niemand sich großartig um meine Seele gekümmert.«

12

Noch nie hatte ein Mann sie so angesehen, wie Luke es jetzt tat. Niemals war ihr soviel Verständnis und Güte entgegengebracht worden; niemals hätte sie so etwas ausgerechnet von Nightshade erwartet, dessen Blick sie sonst immer unerbittlich durchbohrte. Seine Warmherzigkeit wirkte wie ein Betäubungsmittel auf sie, das ihre trüben Gedanken in feine Nebelschwaden zerstäubte und fortblies.

Sie saß noch immer auf dem unbequemen kleinen Stuhl mit dem Heilpflanzenbuch auf dem Schoß, doch nun kniete Luke auf einmal neben ihr. Seine Hände lagen auf den ihren. Sie waren warm und sauber und wunderschön, und sie hatte niemals etwas so Wundervolles gesehen wie diese Hände – schlank, stark, und doch so behutsam. Trotz dieses Anblicks hätte sie vielleicht die Fassung bewahrt, wenn er nicht mit dieser rauhen, heiseren Stimme, die sie nur selten bei ihm hörte, gesprochen hätte.

»Sie glauben also, ich hätte eine Seele, Primmy?«

Seine Frage offenbarte Angst, Unsicherheit und ein schmerzliches Sehnen, das ihr Herz vor Mitleid zusammenzog. Trotz der Fürsorge der Hawthornes zweifelte Luke an seiner Menschlichkeit. Die Dinge, die er gezwungenermaßen für das nackte Überleben getan hatte, hatten Wunden hinterlassen, die niemals verheilt waren.

»Natürlich haben Sie eine Seele«, antwortete sie. »Alle Menschen haben eine Seele. Manche sind gut, manche nicht besonders gut, und manche sind abgrundtief böse.«

»Wie ich.«

Sie schüttelte den Kopf und lächelte. »Mein lieber Luke, kein Mann, der so vielen Menschen helfen möchte wie Sie, ist von Grund auf böse.«

»Ich hoffe, Sie haben recht, Primmy. Ich hoffe, was Sie sagen, ist immer noch wahr, wenn ich dies tue.«

»Was –«

Sein Mund erstickte ihre Worte. Sie hätte vielleicht protestiert, wenn seine Hände nicht über ihre Arme gestrichen und die Erinnerung an deren faszinierenden Anblick heraufbeschworen hätten. Unvermittelt stieg das Verlangen in ihr auf zu ergründen, wie sich der Rest von ihm anfühlte. Es war ein Verlangen, das sie immer wieder überkam, seit er sie zum erstenmal geküßt hatte. Nun, da er es noch einmal tat, verlor sie den Kampf gegen die Versuchung. In einer langsamen, zögerlichen Bewegung glitten ihre Hände über seine Unterarme.

Als sie wegen ihrer Verwegenheit nicht sofort vom Blitz getroffen wurde, tastete sie nach seinen muskulösen Oberarmen. Erst jetzt erfuhr sie, wie diese Berührung die Gefühle, die sein Mund auslöste, noch vervielfachte. Auch hatte sie keine Sekunde mit seiner Reaktion gerechnet. Als sie seine Arme noch fester umfaßte, drängte es ihn gegen sie wie von einer mächtigen Woge getrieben. Dadurch ermutigt, wanderten ihre Hände über seine Arme hinauf und ruhten auf seiner Brust. Da begann Luke, ihr Liebkosungen ins Ohr zu flüstern, während seine Hände sie streichelten.

Seine Worte ließen sie kühner werden. Ihre Finger schoben das Jackenrevers auf die Seite. Als seine Lippen ihre Wangen und ihren Hals mit zarten Küssen bedeckten, zerrte sie ungeduldig an seiner Weste, die ihren forschenden Händen im Weg war. Schließlich hatte sie die Knöpfe geöffnet, stieß aber auf ein weiteres Hindernis, ein Hemd.

Sie hätte vielleicht entnervt aufgegeben, hätte Luke nicht in ihr Ohr geatmet. Eine heiße Flamme schoß durch ihren Körper und entfachte ein zehrendes Feuer an ihren intimsten Stellen. Wie im Fieber bewegten sich ihre unerfahrenen Hände, kneteten sein Fleisch durch den zarten Stoff seines Hemds und ließen Luke aufkeuchen. Sie hörte, wie Stoff zerriß, und plötzlich war der Weg frei für ihre Hände, die unter das feine Material glitten und auf nackte Haut trafen.

Die Flamme in ihrem Körper brannte immer heißer. Luke mußte ahnen, was sie fühlte, denn er zog sie noch enger an sich. Prim merkte, daß ihr Mieder sich gelockert hatte und ihr von den Schultern rutschte, doch ehe sie sich deswegen Gedanken machen konnte, erforschten seine Lippen das schwellende Fleisch ihrer Brüste. Dann schob er sie ein Stück von sich weg und löste ihre Hände von seinem Körper. Verwirrt öffnete sie die Augen und sah, daß er ihre Brust anstarrte. Ein weiteres Kleidungsstück löste sich. Diesmal war es ihr Korsett, und voller Staunen sah sie zu, wie Luke vorsichtig ihre Brust umfaßte und mit den Lippen berührte. Prim stockte der Atem. Eine Woge der Wollust durchzuckte ihren Körper, und sie stöhnte laut auf.

Es war der Klang ihrer eigenen Stimme, der sie aus dem Wirbelsturm der Gefühle riß, in dessen Zentrum sie sich befand. Atemlos stieß sie Luke von sich weg, zog das Mieder hoch und preßte es an ihre Brüste. Er wich ein Stück zurück und sah sie verblüfft an.

»Nein!«

Sein Kinn senkte sich; plötzlich stand Nightshade vor ihr. Er sagte nur ein Wort.

»Doch.«

Prim rappelte sich auf und entfernte sich von ihm. Er folgte mit geschmeidigen Bewegungen und ging auf sie zu wie eine Katze, die eine angstschlotternde Maus jagt.

»Kommen Sie her«, sagte er.

An den Bändern ihres Mieders fingernd, schüttelte Prim den Kopf und ging noch immer rückwärts. Seine Lippen verzogen sich, und er machte einen weiteren Schritt auf sie zu. Sie prallte mit dem Rücken gegen ein Regal, und augenblicklich war er bei ihr, drängte sich gegen sie und verhinderte eine Flucht, indem er sie mit den Armen umschloß. Gleichzeitig ergriff sein Mund von ihr Besitz. Prim drehte den Kopf weg in dem verzweifelten Versuch, die brennende Begierde, die ihn – und sie – beherrschte, zu ersticken. Zuerst war es ihr Herz gewesen, das ihr einen Streich gespielt hatte – und nun ihr Körper.

»Nein! Sie führen uns beide in unaussprechliches Elend.«

»Sie wissen ja gar nicht, wovon Sie sprechen, Miss Prim.«

Seine Hüften drängten sich gegen sie, doch sie packte ein Büschel Haare an seinem Hinterkopf und fauchte ihn an.

»Wollüstiger Schurke, hören Sie sofort auf.«

»Ich muß Sie besitzen.«

Prim zog an seinem Haar, so daß er aufkeuchte und die Hüften stillhielt.

»Machen Sie mir einen Antrag, Sir Lucas?«

Sein Blick wurde ein wenig nüchterner. »Wie bitte?«

»Machen Sie mir einen Heiratsantrag?«

»Natürlich nicht.«

Erst nachdem sie seine Antwort vernommen hatte, wurde ihr bewußt, daß sie diese Hoffnung überhaupt gehegt hatte. Prim kämpfte die Tränen zurück, die ihre Torheit verraten hätten, und fuhr ihn wütend an.

»Dann geruhen Sie bitte, sich an meine Ehre zu erinnern, Sir.«

Schweratmend starrte er sie an. Sie sah, wie er schluckte, und war erleichtert, als er einen Schritt zurück an ein Fenster trat, hinter dem sich ein herrlicher Herbsttag darbot. Sie nutzte die Zeit, um ihre Kleidung in Ordnung zu bringen und fühlte sich dabei erbärmlich.

Sie wußte nicht, was passiert war, aber sie war so in Luke Hawthorne verliebt – oder vielleicht auch in Nightshade –, daß sie bereit war, sämtliche Prinzipien und ihre Ehre aufzugeben, nur um ihn zu berühren. Sie mußte mit einem furchtbar schlechten Charakter ausgestattet sein, um so sündige Gedanken hegen zu können. Noch schlimmer war, daß sie ihn berühren wollte, obwohl er keine Zuneigung zu ihr verspürte und keinerlei Absicht hatte, ihr einen Antrag zu machen. Ihre Finger verhedderten sich in ihren Knopflöchern, als die Wahrheit sie wie ein Keulenhieb traf – Luke erwiderte ihre Gefühle nicht. Sie verstand nicht, wie er sie küssen und anfassen konnte und dennoch nichts als pflichtbewußte Aufmerksamkeit ihr gegenüber empfand. Andererseit war er ein Mann, und Männer waren widersprüchliche und unergründliche Wesen.

Ich muß weg von ihm. Ich kann nicht hierbleiben, ihn sehen und gleichzeitig wissen, daß er mich nicht liebt. Lieber Himmel, ich kann nicht bleiben und seine Verlobte kennenlernen. Das ist mehr, als ich ertragen kann.

Prim steckte mit zitternden Händen Haarnadeln zurück an ihren Platz und räusperte sich. »Sir Lucas, es ist unerläßlich, daß wir zu einer Übereinkunft kommen.«

Er blickte noch immer zum Fenster hinaus. Sie sah, wie die Muskeln an seinem Kinn arbeiteten. Seine Hand auf dem Fensterbrett ballte sich zu einer Faust.

»Sie haben doch damit angefangen. – Was für eine Übereinkunft?«

»Ich bin zu dem Entschluß gekommen, daß unsere Abmachung nicht annehmbar ist. In der Tat ist sie der Gipfel der Unschicklichkeit, und ich möchte die Sache beenden. Ich möchte auf der Stelle abreisen und bitte Sie daher, mir mein Buch zurückzugeben.«

Er wandte den Kopf und bedachte sie mit einem nachtschwarzen, furchteinflößenden Blick. »Abreisen? Weshalb?«

»Ich sagte es Ihnen doch, Sir Lucas. Unsere Abmachung ist unannehmbar und unschicklich.«

»Das ist kein Grund.« Er legte den Kopf auf die Seite und betrachtete sie skeptisch. »Es muß noch etwas anderes geben.«

Um seinen Blick zu meiden, bückte sich Prim und hob das Kräuterbuch auf. Während sie vorgab zu prüfen, ob es Schaden genommen hatte, suchte sie fieberhaft nach einer plausiblen Erklärung.

»Nach ...« Der Mut verließ sie. Sie straffte die Schultern und versuchte es noch einmal. »Nach allem, was gerade geschehen ist, fühle ich mich berechtigt, kein Vertrauen mehr in den ohnehin schon fragwürdigen Schutz durch Ihre Eltern zu haben.« Erst jetzt konnte sie ihm in die Augen sehen. »Sir Lucas, ich kann mich nicht darauf verlassen, daß Sie sich mir gegenüber mit dem angemessenen Anstand benehmen.«

Luke stieß sich von seinem Platz am Fenster ab. »Auf mich? Sie können sich nicht auf mich verlassen? Wer hat denn an mir herumgefummelt, als sei ich eine Straßendirne?«

Mit hochrotem Gesicht legte Prim das Buch auf den Tisch. »Es ist nicht sehr vornehm von Ihnen, so zu sprechen, Sir.«

Er stand so blitzschnell auf der anderen Seite des Tisches, daß sie erschrak. Die Hände flach auf dem Tisch, beugte er sich zu ihr vor und maß sie mit Nightshades funkelnden Augen.

»Nicht sehr vornehm, sagt sie. Zum Teufel, Miss Primrose erlauchte Dane, Sie müssen noch eine Menge lernen. Sex ist nicht besonders vornehm.«

»Wie sprechen Sie mit mir!«

»Ich spreche, wie es mir paßt«, schrie er und schlug mit der Faust auf den Tisch. »Sie und Ihre Etikette und Ihre Manieren soll der Teufel holen. Ich bin Ihnen doch völlig egal, solange ich mich wasche und mich wie ein braves Hündchen benehme, aber Sie wollen sich nicht damit beschmutzen, daß Sie mich anfassen!«

Lukes Faust donnerte noch einmal auf den Tisch. »Nein, das ist nicht richtig. Sie wollen mich haben. Ich war schon mit zu vielen Frauen zusammen, um nicht zu erkennen, wenn jemand erregt ist, wie Sie es waren. Sie wollen mich, das ist eine Tatsache, aber Sie schämen sich dafür, daß Sie mich begehren. Erzählen Sie mir also nichts über Unschicklichkeit und unanständiges Benehmen. Sie sind diejenige, die unanständig ist.«

Am liebsten hätte sie sich die Ohren zugehalten und sich verkrochen. Noch lieber hätte sie all seine Anschuldigungen genommen und sie ihm zurück ins Gesicht geschleudert. Er war derjenige, der begehrte und keine aufrichtigen Absichten hatte. Sie wollte ihn genauso anschreien wie er sie, aber wenn sie das machte, würde sie erneut die Beherrschung verlieren und womöglich verraten, wie sehr sie ihn tatsächlich haben wollte – und wie sehr sie sich nach seiner Zuneigung sehnte. Solch ein Eingeständnis würde sie zur Zielscheibe unbarmherzigen Spotts machen, denn darauf verstand sich Nightshade meisterhaft. Er würde ihre Schwäche ausnutzen. Und dann? Dann würde er trotzdem zu seiner Verlobten gehen und sie nach Amerika schicken – allein.

Prim flüchtete sich in die Verhaltensmuster, die man ihr jahrelang beigebracht hatte, faltete die Hände und zwang sich, ruhig zu sprechen. »Auf diese Weise werde ich mich nicht von Ihnen beschimpfen lassen, Sir. Es ist absolut keine Frage, daß es für mich ausgeschlossen ist, mich weiterhin in Ihrer Obhut aufzuhalten, und ich habe fest vor, sofort nach Amerika abzureisen. Bitte geben Sie mir mein Buch, damit ich es meinem Bruder, dem rechtmäßigen Besitzer, zukommen lassen kann.«

»Nein.«

»Ich dachte mir fast, daß Sie sich weigern. Na schön. Dann werde ich ohne es abreisen, und Sie werden gezwungen sein, das Buch selbst zurückzubringen. Da Sie darin erfahren sind, Dinge zurückzugeben, die Ihnen nicht gehören, sollte das keine Schwierigkeit für Sie sein.«

Sie schrie auf, als seine Hand ihr Handgelenk umfaßte. Er zog sie so nah an sich heran, daß sie die glitzernden braunen Flecken in seinen Augen sehen konnte.

»Wenn Sie abreisen«, sagte er leise, »dann werde ich das verdammte Buch verbrennen.«

»Das werden Sie nicht tun.«

Der Blick, der sie nun traf, war kalt wie Gletschereis. »Miss Dane, ich habe einen Strauchdieb erstochen und einen Schurken, der mich hintergehen wollte, vom Dach eines Lagerhauses gestoßen. Wie kommen

Sie darauf, daß ich Skrupel hätte, das Buch ins Feuer zu werfen?«

»Sie tun mir weh«, protestierte sie.

Er sah auf ihr Handgelenk hinunter, als hätte er vergessen, daß er sie festhielt, und ließ sie los. Prim rieb die gerötete Stelle.

Luke fluchte.

»Verzeihung?«

»Nichts. Ich sagte, Sie gehen nicht weg.«

»Wollen Sie mich vielleicht für immer und ewig hierbehalten?«

»Dumme Person, ich halte mich nur an unsere ursprüngliche Abmachung. Wenn Sie nach dem Besuch meiner Verlobten immer noch abreisen wollen ...« Er reckte sich und marschierte zur Tür.

»Anscheinend habe ich keine Wahl.«

Luke blieb stehen und lächelte sie kalt an. »Nein, das haben Sie nicht.«

»Allerdings weigere ich mich, Sie weiterhin zu unterrichten.«

»Wir halten uns an unsere ursprüngliche Abmachung, Miss Dane.«

»Wohl kaum, Sir, denn Sie haben mir gedroht.«

Er verschränkte die Arme vor der Brust. »Wissen Sie, daß Sie eine verflucht starrköpfige kleine –«

»Wie oft muß ich Sie noch wegen Ihrer Ausdrucksweise ermahnen, Sir?«

»Ich dachte, Sie geben mir keinen Unterricht mehr.«

»Einer von uns muß ja schließlich den letzten Rest von Anstand aufrechterhalten«, erwiderte Prim steif.

»Dann habe ich also Ihr Wort, daß Sie bleiben?«

»Ich gebe unaufrichtigen Rohlingen nicht mein Wort.«

Langsam ging er auf sie zu. »Wenn Sie es mir nicht versprechen, muß ich mir etwas einfallen lassen, wie ich Sie davon abhalten kann, irgendwelche Dummheiten zu machen.«

Prim streckte abwehrend die Arme aus. Er blieb stehen.

»Sie haben mein Wort.«

»Bestimmt?«

»Stellen Sie mein Wort in Frage, nachdem Sie danach verlangt haben, Sir Lucas?«

»Regen Sie sich nicht auf. Ich habe ja nur gefragt.«

Prim wandte ihm den Rücken zu. »Ich gehe davon aus, daß nun alles besprochen ist. Bitte entschuldigen Sie mich.«

»Ich nehme an, das ist Ihre hochwohlgeborene Art, mir zu sagen, ich soll verschwinden.«

»Ja.«

»Schlag mich einer tot, Miss Dane. Ich hätte doch glatt wetten können, daß Sie sich in meiner Gesellschaft wohlfühlen.«

Als sie herumfuhr, begegnete sie Nightshades anmaßendem Lächeln.

»Gehen Sie!«

Sie hörte sein Lachen noch lange, nachdem er hinausgegangen war. Da stieß sie wütend die Tür zu, ging in die entfernteste Ecke der alten Bibliothek und sank auf den Boden. Erbittert hörte sie ihn selbst von dort noch pfeifen, als er aus der Halle trat und über den Kiesweg marschierte. Prim hielt sich die Ohren zu und summte, um ihn zu übertönen.

Nach einer Weile nahm sie die Hände weg und lauschte. Stille, dem Himmel sei gedankt. Sie zog die Knie an die Brust, umschlang ihre Beine mit den Armen und gab sich ihrem Kummer hin. Zum zweitenmal in ihrem Leben liebte sie einen Mann, der ihre Gefühle nicht erwiderte. Die Qual, die ihr Herz diesmal durchlitt, war jedoch mit nichts zu vergleichen.

Natürlich hatte es in ihrem Leben Zeiten gegeben, in denen sie traurig gewesen war. Als ihre Eltern starben, aber auch, als sie die Kindheit hinter sich ließ und eine junge Frau wurde. Damals wurde plötzlich alles anders. Zahllose Einschränkungen ihrer Freiheiten waren eingeführt worden. Sie durfte nicht mehr albern sein, auf Bäume klettern, die Stimme erheben oder den Park durchstreifen, der ihr Zuhause umgab. Sie mußte ihr Haar aufgesteckt tragen und lange Röcke anziehen – was viele Dinge mühselig und umständlich machte. Sie durfte nirgendwo allein hingehen, während ihr Bruder tun und lassen durfte, was er wollte. An einem einzigen Tag – ihrem Geburtstag – war ihre Welt zusammengeschrumpft und ihre Freiheit vorbei.

Als Trost hatten ihre Gouvernante und ihre Mutter Heirat und Kinder versprochen. Zuerst war Prim von dieser Art von Enschädigung nicht besonders beeindruckt gewesen, doch dann hatten die Eltern ihr eines Tages die Verlobung mit Lord Percival Percy, dem jüngeren Sohn eines Herzogs, vorgeschlagen. Lord Percival war ein äußerst akzeptabler junger Mann mit Rang und Vermögen. Keine dieser beiden Voraussetzungen beeindruckten Prim.

Was für Prim allerdings viel mehr zählte, war Percys fröhliches Lachen und seine natürliche Eleganz. Er führte sie oft in die Oper, in schöne Parkanlagen, zu Ausstellungen und Ausritten in den Hyde Park. Auf einmal war sie wieder frei, so frei, wie eine junge Dame sein konnte. Prim verliebte sich in Percys Charme und seine ungezwungene Kultiviertheit, seinen schmissigen Schnurrbart und die blauen Augen mit den goldenen Wimpern. Sie sonnte sich in der Gewißheit, daß sie endlich jemandem etwas bedeutete, denn Percy schien sich am wohlsten zu fühlen, wenn er bei ihr war. Und er kaufte ihr wunderschöne Primeln.

Doch dann verlor ihr Vater sein Vermögen, zumindest den größten Teil davon, und ohne ein Wort des Abschieds verschwand Percy aus ihrem Leben. Prim erinnerte sich noch gut daran, wie sie auf seinen Besuch gewartet hatte. Sie saß im Salon und fuhr jedesmal hoffnungsvoll hoch, wenn ein Diener die Tür öffnete. Nur mit Mühe konnte sie sich davon abhalten, selbst zur Tür zu eilen. Wenn ein Besucher angekündigt wurde, und es sich nicht um Percy handelte, zog sich ihr Herz zusammen. Tag für Tag wartete sie verstört und voller Angst. Schließlich erhielt ihr Vater einen Brief, in dem Percy seinen Heiratsantrag zurücknahm. Außer sich vor Wut drohte ihr Vater mit einer Klage.

Sein Gebrüll und seine Drohungen machten Prims Schmerz nur noch schlimmer. Zuerst glaubte sie, Percy hätte sich dem Druck der Familie beugen müssen. Sie gab sich selbst die Schuld, wenn sie hübscher und bezaubernder gewesen wäre, hätte er sie nicht im Stich gelassen. Bis zum heutigen Tag überschüttete eine häßliche kleine Stimme in ihrem Innern sie mit Vorwürfen, weil sie nicht schön genug gewesen war, um Percys Liebe zu erhalten. Im Lauf der Zeit hatte Prim begriffen, daß in ihren Kreisen Heirat eine wirtschaftliche Erwägung war, ein gesellschaftliches Räderwerk, das durch oberflächliches Werben geölt und am Laufen gehalten wurde. Percy hatte die Räder gut geölt, doch sie zweifelte daran, daß er zu echter Liebe fähig gewesen wäre.

Ihr Vater vergaß seinen Zorn irgendwann, so daß Prim die Demütigung einer öffentlichen Verhandlung erspart blieb. Ihr Stolz und ihr Verstand gestatteten ihr nicht, sich zu überlegen, wie ihr Leben an der Seite eines Mannes verlaufen wäre, der sie dafür verabscheute, daß er zur Ehe mit ihr gezwungen worden war. Der Verlust ihres Vermögens hatte es unwahrscheinlich werden lassen, daß jemand von entsprechendem gesellschaftlichem Rang ihr einen Antrag machte. Einen Mann von niederem Stand in Betracht zu ziehen, war ihr nicht erlaubt, bis auf eine Ausnahme. Nach dem Tod ihres Vaters hatten Lady Dorothy und ihr Sohn Newton es befürwortet, daß sie einen reichen Händler zum Mann nahm, der Newtons Verbündeter im Parlament war. Aber Prim hatte genug von Vernunftehen.

Prim füllte ihre Tage, indem sie unterrichtete und ihrer Pflicht als Gesellschafterin von Tante Freshwell nachkam. Jetzt erst konnte sie zugeben, daß sie insgeheim gehofft hatte, jemanden zu finden, mit dem sie eine gegenseitige Zuneigung verband. Sie hatte sogar gewünscht, einer ihrer drei selbsternannten Schutzpatrone – Acheson, Harcourt oder Montrose – wären nicht verheiratet.

Ohne irgend jemandem etwas davon zu verraten, unterzog sie alle Männer in der Oper, bei Bällen, Abendessen oder Parties auf dem Land einer Musterung, doch in der vornehmen Gesellschaft geschah es selten, daß man sich verliebte und anschließend heiratete. Man heiratete wegen der Stellung und des Vermögens. Wenn man dann einen Erben hervorgebracht hatte, war einem gestattet, sich so oft zu verlieben, wie man wollte – in jemand anderen als seinen Ehemann.

Alle in Frage kommenden jungen Männern waren auf der Suche nach Mädchen mit Vermögen, wie sie alsbald feststellen mußte. Den verheirateten Männern war Vermögen egal, sie suchten nach einer Geliebten und Gefährtin unter den Frauen ihrer Freunde, ließen unverheiratete Mädchen jedoch in Ruhe, sofern sie wußten, was sich gehörte.

Prim hatte also nicht wegen Stand und Vermögen geheiratet, und ihr Wunsch, aus Liebe zu heiraten, ging auch nicht in Erfüllung. Deshalb zog sie sich zurück, beschränkte sich auf Unterrichten, ihre Pflichten und ihre Studien, und war damit zufrieden gewesen. Bis Nightshade auftauchte.

Warum mußte sie sich gerade in ihn verlieben? Er war genauso grausam wie er schön war, spottete mit der gleichen Leichtigkeit wie er betörte. Vielleicht weil er ihr das Gefühl von Sicherheit gab, trotz ihrer Träume von überhitzten Ballsälen, der Frau, die mit einem Messer im Leib tanzte, und dem Mörder aus gutem Hause. Nightshades Unbarmherzigkeit vertrieb solche Alpträume.

Seufzend stand Prim auf. Sie strich ihre Röcke glatt und ging zu dem Tisch mit dem Heilkräuterbuch zurück. Sie mußte die nächsten Wochen auf irgendeine Weise durchstehen, ohne sich lächerlich zu machen. Sie schlug ein Psalmenbuch auf, doch die Illustrationen verschwammen vor ihren Augen, und sie mußte sich die Tränen von den Wangen wischen. Sie hatte nicht einmal bemerkt, daß sie weinte.

Sie durfte nicht zulassen, daß Luke ihre wahren Gefühle entdeckte. Luke – Nightshade war grausam genug, um daraus Nutzen zu ziehen, sich mit ihr zu amüsieren und sie dann nach Amerika zu schicken. Das hatte er hier in der Bibliothek bewiesen. Nein, sie mußte weitermachen wie bisher. Auch wenn es nun, nachdem sie eine Kostprobe davon erhalten hatte, wie es mit Luke sein könnte, um so schwieriger war.

»Denk nicht daran. Es hat ohnehin keinen Wert.«

Das einzige, was ihr blieb, war ihr Stolz und sein Versprechen, ihr zur Flucht zu verhelfen. Zwar zweifelte sie nicht an seinem Wort, doch wenn sie nicht aufpaßte, wurde sie vor ihrer Abreise noch gedemütigt und bemitleidet. Sie hatte schon genug verloren, aber noch konnte sie in Luke Hawthornes Gegenwart den Kopf hochhalten. Sie wollte verflucht sein, wenn sie es zuließ, daß Nightshade Mitleid mit ihr hatte.

13

Eine Woche nach dem Vorfall in der alten Bibliothek ritt Prim aus der Burg, um Mr. und Mrs. Hawthorne zu besuchen. Es war ein kalter, sonniger Nachmittag mit vom nächtlichen Regen reingewaschener Luft. Sie freute sich, daß die Sonne schien. Zu viel Regen und Wolken trübten ihre Stimmung. Bei Tante Freshwell und Newton hatte sie immer das Gefühl gehabt, in ewigem Regenwetter zu leben. Bei Luke und bei den Kettles hatte sie trotz deren Armut ein ganz gegensätzliches Leben kennengelernt. Ihre Tante ging völlig darin auf, die gesellschaftliche Position ihres Sohnes zu stärken. Und was Newton anging – Newtons herausragendste Eigenschaft war ein völliger Mangel an Interesse für alles, was nicht mit ihm selbst zu tun hatte. Prim vermutete, daß fehlende Intelligenz damit einherging.

Wie sonst konnte man sich erklären, daß ein Mann stundenlang in einem Zimmer saß und nichts machte? Für ihn war es schon eine Herausforderung, Tanzschritte zu zählen.

Sie erinnerte sich daran, wie Robert Montrose versucht hatte, Newton einen Walzer beizubringen. Montrose war an einem regnerischen Nachmittag vorbeigekommen, und Prims Tante hatte den Vorschlag gemacht. Montrose in seinem maßgeschneiderten Anzug und mit seinen perfekten Manieren zeigte Newton die Schritte. Eine Stunde lang. Newton tippte nicht mit dem Fuß an, er stolperte. Er drehte sich nicht im Kreis, sondern er beschrieb ruckelnd ein Viereck. Prim erlöste den guten Mann schließlich, bevor er in Versuchung kam, ihren Cousin zu erwürgen.

Seufzend klopfte Prim ihrer Stute auf die Seite und zählte im stillen die wenigen Vorteile auf, die sie dadurch hatte, daß sie gezwungen war, England zu verlassen. Zum Beispiel mußte sie Newton Freshwell nicht länger ertragen. Der Pfad, dem sie folgte, war mit einem Teppich von gelben und orangeroten Blättern bedeckt. Als sie an den dicken Ästen einer Eiche vorbeiritt, hörte sie hinter sich ein dumpfes Geräusch.

Prim zügelte die Stute und drehte sich um. Ein schwergewichtiger Mann lag auf dem Boden und strampelte wie ein Käfer, der auf den Rücken gefallen war. Es war Dinesdale. Sie lenkte ihr Pferd an seine Seite.

»Sind Sie gestürzt, Dinesdale? Haben Sie sich verletzt?«

Der Diener schnaubte, richtete sich auf und hielt sich den Kopf.

»Oh, großer Gott, Sie haben eine Beule auf der Stirn«, sagte Prim. »Bleiben Sie hier, ich hole Hilfe in Vyne Cottage.«

»Nein!«

»Unsinn.« Prim zog die Stute herum und trieb sie an. »Bleiben Sie sitzen. Ich bin in ein paar Minuten zurück.«

Bei dem kleinen Haus begegnete ihr zu ihrem Verdruß Luke. Zusammen mit einem Gärtner kehrten sie zu Dinesdale zurück, doch er war nicht mehr da.

»Ich sagte ihm, er solle sich nicht bewegen«, rief Prim. »Was ist, wenn ihm schwindlig wird und er stürzt?«

Luke suchte den Wald in der Umgebung ab. »Er kann nicht schwer verletzt sein, sonst hätte er nicht weggehen können. Ich werde mich mit dem Gärtner trotzdem noch nach ihm umsehen. Sie gehen zurück und sagen meiner Mutter, es sei alles in Ordnung, sonst scheucht sie noch die ganze Umgebung auf, um nach Dinesdale zu suchen. Sie macht sich Sorgen um ihn.«

Prim erzählte Mrs. Hawthorne, was geschehen war. Kurze Zeit später saßen sie im Salon und tranken beide Tee.

»Es war sein Pa, der ist schuld daran, wissen Sie.«

»Verzeihen Sie?«

»Oh, ich weiß, Dinesdalc ist cin großer Junge, aber als er klein war, hat sein Pa ihn immer geschlagen, wenn etwas nicht klappte. Lucas meint, sein Kopf sei zu oft durchgeschüttelt worden.«

»Dann ist es sicher nicht gut für ihn gewesen, daß er heute auf den Kopf fiel.«

Louisa schüttelte das Haupt und nippte an ihrem Tee. »Was hat er auf dem Baum verloren?«

»Ich weiß nicht. Ich ritt darunter hindurch, und danach ist er heruntergefallen.«

Louisa schnalzte mit der Zunge und seufzte. »Ich bin nicht besonders froh, daß er hier ist, Miss Dane. Normalerweise haben die Leute, die Lucas heimbringt, ein wenig mehr Verstand. Aber was soll man machen. Jetzt ist er nun mal hier und muß beschäftigt werden.«

»Machen Sie sich keine Sorgen, Mrs. Hawthorne. Es gibt viele Dinge, die Dinesdale erledigen kann. Er ist vielleicht nicht besonders schlau, aber es gibt sicherlich Arbeit für ihn.«

»Oh, daran habe ich keinen Zweifel, meine Liebe.« Mrs. Hawthorne runzelte nachdenklich die Stirn. »Aber warum saß er auf einem Ast über dem Weg?«

»Vielleicht macht es ihm einfach Spaß, auf Bäume zu klettern.«

»Ja, das muß es sein. Was für ein kluges Mädchen Sie sind, Miss Dane.«

Es war ein trüber Nachmittag, und eine schwarze Wolkenbank stand am Horizont. Luke war in seinem Ankleideraum. Featherstones Finger hantierten geschickt mit Lukes Krawatte, während dieser sich reckte, um über die Schulter seines Dieners hinweg das drohende Unwetter zu beobachten.

»Glauben Sie, daß es schneien wird, Featherstone? Dieses verfluchte Wetter. Warum muß es ausgerechnet an dem Tag, an dem Lady Cecilia ankommt, so schlecht sein?«

Featherstone drehte Luke an den Schultern zu sich herum, damit er wieder an die Krawatte kam. »Ich glaube nicht, daß es schneien wird, Sir Lucas. Bitte halten Sie still, solange ich den Knoten binde.«

»Denken Sie an Ihr Versprechen«, sagte Luke grimmig. »Von Lady Cecilias Sachen wird nichts eingesteckt, und auch nichts von ihren Dienern.«

»Ich denke daran, Sir Lucas. Sie können sich auf mich verlassen.«

»Das sagten Sie auch, bevor wir zu der Hausparty bei Lord Tringle gingen.«

»Ich habe mich seither sehr um Besserung bemüht, Sir Lucas.«

»Wenn nicht, dann knöpfe ich Sie mir persönlich vor.«

»Ja, Sir Lucas.«

Luke schob Featherstones Hand von seinem Kragen weg. »Genug! Es reicht. Sie machen mich noch ganz krank.«

Featherstone trat zurück, nahm eine Kleiderbürste und machte sich über Lukes Rock her. Luke stöhnte, blieb aber stehen und ließ ihn gewähren.

»Mrs. Apple ist bereit, Sir Lucas.«

»Gut.«

Prim hatte darauf bestanden, daß der Schein für Lady Cecilias Besuch gewahrt wurde, weshalb er gezwungen gewesen war, eine Anstandsdame für seinen unfreiwilligen Gast herbeizuschaffen. Prim hatte ihn darauf aufmerksam gemacht, daß Lady Cecilia entsetzt wäre, wenn sie herausfände, daß Prim ohne die Begleitung einer älteren Verwandten bei ihm wohnte.

Luke hatte eine alte Bekannte gebeten, diese Rolle zu übernehmen. Mrs. Apple, eine Frau in Mrs. Hawthornes Alter, war beim Varietétheater gewesen und konnte schauspielern. Prim hatte ihr Instruktionen erteilt, und nun waren alle bereit, den Besuch zu empfangen. Ma und Pa waren vorübergehend in die Burg gezogen, und alles war auf Hochglanz poliert. Luke hatte die Zimmer, die für Lady Cecilia vorgesehen waren, neu dekorieren lassen. Nur eine Kleinigkeit störte ihn. Er freute sich längst nicht mehr so sehr darauf, die Dame kennenzulernen, wie vor ein paar Wochen.

Schuld daran war Prim. Seit sie mit dem Schwert auf ihn losgegangen war, wurde er ständig von lüsternen Gedanken geplagt, sobald er in ihrer Nähe war. Zum Teufel mit ihr! Sie machte ihn mit ihrem vornehmen Getue und ihren gestelzten Reden wütend. Bevor er sie durch die Burg gejagt hatte, war sie längst nicht so förmlich gewesen, und er wünschte sich, sie wäre wieder wie damals. Außerdem wußte er genau, daß sie ihn genauso begehrte. Doch er wußte auch, daß sie sich seit dem Zwischenfall in der alten Bibliothek dafür haßte.

Prim war die erste Dame, an der er ernsthaft interessiert war. Andererseits war er froh, daß es zu keiner intimen Begegnung gekommen war. Miss Göttliches Feuer, Miss Primmy, hatte zwar eine Schwäche für ihn, aber sie wußte zuviel über ihn. Sie kannte die Wahrheit, und das stieß sie ab. Sie begehrte Sir Lucas, aber sie verabscheute Nightshade.

Unglückseligerweise war Sir Lucas nur ein Schwindel, eine baufällige Hütte, in der er Nightshade versteckte. Prim sah durch die Astlöcher und Ritzen hinein. Er konnte Nightshade nicht vor ihr verstecken. Sie hatte Nightshade vor Sir Lucas kennengelernt, und deswegen stand ihre Beziehung unter einem schlechten Stern. Zwar mochte ihm ihr Verlangen gelten, niemals aber ihre Bewunderung, trotz ihrer freundlichen Worte über seine Seele. Wie sehr hätte er sich jedoch gewünscht, auch ihre Bewunderung zu erringen.

Es wäre schön, diese graugrünen Augen voller Stolz auf sich gerichtet zu sehen, wenn er ein Zimmer betrat. Im Moment sah sie ihn kaum jemals an. Was noch schlimmer war, sie durchschaute seine ausgeklügeltsten Lügen und Scharaden.

Nur eine einzige Frau hatte er bisher geliebt, die arme Jenny, und sie hatte ihn verehrt. Jenny war von einfachem Stand gewesen, genau wie er. Prim war eine Dame, und sie hatte deutlich gemacht, daß er für sie weniger bedeutete als ein Wiesel. Was sie nicht davon abhielt, ihn zu begehren, die kleine Heuchlerin. Auch eines seiner neuen Wörter: Heuchlerin. Es bedeutete Lügnerin. Prim log sich selbst an.

Und spannte ihn auf die Folter. Er zweifelte nicht daran, daß er sie verführen konnte; darin verfügte er schließlich über langjährige Erfahrung. Aber dazu mußte sie ihn ansehen, was sie weitgehend vermied. Meistens versteckte sie sich hinter förmlichen Redewendungen und steifem, abwehrendem Benehmen, wodurch er gezwungen war, seine Gelüste zu unterdrücken und nachts schlaflos durch sein Zimmer zu marschieren. Nur mit Mühe konnte er sich davon abhalten, zu ihr zu gehen.

Einmal hatte er sogar schon vor ihrer Tür gestanden. Das einzige, was ihn daran gehindert hatte, sie zu öffnen, war der Gedanke, daß sie ihn hinterher dafür hassen würde, daß er ihre kostbare Ehre ruiniert hatte – die ihr offenbar mehr wert war, als ihre Zuneigung zu ihm.

Zuneigung. War es das, was sie für ihn empfand? Und was empfand er für sie? Tausend Höllenhunde! Nein, das konnte nicht sein, nicht wenn Prim … Und Lady Cecilia kam schließlich auch bald. Er wollte doch Lady Cecilia haben und alles, für was sie stand – ein Heim, Familie, Sicherheit und Frieden. Alles, wonach er sich gesehnt hatte, seit er denken konnte.

»Das gebe ich nicht auf!«

Featherstone hörte auf, Lukes Hose zu bürsten. »Sir Lucas?«

»Was ist?«

»Was geben Sie nicht auf, Sir Lucas?«

»Nichts. Verdammt, Featherstone, das reicht.«

»Sir.«

»Wie sehe ich aus?«

»Wenn ich das so sagen darf, Sir Lucas, gibt es wenige Herren, die so stattlich und geschmackvoll aussehen. Der Schneider hat den Überrock trefflich auf ihre Figur zugeschnitten und –«

»Genug über meine Figur geredet. Ich will nichts mehr darüber hören.«

»Ja, Sir Lucas. Miss Dane sagte, sie erwarte Sie im Salon.«

Luke eilte aus dem Zimmer.

»Sir Lucas.«

»Ja?«

»Wenn Sie die Hände in die Hosentaschen stecken, verdirbt dies die elegante Note ihres Anzugs.«

»Schlag mich einer tot, Featherstone, ich werde niemals lernen, ein Gentleman zu sein.«

»Darf ich offen reden, Sir Lucas? Wenn Lady Cecilia Sie erst einmal gesehen hat, wird sie jeden kleinen Ausrutscher, der Ihnen passieren mag, gern übersehen.«

»Sie sind ein feiner Kerl, Featherstone.«

»Danke, Sir Lucas.«

Unterwegs begegnete Luke etlichen geschäftig hin und her eilenden Hausangestellten, die letzte Hand anlegten. Lady Cecilias Ankunft vom Bahnhof in der Stadt wurde in fünf Minuten erwartet. Er öffnete die Türflügel des Salons und sah Prim vor einem der hohen Fenster stehen. Sie schaute hinaus und hatte ihn nicht bemerkt. Genau in diesem Moment brach die Sonne durch die Wolken und tauchte sie kurze Zeit in ihr warmes Licht. Er hatte vor kurzem in den Sagen von König Artus gelesen, wie der heilige Gral in eine Aura aus goldenem Licht getaucht war. Genauso sah er in diesem Augenblick Prim, in einer Aura aus Licht und Magie, eine Märchenprinzessin in Not.

Nur daß diese Prinzessin nicht gerettet werden wollte. Sie wollte sich selbst retten und sich deshalb so weit weg von ihm begeben, daß er sie niemals wiedersehen würde. Wie ein Blitzstrahl traf Luke die Erkenntnis, wie traurig ihn diese Vorstellung machte.

Prim seufzte und ließ den Kopf hängen. Luke fragte sich, was ihr solchen Kummer bereitete. Nicht, daß es nicht genügend Gründe dafür gäbe, aber in letzter Zeit war sie immer niedergeschlagener geworden. Er wollte, daß sie lächelte, und ein wenig mehr Appetit würde ihr auch nicht schaden. Aber wie kam er dazu, hier zu stehen und zu grübeln? Es blieb nicht mehr viel Zeit.

»Miss Dane, ich bin bereit.«

Sie drehte sich um und ging auf ihn zu. Die Sonne wurde wieder von Wolken bedeckt, das erlöste ihn von seinem inneren Aufruhr. Als sie ihn musterte, wollte er schon die Hände in die Taschen stecken, besann sich im letzten Moment jedoch eines besseren.

»Ausgezeichnet, Sir Lucas.«

»Es freut mich, daß Sie zufrieden sind, Miss Prim.«

»So dürfen Sie mich nicht nennen, wenn Lady Cecilia hier ist.«

»In Ordnung.«

»Und denken Sie daran, mich als Ihre Cousine vorzustellen, die bei Ihrer Mutter zu Gast ist.« Als er nickte, fuhr sie fort. »Ich habe Ihren Eltern und Mrs. Apple ebenfalls entsprechende Anweisungen gegeben. Mrs. Apple ist eine sehr ungewöhnliche Frau.«

»Ach ja?«

»Grauhaarige ältere Damen rutschen normalerweise nicht das Geländer hinunter.«

»Sie hat eine Menge Energie. Hatte sie schon immer.«

»In der Tat. Ich habe sie gebeten, das Geländer nicht hinunterzurutschen, solange Lady Cecilia hier ist.«

»Gute Idee.«

Prim sah ihn mißtrauisch an, aber er grinste nur. Sie ging zum Kamin, im dem große Holzscheite knisternd brannten. »Sollen wir noch einmal ein paar wichtige Punkte durchgehen? Lady Cecilias Titel entstammt der Tatsache, daß sie die Tochter eines Grafen ist. Wenn sie Sie heiratet, wird sie immer noch Lady Cecilia genannt werden und nicht einfach Lady Hawthorne.«

»Der höhere Rang«, stimmte Luke zu.

»Korrekt. Vergessen Sie außerdem nicht, daß man sich fürs Abendessen immer umzieht. Zum Abendessen geht man immer in der Rangfolge. Sie als Gastgeber führen die Dame vom höchsten Stand hinunter, nämlich Lady Cecilia. Während des Essens unterhalten Sie sich immer mit der Dame zu Ihrer Rechten. Sprechen Sie niemals mit den Dienern oder über sie.«

»Was ist, wenn einer von ihnen Soße über mich verkleckert?«

»Das ist äußerst unwahrscheinlich«, erwiderte Prim. »Aber wenn es doch geschieht, wird Featherstone sich darum kümmern. Wenn Sie mit Damen Konversation machen, sprechen Sie über gesellschaftliche Dinge, Musik und ähnliches. Niemals über Geschäfte oder Politik.«

»Warum nicht? Mit Ihnen spreche ich doch auch darüber.«

»Sir Lucas, dieser Besuch ist weitaus förmlicher als der Anlaß unserer Bekanntschaft.«

»Schlag mich einer tot, Primmy. Wird es so auch sein, nachdem ich Lady Cecilia geheiratet habe?«

Prim wandte sich ab. »Über so persönliche Details kann ich keine Aussage machen, Sir Lucas.«

»Haben Sie einen Knoten in der Zunge, Miss Primrose erlauchte Dane?«

Sie fuhr herum und funkelte ihn an. »Solche Grobheiten können Sie sich in Lady Cecilias Gegenwart nicht erlauben.«

»Sie sehen nicht besonders fröhlich aus. Was ist los?«

»Ah, da ist ja Mrs. Snow. Ich habe sie gebeten herzukommen, damit Sie ihr Instruktionen geben können.«

Er konnte ein Stöhnen gerade noch unterdrücken. »Gut.«

Eingedenk seiner frisch erworbenen Manieren, begrüßte er die Haushälterin. »Danke, daß Sie gleich gekommen sind, Mrs. Snow.«

Auf eine merkwürdige Weise brachte es Mrs. Snow, die ein Stück kleiner als Luke war, immer wieder fertig, auf ihn herabzusehen. Vor nicht allzu langer Zeit noch hätte Luke sie wütend angestarrt oder wäre ihrem Blick ausgewichen. Jetzt aber überging er ihr herablassendes Auftreten, als nähme er ihre Haltung nicht einmal wahr.

»Mrs. Snow, sollen wir noch einmal meine Anweisungen besprechen?« Er wartete ihre Zustimmung nicht ab. »Dreimal am Tag frische Blumen in Lady Cecilias Gemächern. Zwei Zofen ausschließlich zu ihrer persönlichen Betreuung. Ihre Lieblingsspeisen müssen bei jedem Essen serviert werden. In ihren Zimmern brennt unentwegt ein Feuer im Kamin. Ihre Kleidungsstücke werden sofort gewaschen und zurückgebracht, niemals zusammen mit den anderen Wäschestücken des Haushalts.«

Mrs. Snows Kinn fiel herab. Sie wirkte benommen. »Ja, Sir Lucas.«

»Außerdem wünsche ich, daß jederzeit Briefpapier bereitliegt und das Feuer nicht herunterbrennt.«

»Ja, Sir Lucas.« So langsam sah die Haushälterin aus wie ein Pferd, das versucht, in einem Boot zu rudern.

»Ich weiß, daß Sie wie immer alles bestens erledigen werden, Mrs. Snow. Danke, Sie können jetzt gehen.«

Mrs. Snow starrte ihn einen Moment an, blinzelte fassungslos und machte einen Knicks, ehe sie hinausging. Prim strahlte ihn an.

»Gut gemacht«, sagte sie.

»Dank Ihnen, Primmy. Die alte Schachtel bekommt bestimmt einen Anfall.«

»Und?«

»Das ist mir völlig egal. Eine Angestellte hat weder Stimmungsschwankungen noch Anfälle.«

»Ausgezeichnet.«

Er hörte hastige Schritte in der Halle und das Rattern einer Kutsche auf dem Hof. »Sie ist da.«

»Gehen Sie schnell, Sir Lucas. Sie sollten als erster an der Kutsche sein.«

Seine Eltern platzten in den Salon zusammen mit Mrs. Apple, die nun auf den Namen Rosina Longford hörte, eine Verwandte von Prim. Luke unterbrach die aufgeregten Fragen seiner Eltern.

»Ist schon gut, Ma. Ich weiß, was ich mache. Überlaß ruhig alles mir, und wenn du unsicher bist, dann geh zu Miss Dane.«

Er konnte seine Eltern gerade noch davon abhalten, ihm nachzueilen wie eine Schar Küken ihrer Entenmutter. Statt dessen schritten sie gemeinsam würdevoll hinaus, um seine Verlobte zu begrüßen.

Er hörte, wie jemand im Innern der Kutsche sprach. Ein Gefolgsmann öffnete die Tür. Luke stand rechtzeitig bereit, um seine Hand der älteren Dame anzubieten, die zuerst ausstieg. Mrs. Portloe war eine Verwandte von Lady Cecilia, die er während einem seiner Antrittsbesuche bei dem Grafen schon kennengelernt hatte. Nachdem Mrs. Portloe sicher auf festem Boden angelangt war, wandte er sich Lady Cecilia zu. Sie war es, die die ganze Zeit gesprochen hatte.

Man hatte sie ihm als hübsch beschrieben, und er hatte ihr Portrait gesehen, aber Maler schmeichelten ihren aristokratischen Modellen oft. Als er nach der behandschuhten Hand griff, sah er sie zum erstenmal wirklich. In ihrem Fall hatte der Maler die junge Frau etwas üppiger gemacht. In Wirklichkeit war sie schlank und ein wenig eckig, mit kräftigem Kinn und einer Kopfhaltung, die ihn an Mrs. Snow erinnerte. Sie hatte eine hohe Stirn, betont noch von dem nach oben gekämmten pechschwarzen Haar. Ihre Haut war, ganz der Mode entsprechend, so weiß wie das kostbarste chinesische Porzellan.

Während sie ausstieg, fuhr Lady Cecilia fort, ihrem Diener und der Zofe eine komplizierte Reihe von Anweisungen zu erteilen. Die Zofe hielt ein Samtkissen, auf dem ein Mops thronte, der so fett war, daß Luke sich gewundert hätte, wenn er auf seinen eigenen Beinen hätte laufen können.

Bevor sie sich an ihn wandte, erteilte Cecilia weitere Befehle. »Passen Sie auf die Stufen auf, Turnpenny. Lassen Sie Oswald nicht fallen. Lady Portloe, haben Sie auf die Stufe aufgepaßt? Gut. Diener. Diener! Mein Schmuckkästchen. Turnpenny, mein Schmuckkästchen. Nein, nein, nein. Legen Sie den Griff des Schmuckkästchens über ihren Arm, Sie einfältiger Mensch. Sie kann beides tragen.«

Luke wollte die Dienste der beiden Zofen anbieten, die neben ihm standen, aber Lady Cecilia war zu beschäftigt und redete ohne Unterbrechung, so daß er nicht zu Wort kam. Nach ein paar Minuten waren ihre Zofe, Oswald der Mops und die Diener auf dem Weg ins Haus. Da erst wandte Lady Cecilia sich ihm zu. Luke begegnete ihrem Blick und begriff, daß sie ihn bis dahin nicht einmal wahrgenommen hatte, denn sie blinzelte ein paarmal überrascht. Dann machte sie etwas, was sie seit ihrer Ankunft noch kein einziges mal getan hatte – sie lächelte und streckte die Hand aus.

Luke nahm sie und verbeugte sich. Mrs. Portloe eilte an Lady Cecilias Seite und flüsterte.

»Meine Liebe, darf ich dir Sir Lucas Hawthorne vorstellen.«

»Sir Lucas.« Lady Cecilias Stimme wirkte gegen Mrs. Portloes Flüstern fast laut. »Sehr erfreut.«

»Ich fühle mich geehrt, Lady Cecilia, der Dame zu begegnen, über die ich schon so viele bezaubernde Dinge gehört habe.«

»In der Tat.«

Er zögerte. Er hatte erwartet, daß Lady Cecilia weitersprach, wie sie es seit ihrer Ankunft ununterbrochen getan hatte, aber sie starrte ihn nur an. Fast wäre er verlegen errötet, doch dann fiel sein Blick auf Prim, die ein Stück entfernt am Fuß der Treppe stand. Sie lächelte ihm aufmunternd zu und sah dann zu seinen Eltern hinüber. Seine Eltern! Mrs. Apple – nein Mrs. Longford. Er mußte sie Lady Cecilia vorstellen, da sie von höherem Stand war.

Zu seiner Erleichterung brachte er diese Prozedur ohne Schnitzer hinter sich und begleitete seine Gäste bald darauf in den Salon. Als er Lady Cecilia begleitete, kam er sich vor wie ein Diener, der hinter einem geschäftigen Monarchen her eilt. Die Dame schritt so entschlossen aus, daß Luke sich bemühen mußte, um an ihrer Seite zu bleiben. Neben Prim mußte er immer kleine Schritte machen, um sie nicht abzuhängen.

Lady Cecilia schwebte in den Salon und steuerte auf den schönsten Sessel am Kamin zu. Zwar war er für sie vorgesehen gewesen, aber Luke hatte eigentlich gedacht, er könnte ihn ihr als Zeichen seiner Höflichkeit anbieten. Die anderen nahmen auf Sesseln, einem Sofa und Stühlen Platz. Prim stand hinter seinen Eltern, die auf dem Sofa gegenüber von Lady Cecilia saßen. Er sah, wie sie die Klingel zog, um Tee bringen zu lassen. Ihre Blicke trafen sich, und ihr Mund formte stumm die Worte: »Wie war Ihre Reise?«

Luke ging zum Kamin und blieb vor Lady Cecilia stehen. »Wie war Ihre Reise, Lady Cecilia?«

»Sehr ermüdend, wie Fahrten mit der Eisenbahn für gewöhnlich sind. Aber ich habe es ertragen. Niemand kann sagen, daß ich mich beklage. Ich gebe mein bestes, und alle wissen, daß ich niemand bin, der grundlos jammert. Ich hoffe, meine Zimmer sind warm, Sir Lucas. Oswald friert sehr schnell.«

»In Ihren Zimmer brennt immer ein Feuer, Lady Cecilia. Ich kann die Diener auch noch Kohlepfannen bringen lassen, wenn Oswald sich nicht wohlfühlt.«

»Ausgezeichnet.« Lady Cecilia blickte sich im Salon um. »Diese alten Häuser sind immer voll mit muffigen alten Möbeln, nicht wahr, Sir Lucas?« Sie wartete seine Antwort nicht ab. »Falls wir heiraten, müßte ich dieses Zimmer natürlich neu einrichten.«

Luke machte den Mund auf. Dann schloß er ihn wieder. Er sah Prim an, doch sie erwiderte seinen Blick nur mit großen Augen. Eine höfliche Antwort auf eine Aussage wie diese hatten sie nicht besprochen. Luke floh sich in eine unverfängliche Bemerkung und neigte den Kopf.

»Ach.«

»Sie werden feststellen, daß ich für meinen guten Geschmack bekannt bin«, fuhr Lady Cecilia fort. »Ich werde von all meinen Bekannten in Geschmacksfragen zu Rate gezogen. Ist es nicht so, Mrs. Portloe?«

Mrs. Portloes Antwort ging unter, als Lady Cecilia ohne Pause weitersprach. »Ich muß zugeben, daß ich von allen Seiten mit Fragen des guten Geschmacks geradezu bestürmt werde. Die Herzogin von Portland wollte meine Meinung über die Wandbehänge, die sie in Brüssel bestellte, hören. Lady Carington konnte sich nicht über das Muster ihres Tafelgeschirrs klarwerden und Mr. Gladstone wartet noch immer darauf, daß ich ihm dabei behilflich bin, sein neues Haus in London auszustatten.«

Die Liste von Anfragen wegen Lady Cecilias guten Geschmacks wurde fortgeführt, und Lukes Geduld wurde von dem endlosen Geplauder auf die Probe gestellt. Niemand hatte bisher auch nur eine Bemerkung machen können. Da war es plötzlich soweit: eine kurze Pause. Er öffnete den Mund. Zu spät!

»Nun«, sagte Lady Cecilia. »Es ist am besten, wenn man diese Dinge sofort in aller Offenheit anspricht, Sir Lucas, und schließlich befinden wir uns im Kreis unserer Verwandten und Vertrauten.« Lady Cecilia nickte Prim und ihrer Anstandsdame hoheitsvoll zu. »Ich bin hier, um Ihre Bekanntschaft zu machen, Sir Lucas, und um zu sehen, ob wir uns in einer Ehe zusammenschließen. Ich will ganz offen sein. Niemand kann sagen, ich sei nicht offen. Ich werde Sie über meine Meinung und meine Gefühle während meines Besuchs auf dem laufenden halten, und dann werden wir sehen.«

Dieses Gespräch entsprach überhaupt nicht dem, was Prim vorhergesagt hatte. Er warf ihr einen verzweifelten Blick zu, aber Prim war genauso bestürzt wie er. Wieder preschte Lady Cecilia vor, bevor er etwas sagen konnte.

»Wie ich sagte, kann niemand behaupten, ich sei nicht offen. Ich bin für meine Offenheit und meine ehrliche Meinung bekannt, Sir Lucas. Deshalb kann ich Ihnen gleich sagen, daß mir Ihre Erscheinung gefällt.«

Lady Cecilia stand auf, und alle anderen standen ebenfalls auf. Ihr Blick wanderte von Lukes Stiefeln langsam nach oben, verharrte jedoch nur kurz bei seinen Augen. Luke kam sich vor wie ein Pferd auf dem Markt. Es fehlte nur noch, daß sie seinen Kiefer auseinanderdrückte, um seine Zähne anzusehen.

»In der Tat«, sagte Lady Cecilia, während sie ihn noch einmal musterte. »Ihr Erscheinungsbild ist äußerst zufriedenstellend und gleicht Ihre niedere Geburt fast aus, Sir Lucas. Nein, Sie brauchen sich nicht zu bedanken.«

»Ich wollte nicht –«

»Oh, ich bin müde. Miss Dane, Sie können mir meine Zimmer zeigen. Kommen Sie, Mrs. Portloe. Wir müssen nachschauen, ob es Oswald gut geht. Ach, Mrs. Hawthorne, Oswald besteht auf einem bestimmten Menü: Filet, zartrosa gebraten, zum Frühstück, reichhaltigen Eintopf oder vielleicht ein wenig Braten zu Mittag, und am Abend Lamm oder Wild. Und er liebt seine kleinen Desserts. Ich werde Ihnen einen Speiseplan und Rezepte geben.«

Lady Cecilia segelte mit Mrs. Portloe und Prim aus dem Zimmer. Luke hörte, wie sie mit Prim sprach, während sie sich entfernten. »Sie werden doch Mrs. Hawthorne sagen, wie leicht Oswald friert, nicht wahr, Miss Dane? Er möchte dreimal am Tag in einer Kutsche herumgefahren werden, aber er muß seine kleinen Jäckchen und ein Mäntelchen anziehen, wenn es so kühl ist wie heute.«

Als sie weg waren, sank Luke auf den Stuhl, den Lady Cecilia soeben verlassen hatte, und starrte ins Feuer. Seine Mutter sagte als erste etwas.

»Oh, mein lieber Luke. Sie ist sehr vornehm, weißt du.«

Tusser schnaubte. »Ich nehme an, sie ist eine ordentlich vornehme Dame als Tochter eines Grafen, Mutter. Ganz außerordentlich. Mit einem Schmuckköfferchen und einem kleinen Hund auf einem Kissen. Habe noch nie einen Hund auf einem Kissen gesehen.«

Luke schwieg. Er war damit beschäftigt, seine Gedanken zu ordnen, denn bis zu diesem Zeitpunkt war ihm nicht bewußt gewesen, wie sehr er erwartet hatte, daß Lady Cecilia sich wie Miss Primrose Victoria Dane benehmen würde.

14

Am Tag nach Lady Cecilias Ankunft ging Prim in der alten Bibliothek so aufgebracht auf und ab, daß ihre Röcke Staubwolken aufwirbelten. Lady Cecilia hatte sie völlig aus der Fassung gebracht. Diese Frau war unmöglich! Prim hatte damit gerechnet, daß Luke sie aus dem Haus warf, nachdem sie sich am Tag zuvor darüber beklagt hatte, daß die meergrünen und weißen Farben in ihrem Zimmer einen Brechreiz in ihr auslösten. Aber nein, er hatte ihr angeboten, alles frisch streichen zu lassen – der Dummkopf.

Es machte sie krank, die beiden zusammen zu sehen. Mal behandelte Lady Cecilia alle einschließlich ihres Gastgebers mit hochnäsiger Herablassung, mal begutachtete sie Luke mit unverhohlenem Wohlgefallen. Luke seinerseits lächelte unentwegt und stimmte allem, was sie sagte, zu, als sei sie eine Hohepriesterin oder noch mehr, eine königliche Hoheit. Widerlich.

Prim stolzierte zum Fenster und entdeckte Luke und Lady Cecilia, die gerade über den Rasen auf den alten Bergfried zuschlenderten. »Aha!«

Lady Cecilia schien Prim zu mögen, was diese nicht ganz verstehen konnte, denn sie hatte noch keine zehn Sätze zu ihr gesagt.

»Sie mag mich, weil ich still bin. Dann kann sie noch anmaßender auftreten.«

Prims Unterkiefer fiel herab, als Luke vor dem Bergfried stehenblieb, sich über Lady Cecilias Hand beugte und sie küßte.

»Kriecherischer Schurke. Es besteht kein Grund zu übertriebener Galanterie. Männer sind solche Dummköpfe. Sie sehen eine hübsche Figur und ein nettes Gesicht und werden zu hirnlosen Speichelleckern.«

Wütend wandte Prim sich ab, biß sich auf die Unterlippe und wischte sich eine Träne von der Wange. »Primrose Dane, du wirst nicht schon wieder anfangen zu weinen. Er will eine grandiose Dame zur Frau, keinen Bücherwurm.«

Sie zwang sich, mit dem Rücken zum Fenster stehenzubleiben. Als sie ein paar entschlossene Schritte vom Fenster weg machte, wurde sie von ihrem Kummer abgelenkt, als sich der Absatz ihres Schuhs zwischen zwei Bodendielen verhakte. Sie zog ihn wieder heraus und betrachtete die Stelle.

Der kleine Teppich, der normalerweise dort lag, war zur Seite gerutscht und hatte dabei einen Spalt zwischen den Brettern freilegt. Prim bückte sich, um den Teppich wieder an die richtige Stelle zu rücken, als sie einen Schlitz entdeckte, der ein Viereck umschloß. Prim kniete sich hin und drückte an verschiedenen Stellen. Nichts geschah.

Da nahm sie einen Brieföffner und steckte ihn in den Schlitz. Das Viereck löste sich in einem Stück aus dem Boden und gab eine Aushöhlung frei, in der eine Holzkiste lag. Es gelang ihr, die Kiste mit beiden Händen herauszunehmen.

Die Kiste war aus geschnitztem Mahagoni, verziert mit einem komplizierten Muster und abstrakten Abbildungen, die sie als charakteristischen Stil irischer Künstler des siebten Jahrhunderts wiedererkannte. Prim öffnete die Kiste vorsichtig und fand darin ein Buch mit verwittertem Umschlag. Sie hob es heraus und legte es neben die Kiste. Mit beiden Händen schlug sie das Buch ehrfürchtig auf. Eine Illustration der Art, von der sie bisher nur gelesen hatte, kam zum Vorschein.

Die Kolorierung bedeckte die gesamte erste Seite. Das Muster aus Zitronengelb, Rot und tiefem Kupfergrün war in dem gleichen Stil gehalten wie die Kiste: Zickzackleisten, Rauten, Spiralen und alle möglichen komplizierten Schlingen mit Tier- und Vogelmotiven. Die Arbeit war so kunstvoll ausgeführt, daß deren Schönheit Prim den Atem raubte. Gleichzeitig bekam sie eine Gänsehaut. Sie blätterte eine mit irischen Halbunzialen beschriebene Seite nach der anderen um.

Es handelte sich um eines der äußerst seltenen frühen Bücher, die insularen Manuskripte, von denen das *Book of Kells* bis jetzt das schönste Exemplar gewesen war. Prim war sicher, daß dieses Werk es mit jener Ausgabe aufnehmen konnte. Mit größter Sorgfalt legte sie das Buch wieder in die Kiste und verschloß sie mit dem Deckel. Als sie aufstand, zitterten ihre Hände. Sie stellte die Kiste auf dem Tisch ab und zog gerade wieder den Teppich über das Geheimfach im Boden, als die Tür aufging und sie die Stimme hörte, die sie am wenigsten hören wollte, sie war ähnlich dem Tröten eines Jagdhorns.

»Sind Sie sicher, daß sie hier ist? Was für ein seltsamer Ort, um sich freiwillig darin aufzuhalten.«

»Der Teufel soll sie holen!« murmelte Prim.

»Oh, Miss Dane«, trompetete Lady Cecilia, als sie in die Bibliothek schwebte. »Der gute Sir Lucas hielt es für seine Pflicht, mich in der ganzen Burg herumzuführen, selbst in diese langweilige Bibliothek, und jetzt finde ich Sie hier. Das muß man sich vorstellen, zwei Bibliotheken!«

Lady Cecilia machte einen kurzen Rundgang und überflog dabei gleichgültig die Buchrücken. Luke folgte ihr. »Ich sagte dem lieben Sir Lucas, daß ein Rundgang durch alle Zimmer nicht nötig sei, besonders nicht durch die Bibliothek. Schließlich ist ein Buch mehr oder weniger wie das andere, finden Sie nicht auch, Miss Dane?«

Prim war so verblüfft, daß sie die Antwort einen Moment schuldig blieb. Als Lady Cecilia vor ihr stehenblieb, fand sie ihre Sprache wieder.

»Sollte das ein Scherz sein«, erkundigte sich Prim, »oder sind Sie ganz einfach du –«

»Ha!«

Prim zuckte bei Lukes Ausruf zusammen.

»Sie sind so scharfsinnig, Miss Dane. Es stimmt, daß Lady Cecilia die großartige Gabe amüsanter Konversation besitzt.«

Luke war neben seine Verlobte getreten. Er verbeugte sich in ihre Richtung und vermied dabei, Prim anzusehen, die ihn wütend anstarrte und mit dem Fuß wippte. Prim hätte beinahe angewidert geschnaubt, als Lady Cecilia ihre Hand auf Lukes Arm legte und ihn in Erwiderung seines Kompliments zuckersüß anlächelte. Als Lady Cecilia sich ihr zuwandte, hatte sie sich jedoch wieder unter Kontrolle.

»Miss Dane, der liebe Sir Lucas hat vorgeschlagen, daß wir uns an Sie wenden wegen einer Liste der Zimmer, die ich unbedingt sehen sollte. Bitte kommen Sie doch mit uns.«

»Ich kann den Tudor Flügel empfehlen«, erwiderte Prim. »Leider habe ich sehr viel zu tun und kann Sie nicht begleiten.«

»Oh, ich bitte Sie, Miss Dane. Sie sind eine so ernsthafte Person.« Lady Cecilias Blick wanderte zu den Staubflocken auf Prims Rock und den feinen Haarsträhnen, die dem Knoten in ihrem Nacken entwischt waren. »Ich bestehe darauf, daß Sie mit uns kommen, und den Wünschen eines Gastes muß man immer nachgeben.«

Ungeachtet ihrer Proteste wurde Prim aus der Bibliothek gedrängt und befand sich bald Arm in Arm neben Lady Cecilia. Ihre Begleiterin überschüttete sie mit Kommentaren über sämtliche Einrichtungen der Burg. In Prim regte sich nach kurzer Zeit der Unwille, den Lady Cecilias ununterbrochener Redefluß für gewöhnlich erzeugte. Es war sinnlos, von Luke zu erwarten, daß er den Strom von Wörtern unterbrach, denn er ging ein gutes Stück voran und führte sie in den Tudor Wing, dem Flügel zwischen den Familiengemächern und dcm Plantagenet Tower.

»Wenn ich«, bekundete Lady Cecilia in ihrer trompetenartigen Stimme, »Ihren Antrag annehme, mein lieber Sir Lucas, werden wir natürlich die Saison in London verbringen.«

Luke wurde langsamer und warf seiner Verlobten einen verständnislosen Blick zu. »Was, die ganze Saison?«

Lady Cecilia lachte trillernd.

»Natürlich die ganze Saison, wir brauchen also ein neues Haus dort. Eines, das meiner Position in der Gesellschaft angemessen ist.«

Sie hatten gerade eine lange, mit dunklem Holz getäfelte Galerie betreten, auf der schwere elisabethanische Möbel standen. Lady Cecilia betrachtete die Gemälde der Familien früherer Besitzer an den Wänden. Prim bemerkte ein paar Werke Holbeins und Miniaturen von Nicholas Hilliard.

»O Gott«, seufzte Lady Cecilia. »Alle diese muffigen Gemälde müssen weg, genau wie die ganzen alten Möbel.«

Sprachlos wandte sich Prim ab, bis sie plötzlich einen Druck auf ihrem Arm spürte.

»Jetzt weiß ich es, Miss Dane. Ich werde aus der alten Bibliothek ein Billardzimmer machen. Darin können die Herren nach dem Abendessen rauchen und spielen. Was meinen Sie?«

Prim entzog ihr den Arm. »Ich meine –«

»Ah!« Lady Cecilia klatschte in die Hände. »Und die neue Bibliothek wird einen wunderhübschen Salon für mich geben.«

»Aber die Bücher«, wandte Prim ein.

»Oh, machen Sie sich darüber keine Gedanken. Die kann man verkaufen.«

Beschimpfungen der übelsten Sorte drohten über Prims Lippen zu strömen, doch sie war nicht fähig, sie zu äußern, da der Schock ihre Zunge gelähmt hatte. Sie konnte die Frau nur regungslos anstarren. Ohne der endlosen Auflistung von Dingen zuzuhören, die geändert werden müßten, damit Lady Cecilia einer Ehe zustimmte, kam es Prim in den Sinn, daß es Menschen gab, die es verdient hätten, in den … getreten zu werden.

»Lady Cecilia«, rief Luke von einem der Fenster herüber. »Ist das nicht Oswald, der da gerade zum Burgtor hinauswandert?«

»Wie?« Lady Cecilia eilte zu ihm. »Ich kann ihn nicht sehen.«

»Ich bin sicher, daß es Oswald war. Er schlüpfte unter dem Fallgatter hindurch.«

»O nein.« Lady Cecilia eilte aus der Galerie. »Sie müssen mich entschuldigen, aber es ist nicht gut für Oswald, wenn er zu viel läuft. Er gerät so schnell außer Atem.« Sie verschwand aus ihrem Blickfeld, doch ihre Stimme war durch den gesamten Flügel zu hören. »Turnpenny! Turnpenny, kommen Sie sofort her.«

Luke ging zur Tür und machte sie zu. Dann drehte er sich um und grinste.

»Sie dürfen mir dafür danken, daß ich Sie davor

bewahrt habe, eine unschickliche Bemerkung zu Lady Cecilia zu machen.«

»Ich? Ich bin doch nicht diejenige, die sich unschicklich benimmt. Diese Frau ist … ist … Mir fehlen die Worte dafür.«

»Sehen Sie, ich habe Sie davor bewahrt, undamenhaft zu sein.«

Prims Fuß klopfte wieder auf den Boden. Als ihr Blick auf Lukes zufriedene Miene fiel, verkrampften sich ihre Hände ineinander, und sie betete um Geduld. Dann mußte sie daran denken, wie er sich dieser Frau angebiedert und andächtig ihren unverschämten Vorschlägen und lächerlichen Ansprüchen gelauscht hatte.

»Wie konnten Sie nur so vor dieser schrecklichen Frau kriechen?«

Lukes Grinsen erstarb. »Kriechen? Kriechen?« Er stellte sich vor sie hin. »Sie selbst sagten doch, ich solle liebenswürdig sein. Sie selbst sagten doch, man soll einer Dame nicht widersprechen. Haben Sie das gesagt oder nicht?«

»Das betraf unwichtige Dinge«, erwiderte Prim steif. »Ich meinte damit nicht, daß Sie zulassen sollen, daß Sie auf Ihnen herumtrampelt wie auf einem alten Bettvorleger.«

»Aber, aber! Hüten Sie Ihre Zunge, Miss Primrose erlauchte Dane. Sie waren doch diejenige, die mir eintrichterte, anständig zu sein und immer zu tun, was Lady Cecilia wünscht. Genau das habe ich getan, und jetzt machen Sie mir deswegen Vorwürfe.«

Prim wurde noch wütender auf diesen Mann, der zusammen mit seinem Herz seinen Verstand verloren zu haben schien. »Sich anständig zu benehmen bedeutet noch lange nicht, sich wie ein serviler, unterwürfiger Speichellecker aufzuführen.«

»Moment, was bedeutet ›servil‹? Ich habe mein Wörterbuch nicht dabei.«

»Es bedeutet ekelhaft kriecherisch.«

Unvermittelt trat Luke noch näher an sie heran. »Na so was, Primmy, Sie sind eifersüchtig?«

Sie hörte den gefährlichen Ton in seiner Stimme. Nightshade war zurück.

»Wie bitte?« Prim überlief es erst heiß, dann eiskalt.

Nightshade senkte den Kopf und sah sie von unten herauf an. Der Rauch der Höllenfeuer konnte nicht so schwarz sein wie diese Augen. Hinter seiner Miene schien der Teufel persönlich zu lauern. Nur mit größter Mühe konnte Prim verhindern, daß sie diesem Blick auswich. Sie wurde erlöst, als er leise lachte und den Kopf schüttelte.

»Ist schon gut. Schlag mich einer tot, aber damit habe ich nicht gerechnet.«

»Ich bin nicht eifersüchtig.« Ihre Stimme hallte durch die lange Galerie. Luke lachte noch einmal.

»Hören Sie auf zu lachen!«

Zwar gelang ihm dies, doch er grinste so breit, daß Prim ihm am liebsten ins Gesicht geschlagen hätte. Lachte er, weil sie in ihn verliebt war? *Haltung bewahren, denk daran*. Sie straffte die Schultern, ehe sie weitersprach.

»Sie haben meine Empörung über das Benehmen dieser Frau und meine Sorge über Ihr übertriebenes Auftreten möglicherweise mißverstanden.«

»Was soll das heißen?«

Mit erzwungener Gelassenheit fuhr Prim fort: »Das soll heißen, daß ich lediglich besorgt war, daß Sie mit Ihrer Zuvorkommenheit vielleicht ein wenig zu weit gegangen sind. Ich wollte Sie davor warnen, daß Sie damit den Respekt vor Ihrer Person und die Anerkennung Ihrer Persönlichkeit gefährden, die von allen, auch von Lady Cecilia, gewahrt werden sollten.«

Luke antworte nicht sofort. Er verschränkte die Hände hinter seinem Rücken und stellte sich ein Stück entfernt vor ein Bild von Maria Tudor.

»Sie sind also nicht eifersüchtig?«

»Meine Geduld wurde von der Einfalt dieser Frau auf die Probe gestellt, Sir Lucas. Das ist alles. Ich hoffe, Sie vergeben mir dafür, daß ich die Affektiertheit einer so wenig veständnisvollen und so gar nicht einfühlsamen Person nicht befürworten kann.«

»Ach!« Nightshades Spott glitzerte in seinen Augen. »Aber Sie glauben, Sie paßt ganz gut zu mir.«

»Ich weigere mich, dazu etwas zu sagen.«

»Verdammt nochmal, jetzt sind wir also wieder so weit.«

»Sir Lucas, wie sprechen Sie mit mir!«

»Kommen Sie mir bloß nicht mit Ihrer Etikette.« Mit der für ihn typischen unbewußten Eleganz kam er auf sie zu. »Jetzt haben Sie auf einmal wieder einen Knoten in der Zunge, aber ich habe endgültig die Nase voll davon, daß Sie über mich zu Gericht sitzen, Miss Primrose erlauchte Dane. Egal, was ich mache, niemals ist es richtig. Großer Gott! Sie sind schlimmer als alles, was ein Mann ertragen kann, wissen Sie das?«

Am ganzen Leib bebend, neigte Prim den Kopf und murmelte: »Dann werde ich Ihnen nicht länger zur Last fallen, Sir.«

»Ha! Sie kommen auf der Stelle hierher, Primrose Victoria Dane!«

Prim blieb stehen und drehte sich langsam um. »Wie bitte?«

»Ich hasse es, wenn Sie mir den Rücken zukehren«, knurrte Luke. »Sie werden mich nicht einfach hier stehen und Ihnen nachschreien lassen wie ein Fischhändler an einem Freitag. Ich bin noch lange nicht fertig.«

»Aber ich bin fertig mit Ihnen.«

Prim machte kehrt und lief fast aus der Galerie. Ihr Blick war tränenverschleiert, und sie suchte Zuflucht in der alten Bibliothek.

»Verflucht, Prim, kommen Sie zurück!«

Ihre Schritte wurden durch Lukes wütendes Rufen noch schneller. Sie raste durch die Halle nach oben. Atemlos kam sie in der alten Bibliothek an, warf die Tür zu und lehnte sich dagegen. Ihre Brust hob und senkte sich heftig, und das Korsett drückte gegen ihre Rippen. Prim hielt sich die Seite und ließ sich in den Stuhl neben dem Tisch mit dem Manuskript fallen.

»Ich werde nicht nachgeben«, sprach sie sich Mut zu. »Das werde ich nicht tun. O großer Gott, er ist mir gefolgt.«

Sie hörte schwere Stiefel die Treppe heraufkommen und sich der alten Bibliothek nähern. Die Türflügel wurden aufgestoßen, knallten gegen die Wand und gaben Nightshade preis. Es schien dunkel zu werden, wie wenn ihn schwarze Gewitterwolken begleiteten, die jegliches Licht vertrieben. Auf der Schwelle blieb er breitbeinig stehen und hielt sich am Türrahmen fest, als wolle er sich wie ein schwarzer Greif auf sie stürzen.

Als sein Kopf sich senkte und er seinen Nightshade-Blick auf sie richtete, trockneten Prims Tränen. Dieser Blick konnte einen wildgewordenen Hund einschüchtern. Er war gleichzeitig glühendheiß und eiskalt. Auch wenn die Anstrengung sie zehn Jahre ihres Lebens kostete, würde sie doch um keinen Preis erlauben, daß er sie in Panik versetzte.

»Ich kann mir nicht vorstellen, wie Sie darauf kommen, daß ich mich nach Ihrer Gesellschaft sehne, Sir Lucas.«

Sehr gut, sie hatte es geschafft, mit fester Stimme zu sprechen. Der Raum wurde heller. Um den Mut nicht wieder zu verlieren, rückte sie mit ihrem Stuhl in die Sonnenstrahlen, die sich hereinstahlen. Als sie wieder aufblickte, hatte Nightshade sich zwar nicht bewegt, aber sein Blick schien seinen vernichtenden Zorn verloren zu haben.

Er schüttelte unwillig den Kopf. »Ich sagte doch, daß ich noch nicht fertig bin.«

»In der Tat«, antwortete sie. Sie nahm das Buch aus der Kiste, schlug es behutsam auf und versuchte, die Buchstaben zu entziffern.

Es kam ihr vor, als flöge er wie ein Rabe durch das Zimmer. Im Nu stand er neben ihr und schlug mit der Hand auf das Buch.

»Sir Lucas, lassen Sie das.«

»Es ist mein Buch. Ich kann es verbrennen, wenn ich will.«

Prim erhob sich halb von ihrem Stuhl, funkelte ihn an und fauchte: »Es ist mehr als tausend Jahre alt.«

Luke starrte sie finster an, aber er nahm vorsichtig die Hand wieder weg.

»Ich habe einige interessante Informationen über die Nacht, in der Sie verschwanden.«

Damit hatte sie nicht gerechnet. Prim überspielte ihre Überraschung, indem sie das Buch zu sich heranzog und umblätterte.

»Anscheinend wurden alle Burschen geschnappt, die in jener Nacht jemanden um die Ecke gebracht haben. Bis auf einen. Jemand hat die gute Pauline Cross abgemurkst. Kennen Sie Pauline Cross, Miss Primrose erlauchte Dane?«

»Nein.«

Seine Hand lag nun flach auf dem Tisch neben dem Buch. Prim versuchte, sie nicht anzusehen. Er beugte sich vor.

»Pauline Cross wurde erstochen in der Themse gefunden. Eine Flußleiche, wie es hier im Volksmund heißt.«

»Wie schrecklich«, antwortete Prim und wich seinem Blick weiterhin aus.

»Stimmt. Unsere gute Pauline war allerdings ein Flittchen. Nicht eine gewöhnliche Nutte, die in billiger Seide und mit pockennarbigem Gesicht an der Hell Corner steht, nein, unsere Pauline war eine aufgedonnerte, mit Spitze verzierte Dirne.«

»Bitte, Sir Lucas.« Sie schloß die Augen, um die Erinnerung an Pauline Cross aus ihren Gedanken zu verbannen.«Die arme Frau hatte sehr viel Pech.«

»Ich dachte, Sie kennen sie nicht.«

Ihre Augen öffneten sich, richteten sich aber sofort auf das Manuskript. »Jede Frau, die gezwungen ist, einer solchen Beschäftigung nachzugehen, kann einem leid tun.«

»Nun, wenigstens etwas, worüber wir uns einig sind. Aber Sie verstehen mich nicht richtig. Den Berichten meiner Informanten zufolge mietete Pauline sich ordentliche Räume und ließ sich von reichen Pinkeln aushalten. Sie hatte Stammkunden, die gut zahlten, wissen Sie.«

Prim blätterte eine weitere Seite um, ohne zu sehen, was darauf stand. »Sir Lucas, ich habe keinerlei Interesse an den Einzelheiten über die Geschäfte von Miss Pauline Cross.«

»Hören Sie mir trotzdem gut zu. Meine Informanten sagen, daß Pauline damit angegeben habe, einen echten blaublütigen Pinkel aufgerissen zu haben. Sie brüstete sich damit, daß sie ihre Arbeit bald für immer aufgeben werde. Bedauerlich, daß sie das nicht geschafft hat.« Er war jetzt so nah, daß sie die Wärme seines Körpers spüren konnte, und am liebsten hätte sie vor Wut und Begehren geschrien.

»Das ist nicht alles«, sagte Luke. »Unsere Pauline war sich nicht zu schade für ein wenig Erpressung, die Gute.«

Er hielt inne, aber Prim schaute starr auf die irischen Halbunziale und verweigerte einen Kommentar.

»Meine Informanten glauben also, genau wie die Polizei, daß Pauline umgebracht wurde, weil sie einem Pinkel mit irgendwas drohte.« Seine Stimme senkte sich. »Ich stelle es mir so vor, daß Pauline ihren Kerl in jener Nacht in einem dunklen Gäßchen traf und er sie erstach. Ihr Kleid war voller Blut.«

Die Buchstaben begannen zu tanzen und vor ihren Augen zu schwimmen. Ihr war übel, und sie war zu schwach, um das Bild der Frau mit dem zu einem Schrei geöffneten Mund zu vertreiben. Prim schrie auf, als Luke auf den Tisch schlug.

»Das ist es! Ich wußte doch, daß Sie etwas gesehen haben. Sie haben den Pinkel gesehen, der Pauline Cross umbrachte, und Fleet war ebenfalls dort. Wer ist der Kerl?«

Prim fuhr sich mit der Zunge über die Lippen. »Ich weigere mich, etwas dazu zu sagen.«

Sie keuchte auf, als Luke ihre Arme packte und sie aus dem Stuhl zog.

»Wer immer er ist, er wird Sie finden, auch in Amerika.«

»Er wird nicht wissen, daß ich dort bin.«

Sie schrie auf, als er noch fester zugriff.

»Sie bleiben, bis Sie mir alles gesagt haben.«

»Sir Lucas, Sie tun mir weh.«

Er ließ sie so unvermittelt los, daß sie auf den Stuhl zurückfiel.

Nightshade beugte sich über sie und zwang sie, ihn anzusehen. »Ich werde Sie nicht gehen lassen.«

Laß dich nicht von ihm einschüchtern, Primrose Dane.

»Dann befinden wir uns im Moment in einer Sackgasse. Letztendlich werden Sie jedoch verlieren.«

Sie verstand nicht, warum seine Stimme plötzlich sanft wurde. »Ich verliere niemals, Primmy.«

»Diesmal werden Sie verlieren.«

»Wie kommen Sie darauf?«

»Weil Lady Cecilia Ihren Heiratsantrag annehmen wird, Sir Lucas. Das hat sie beschlossen, als sie Sie zum erstenmal sah. Und wenn Sie glauben, Lady Cecilia Randolph wird zulassen, daß Sie in Ihrer Hochzeitsnacht Gastgeber für mich spielen, dann täuschen Sie sich gewaltig.«

15

Am Nachmittag nach ihrer Auseinandersetzung kochte Luke innerlich noch immer vor Wut, wenn auch Lady Cecilias Gegenwart ihn zwang, sich unbefangen zu geben. Dazu mußte sein Wille seine Gefühle niederringen, denn Cecilias Anziehungskraft hatte schon wenige Stunden nach ihrem Kennenlernen zu schwinden begonnen. Trotz seiner zunehmenden Abneigung war er seinen Pflichten als Gastgeber nachgekommen, und was war seine Belohnung dafür?

»Ekelhaft kriecherisch«, murmelte er. »Servil!«

Luke schlug nach dem Schilfgras, das am Ufer des Baches neben der Abtei wuchs. Hinter ihm erhoben sich die gewaltigen Ruinen in den Himmel, und daneben, auf der grasbewachsenen Lichtung neben dem Bach, saßen seine Gäste bei einem Picknick. Das Wetter hatte ihnen einen sommerlichen Tag beschert. Angesichts des ungetrübten Himmels hatte Lady Cecilia seine Mutter zu einem Ausflug überredet. Selbst Prim war es nicht gelungen, sich davor zu drücken, obwohl sie mehrmals betont hatte, sie hätte in der Bibliothek noch einiges zu erledigen. Wieder einmal hatten alle Lady Cecilias Willen nachgegeben.

Lukes Verlobte hatte angeordnet, das feinste Porzellan und die besten Stühle, Tische und Tischtücher mitzunehmen, und hatte alles zu einem hübschen Gruppenbild arrangiert. Die Abtei sei der malerischste Hintergrund, hatte sie erklärt. Da alle wußten, wie hervorragend ihr Geschmack war – wie sie ihnen ja selbst oft genug versichert hatte – wurde alles getan, wie sie es wünschte.

Luke warf der Gruppe einen Blick zu. Lady Cecilia thronte am Kopfende des Tisches im schönsten, mit Samtkissen gepolsterten Stuhl. Seine Eltern saßen rechts und links von ihr und hielten die Augen auf die Teller gerichtet, während Mrs. Apple, wie es sich für eine Anstandsdame gehörte, ihr Möglichstes tat, um die Unterhaltung in Gang zu halten. Was nicht allzu schwierig war, denn sie mußte nur immer wieder nikken und das endlose Geplapper über sich ergehen lassen.

Prim hatte neben Mrs. Apple Platz genommen. Luke sah sie finster an, aber sie war damit beschäftigt, Cecilia zuzuhören. Auf eine Bemerkung der ehrwürdigen Dame hin, holte sie den Sonnenschirm, der an ihrem Stuhl lehnte, hervor. Luke hatte gleich nach ihrer Ankunft den Schirm aus London bringen lassen. Nachdem er sie überredet hatte, ihn anzunehmen, hatte Prim geschworen, ihm alles zurückzuzahlen. Als ob er jemals ihr Geld angenommen hätte.

Prim musterte Lady Cecilia aus schmalen Augen, was die Dame aber nicht einmal bemerkte. Dann öffnete sie den Schirm, hob ihn über ihren Kopf und neigte ihn so, daß er eine Wand zwischen ihr und Lady Cecilia bildete. Trotz seiner Wut mußte Luke grinsen. Ihm hatte sich noch nie ein schönerer Anblick geboten als Primrose Victoria Dane, die so weit gekommen war, daß sie jegliche Schicklichkeit verwarf und ein Mitglied der guten Gesellschaft beleidigte.

Seine Belustigung schwand jedoch schnell dahin, als ihm wieder einfiel, wie sie ihn dafür gescholten hatte, sich Lady Cecilia gegenüber wie ein Gentleman benommen zu haben. Obwohl er nichts anderes getan hatte, als das, was sie in ihren vielen Unterrichtsstunden geübt hatten, hatte sie ihn zurechtgewiesen. Und das alles nur, weil sie die Frau nicht mochte. Nicht weil sie eifersüchtig war.

Luke drosch noch einmal auf das Gras ein. Er würde niemals vergessen können, was er empfunden hatte, als sie über Lady Cecilia losgewettert hatte. Ein wahres Feuerwerk war in ihm explodiert. Wenn Prim eifersüchtig war, dann mußte er ihr etwas bedeuten. Und wenn er ihr etwas bedeutete, ...

Am Ufer kniend nahm Luke einen Stein und warf ihn in den Fluß. Das *Plopp,* mit dem er darin versank, gefiel ihm. Aus der Ferne hörte er Cecilias Fanfare, gelegentlich unterbrochen von Mrs. Apples Kommentaren. Er konnte sich nicht entscheiden, ob Lady Cecilia sich mehr wie eine Trompete oder wie ein Jagdhorn anhörte. Auf jeden Fall war er nicht bereit, sich dieses durchdringende Konzert für den Rest seines Lebens anzuhören.

Schon seit einiger Zeit überlegte er, wie er sie am besten wieder los wurde. Er konnte nicht mehr genau sagen, wann ihm klar geworden war, daß Lady Cecilia für ihn unerträglich war. Vielleicht, als sie davongeeilt war, um Oswald einzufangen, damit er sich nicht zu viel bewegte. Vielleicht auch, als er zum erstenmal ihren wohlwollenden Blick auf sich gespürt hatte. Etwas an Lady Cecilias harten Augen hatte ihn an Larder Lily erinnert.

Einen weiteren Stein ins Wasser werfend, murmelte Luke vor sich hin: »Ach, gib es doch zu. Du wußtest, daß sie eine hohle Nuß war, als du sie das erstemal sahst. Dir war doch sofort klar, daß du eine zweite Prim erwartet hattest. Luke Hawthorne, du bist ein Idiot.« Er warf den nächsten Stein mit solcher Kraft, daß er sich selbst naßspritzte. »Du weißt, was du willst, aber diesmal kann Nightshade es nicht für dich holen.«

Aber er konnte sich Lady Cecilia Randolph vom Leib halten. Noch vor dem Abendessen würde er eine Ausfahrt vorschlagen. Cecilia fuhr gern in seinem offenen Landauer aus, von wo aus sie den Dorfbewohnern und Hausangestellten wie eine Königin zuwinken konnte. Er würde eine Ausfahrt mit ihr machen und auf dem Rückweg durch den Park würde er ihr sagen, daß er seinen Antrag zurückzog. Sie würde zwar vor Wut schäumen, aber sie mußte seine Entscheidung akzeptieren. Er hoffte nur, daß sie nicht zu kreischen anfing. Eine Ahnung sagte ihm, daß Lady Cecilia kreischen konnte wie die Bremsen einer Eisenbahnlokomotive. Merkwürdig, eigentlich hatte er gedacht, daß eine Ehe mit Lady Cecilia die Erinnerungen an seine Kindheit auswischen würde. Er hatte den kleinen Jungen, der am Hintereingang einer Bäckerei stand und um Abfälle bettelte, für immer aus seinem Gedächtnis streichen wollen. Manchmal träumte er sogar noch von dem Laden.

In diesen Träumen war er wieder klein, so klein, daß er sich strecken mußte, um an die Wasserpumpe zu reichen. Seine Füße in den zerschlissenen Lederstiefeln waren schmutzig, sein ganzer Körper war schmutzig. Sein Mantel war zu dünn, um die Kälte abzuhalten, und er besaß keine Mütze. Aber er mußte jeden Morgen in der Dunkelheit darauf warten, daß der Bäcker seinen Laden aufmachte, und wenn der Mann dann erschien, mußte er am Saum seiner kurzen Jacke zupfen, um einigermaßen ordentlich auszusehen. Außerdem mußte er sich verbeugen und so unterwürfig sprechen, wie es seine Freunde ihm beigebracht hatten. »Wenn Sie bitte so gut sein könnten, Sir. Könnten Sie nicht ein paar alte Brotrinden entbehren?«

Wenn er aus diesen Träumen erwachte, spürte er

wieder den brennenden Hunger und das Zittern, das nicht von der Kälte herrührte, sondern von der Demütigung. Luke blickte über seine Schulter auf Lady Cecilia, die Featherstone herbeiwinkte und Befehle hinausposaunte. Sie erinnerte ihn an die Bäckerei. Und das ohne Unterlaß. Wenn er sie heiratete, würde er sich immer wie der schmutzige kleine Junge vorkommen, der an seiner Jacke zupfte, in die harten Augen des Bäckers aufsah und sich alle Mühe gab, unterwürfig und höflich zu sein.

Mortimer Fleet haßte ländliche Gegenden. Überall, wo eigentlich Gebäude stehen müßten, war es leer. Es gab keine Schänken, dafür zu viele Tiere. Hier lag er nun, in einer Hecke in der Dämmerung, fühlte sich hundsmiserabel, weil er nichts zu trinken hatte, und atmete den Staub von der Straße ein. Jowett und seinen Männern erging es ähnlich. Seit ihnen zugetragen worden war, daß Nightshade mit seiner Dame eine Ausfahrt machte, warteten sie nun schon.

Er war selbst ganz gut vorangekommen, als der Gentleman seinen Aktivitäten Einhalt geboten und sie durch seinen eigenen Plan ersetzt hatte. Fleets Versuch, diesen einfältigen Dinesdale zu bestechen, hatte fehlgeschlagen, aber er war zuversichtlich gewesen, mit einer größeren Summe bei einem der Gärtnergehilfen erfolgreich zu sein. Der Gentleman hatte aber nicht mehr länger warten wollen.

Fleets Auftraggeber besaß dank seiner eigenen Quellen detaillierte Informationen über Castle Beaufort, seine Einwohner und den Tagesablauf. Der Gentleman belehrte ihn über die besondere Freundschaft zwischen Miss Dane und Nightshade. Das hätte Fleet ihm auch ohne Nachforschungen sagen können. Jede Frau, die mehr als eine Stunde in Nightshades Gegenwart verbrachte, unterlag seinem Charme. Es war direkt schon widerlich.

So kam es also, daß er in der Hecke wartete, während es immer kälter wurde und die Schatten immer länger. Wenn Nightshades Kutsche nicht bald auftauchte, wurde es zu dunkel, um den Plan auftragsgemäß durchzuführen. Fleet schob ein paar Zweige zur Seite und spähte die Straße hinab. Ein Stück von ihm entfernt entbrannte ein Streit zwischen Jowett und Reg Trunk.

»Haltet eure Klappe, ihr Trottel«, zischte Fleet. »Ich glaube, ich höre was.«

Aus der Ferne hörte er das Klappern von Hufen, das Klirren von Zaumzeug und das Rattern einer Kutsche. Fleet und seine Männer duckten sich in ihre Verstecke.

»Denkt daran, niemand bewegt sich, bevor ich es sage.«

Ein offener Landauer tauchte auf, dessen schwarz lackierte Seitenteile und Messingbeschläge selbst in dem Dämmerlicht noch glänzten. In der Kutsche saß hoheitsvoll eine Frau, und neben ihr …

»Wer hätte das gedacht?« knirschte Fleet.

Wie gebannt starrte er Nightshade in seinen feinen Klamotten, mit Spazierstock und hohem Hut an. »Schicke Kleider und eine tolle Kutsche, der verdammte …« Fast hätte er die Kutsche unbehelligt vorbeifahren lassen. Im letzten Moment brüllte Fleet: »Vorwärts, Jungs!«

Jowett rannte mit einem weißen Tuch vor die Pferde auf die Straße. Das vordere Paar stieg auf die Hinterbeine, so daß die Kutsche sofort stehenblieb. Zwei Männer schnappten sich die Zügel der Pferde, während Fleet und seine drei Helfer aus dem Gebüsch stürmten und Pistolen auf den Kutscher und die

Insassen richteten. Sobald sie ihrer ansichtig wurde, begann die Frau zu blöken wie ein Mutterschaf, das Zwillinge auf die Welt bringt.

Sie übertönend, schrie Fleet: »Hände hoch oder ich schieße!« Seiner Aufforderung folgte ein schrilles Kreischen, das ihn zusammenzucken ließ.

Die Dame warf sich in Nightshades Arme. Fleet beachtete ihre Protestäußerungen so wenig wie Nightshade. Sein alter Feind saß völlig regungslos da. Ohne Nightshade aus den Augen zu lassen, näherte sich Fleet der Kutsche.

Nightshade schürzte die Lippen. »Mortimer Fleet. Derjenige, der dir eine Pistole gab, ist ein Dummkopf.«

»Er weiß nicht, daß ich noch nie eine benutzt habe«, erwiderte Fleet lächelnd und fuchtelte mit der Pistole. »Aber es kann nicht sehr schwierig sein.«

»Für dich sicherlich zu kompliziert.«

Fleets Lächeln erstarb, und er bemerkte voller Grimm Nightshades hochgestochene Redeweise. »Halt die Klappe, Nightshade, sonst riskiere ich den Unwillen meines Auftraggebers und erschieße dich auf der Stelle.«

Die Dame hob den Kopf und kreischte erneut, woraufhin die Männer den Kopf zwischen die Schultern zogen.

»Oh, wir werden mitten auf der Straße umgebracht!«

Nightshade sprach weiter, als sei sie gar nicht da. »Du bringst mich nicht um, Fleet, sonst hättest du es längst getan. Was willst du?«

»Miss Dane natürlich.«

»Idiot. Das ist nicht Miss Dane, und du solltest eigentlich wissen, daß ich dich nicht zu ihr bringen werde.«

»Du hast immer geglaubt, du wärst schlauer als ich«, antwortete Fleet grinsend. »Du mußt mich nicht zu ihr bringen. Es genügt, wenn ich Miss Dane mitteile, daß ich dich habe. Zufällig weiß ich ganz genau, daß sie keine Zeit verlieren wird, mich zu besuchen.« Er machte einen Schritt auf den Landauer zu. »Und jetzt steig aus.«

Ein Schwall ohrenbetäubender Protestschreie ergoß sich über die Männer. Die Dame klammerte sich an Nightshade wie eine Zecke an einen Hund und schrie noch lauter, als er sich von ihr lösen wollte. Schließlich gelang es ihm jedoch, und er stieg aus.

Als Fleet so unerwartet dem Mann, dem er seine gemarterte Seele verdankte, gegenüberstand, ertappte er sich dabei, wie er gegen den Abzug der Pistole drückte. Nightshade senkte den Blick zu der Waffe in Fleets Hand und zog eine Augenbraue in die Höhe. Nicht die Spur von Angst war in seinen Augen zu entdecken, als er den Blick wieder hob. Fleet wurde erneut von dem unbändigen Haß gegen diesen Mann überwältigt, dessen Haltung und Auftreten unweigerlich dazu führte, daß er sich so klein und häßlich vorkam wie ein Käfer in einem Misthaufen.

»Nein«, sagte Fleet. »Es soll gar nicht schnell gehen. Ich will, daß es langsam geht, damit ich es genießen kann.«

»Das ist ganz der alte Fleet, wie ich ihn kenne«, meinte Nightshade.

Fleet nickte Jowett zu, der hinter Nightshade getreten war. Jowett hob den Knauf einer Pistole und schlug damit im gleichen Augenblick auf Nightshade ein, in dem Fleet ihm in den Magen boxte.

»Gern geschehen«, sagte Fleet, als sein Gefangener zu Boden ging.

Prim hatte sich durchgerungen, sich zum Abendessen umzuziehen, obwohl es ihr alles abverlangte, in Luke Hawthornes und Cecilia Randolphs Gegenwart Haltung zu wahren. Jedesmal, wenn sie über die vergangenen Tage nachdachte, hätte sie sich am liebsten in einer dunklen Ecke verkrochen. Wie viele Male hatte sie sich beinahe verraten?

Zum Glück war es ihr gelungen, Luke davon zu überzeugen, daß ihr Zornesausbruch im Tudor Wing allein ihrer Abneigung gegenüber Lady Cecilia zuzuschreiben war. Ihr Stolz war gerettet. Das war allerdings kein großer Trost, denn der Schmerz war allgegenwärtig. Ohne daß Luke Hawthorne ihr jemals gehört hatte, hatte sie ihn endgültig verloren, und dieser Verlust bereitete ihr jede Minute ihres Daseins höllische Qualen. Oft fand sie kaum die Kraft, ihren täglichen Pflichten nachzukommen. Manchmal brauchte es ihren ganzen Willen, um das Haar ordentlich aufzustecken oder so viel zu essen, daß niemand etwas von ihrer Verzweiflung bemerkte.

Das Warten heute war die schlimmste Folter. Die Familie hatte sich vor dem Abendessen im Salon versammelt, doch Luke und sein Gast waren noch nicht zurückgekehrt. Tusser döste vor dem Kamin. Mrs. Apple und Louisa unterhielten sich leise und nippten dabei an einem Sherry. Prim wanderte durch den Raum und gab vor, die Bilder und das chinesische Porzellan zu bewundern. Die ganze Zeit über rechnete sie damit, daß Luke eintrat und verkündete, er und Lady Cecilia seien zu einer Übereinkunft gekommen und hätten den Termin für die Hochzeit festgelegt.

Vor langer Zeit hatte sie sich Tagträumen hingegeben, in denen sie selbst eine solche Verkündigung verlautbaren ließ. In diesen Fantasien war sie noch sehr jung, weit entfernt von ihrem jetzigen fortgeschrittenen Alter. Ihr Verehrer kam in das Haus ihres Vaters, atemlos vor Ungewißheit, wie er aufgenommen würde. Meistens fand er sie im Treibhaus zwischen prächtig blühenden tropischen Blumen, aber manchmal ließ sie ihn auch nach ihr im Park suchen, wo er sie unter einer alten Eiche oder neben einem Wasserfall fand. Jedesmal rief er ihren Namen voller Sehnsucht; jedesmal drehte sie sich zu ihm um, lächelte und streckte als Antwort die Hand nach ihm aus. Er lief zu ihr, blieb stehen, um ihr die Hand zu küssen, und machte ihr stammelnd seinen Antrag.

Wie weltfremd, naiv und dumm. Das war gewesen, bevor ihr Vermögen durch die Verantwortungslosigkeit ihres Vaters dahingeschwunden war. Längst hatte sie keine törichten Träume mehr. Verglichen mit der überwältigenden Wirkung des Mannes, den sie in Gedanken immer Nightshade nannte, waren ihre Träume ohnehin blaß und langweilig. Ihre Eltern hätten einer Verbindung mit ihm niemals zugestimmt. Ihrem Bruder und Tante Freshwell wäre sie als alte Jungfer hundertmal lieber als verheiratet mit einem solchen Mann.

Prim nahm einen vergoldeten Behälter in die Hand. Er war mit grazilen Schnörkeln verziert, und als sie ihn aufmachte, lag darin eine elisabethanische Uhr, geformt wie ein Ei und mit Kristalldeckel. Ihre Finger glitten über den Deckel, während sie an Luke und Lady Cecilia dachte. Selbst in Amerika würde sie den grausamen Schmerz noch spüren, wenn sie sich vorstellte, daß diese beiden …

»Was ist das für ein Lärm?« fragte Mrs. Apple plötzlich. Prim wandte sich von der Uhr ab und vernahm das Klappern von Absätzen auf dem Marmorboden vor dem Salon. Übertönt wurde es von hysterischem Plärren. Tusser erwachte mit einem Schnarchen. Louisa und Mrs. Apple erhoben sich, als eine Handvoll Diener hereinplatzte. In ihrer Mitte stützten sie Lady Cecilia, die abwechselnd jammerte und schimpfte.

»Oh, mein Herz, mein Herz, ich werde ohnmächtig.« Der nächste Satz strafte diese Befürchtung Lügen. »Turnpenny, wo ist der Branntwein?«

Prim eilte zu Lady Cecilia, nachdem die Diener sie auf das Sofa vor dem Kamin gebettet hatten. »Lady Cecilia, was ist passiert?«

Tusser verscheuchte mit seiner Krücke die Bediensteten und Featherstone.

»Geht doch weg von ihr. Sie braucht Luft.«

Mrs. Apple nahm Featherstone auf die Seite und sprach leise mit ihm, während Louisa von Turnpenny ein Glas Branntwein entgegennahm und es an Lady Cecilias Lippen hielt. Cecilia leerte den gesamten Inhalt des Glases in einem geübten Schluck.

»Oh, großer Gott im Himmel. Mein Herz schlägt zum Zerspringen. Mir wird ganz schwarz vor Augen. Noch mehr Branntwein!«

Prim sah durch die offene Tür hinaus. »Wo ist Sir Lucas, Lady Cecilia?«

»Davon werde ich mich bestimmt niemals erholen. Ich werde vor Angst sterben und ewiglich betrauert werden.«

»Lady Cecilia, wo ist Sir Lucas?« wiederholte Prim.

»Man lauerte uns auf.« Cecilia schluckte ein weiteres Glas voll Branntwein hinunter. »Mein Herz klopft zum Zerspringen. Ich dachte, ich würde sterben. Gottseidank bin ich entkommen.«

»Sie wurden überfallen? Ausgeraubt?« Prim verlor allmählich die Geduld. »Wo ist Sir Lucas?«

Cecilia ließ sich von Turnpenny Luft zufächeln. »Es ist in der Tat ein Wunder, daß ich entkommen bin.

Branntwein, ich brauche noch mehr Branntwein, um mein Herz zu beruhigen.«

Prim nahm Louisa das Glas aus der Hand, das sie Cecilia reichen wollte, und stellte sich vor die Dame hin.

»Hören Sie jetzt sofort auf zu heulen!« Cecilias Mund klappte zu, und sie stierte Prim an, die mit eisigem Blick langsam und deutlich sagte: »*Wo ist Luke*?«

Lady Cecilia wollte schon zu weinen beginnen, als sie sah, wie Prims Hand sich zu einer Faust ballte. »Sie haben ihn mitgenommen. Bestimmt geht es ihm gut. Was macht es schon aus, wo ich doch vor Schreck beinahe gestorben bin?«

Prim zwang sich, ihre Wut zu zügeln. Tusser und Louisa versuchten, die gleiche Frage zu stellen, aber Lady Cecilia bejammerte weiterhin ihr knappes Entkommen, ihre Nerven und ihr Herz. Prim überlegte gerade, ob sie ihr eine Ohrfeige verpassen sollte, als Mrs. Apple von Featherstone wegtrat und sie am Arm ein Stück von den anderen fortzog.

»Featherstone hat mit dem Kutscher gesprochen. Sie wurden von einer Bande auf der Straße zwischen dem Dorf und dem Park überfallen. Von der Beschreibung her würde ich sagen, es handelt sich um Mortimer Fleet und seine Jungs.«

»Fleet? Ach du großer Gott. Fleet.« Prim hielt sich den Magen, als ihr plötzlich übel wurde.

Mrs. Apple führte sie zu einem Stuhl. »Nehmen Sie sich zusammen, Missy.«

Ganz nebenbei wahrnehmend, daß Mrs. Apples Stimme plötzlich wesentlich jünger klang, klammerte Prim sich an die Armlehnen des Stuhls und atmete tief durch.

»So ist es schon besser«, stellte Mrs. Apple fest. Sie reichte Prim einen versiegelten Umschlag. »Das hat

Fleet dem Kutscher gegeben. Er sagte, er solle es Ihnen geben.«

Mit bebenden Händen öffnete Prim den Umschlag und las: »Wenn Sie ihn lebend sehen möchten, kommen Sie zurück nach London, und zwar in den *Laughing Knacker* in Whitechapel. Zu niemand ein Wort oder er stirbt.«

Die Nachricht war in Druckbuchstaben geschrieben, als hätte sie jemand von einer Vorlage abgeschrieben. Die Buchstaben verschwammen plötzlich vor ihren Augen. Prim schüttelte den Kopf und blickte zu Mrs. Apple auf. Die Frau starrte die Nachricht an und klopfte mit dem Fingernagel gegen ihre Vorderzähne. Prim stopfte den Brief in ihren Ärmel und stand auf.

Mrs. Apple hielt sie fest. »Wo wollen Sie hin?«

»Natürlich nach London.«

»Das können Sie nicht. Sie können nichts ausrichten.«

Prim schüttelte ihre Hand ab. »Ich werde gehen. Bitte vergeuden Sie meine kostbare Zeit nicht mit einem Streit. Keine Macht der Welt kann mich davon abhalten, ihn zurückzuholen.«

Mrs. Apple musterte sie einen Moment abschätzend. »Na schön, meine Liebe. Aber wenn Sie schon gehen, dann lassen Sie mich wenigstens helfen.«

Nun war es an Prim, Mrs. Apple zu mustern. Sie unterdrückte einen Augenblick lang ihr übermächtiges Verlangen, davonzustürmen, und stellte fest, daß die alte Dame auf einmal aufrecht und kein bißchen gebeugt vom Alter vor ihr stand. Auch das Zittern der Hände und die freundliche und gütige Miene waren verschwunden.

»Sie sind keine Bekannte von Luke«, stellte Prim fest. »Sie gehören zu seiner Diebesbande.«

»Ich soll für Nightshade arbeiten? Verdammt unwahrscheinlich.«

Als Prim widersprechen wollte, hob Mrs. Apple die Hand. »Keine Zeit, mich förmlich vorzustellen. Wollen Sie meine Hilfe oder nicht?«

Prim zügelte ihre Wut und ihre Angst und versuchte wie Nightshade zu denken. »Luke hat Ihnen vertraut, nicht wahr?«

Mrs. Apples Augen blitzten, als sie energisch nickte.

»Helfen Sie mir, ihn zu retten«, flüsterte Prim erstickt. »Ich … ich muß ihn retten.«

16

In einer regnerischen Nacht in Whitechapel ratterte ein Fuhrwerk mit einem in die Jahre gekommenen Pferd langsam auf der Figgin Street am Laughing Knacker vorbei. Das Schild über der Gasthaustür war schief, und die Farbe blätterte von dem verwitterten Holz. Geflickte Vorhänge dämpften das Licht der Schankstube, nicht aber den Lärm der Betrunkenen, die die Straße bevölkerten.

Der Lenker des Fuhrwerks beachtete weder die Kämpfenden noch die Frauen in ihren schmutzigen Seidenfähnchen, die unter einer Straßenlampe herumlungerten und mit kalten Füßen auf dem holprigen Bürgersteig hin und her stapften. Er fuhr weiter, näherte sich Cheesewright's Emporium, einem ehemaligen Ladengeschäft mit schmutzstarrenden Fenstern, deren Fensterläden an billigen, halbzerfallenen Ziegeln hingen.

Auf der anderen Straßenseite waren einfache Holzsärge vor dem Laden eines Bestatters gestapelt, und weiter unten waren ein paar Männer damit beschäftigt, so unauffällig wie möglich Säcke von einem Wagen zu laden. Das Fuhrwerk passierte Cheesewright's Emporium und kam dabei an der Gasse zwischen dem Laden und dem nächsten Gebäude vorbei. Der Mann auf dem Kutschbock warf ohne besonderes Interesse einen Blick in die Gasse, die angefüllt war mit alten Zeitungen und schiefen Stapeln alter Holzkisten. In völliger Dunkelheit lag sie da. Lediglich aus der Seitentür des Emporiums drang ein Lichtstrahl.

Der alte Gaul trottete auf den sanften Druck seines

Lenkers hin weiter, ohne daß einer der beiden die gedrungene Gestalt bemerkte, die vor der Tür Wache stand. Regen tropfte von seinem Hut, als der Mann in die Hände blies, die Tür einen Spalt öffnete und hineinspähte. Er sah einen fensterlosen Flur, auf den das Licht einer offenen Tür einen hellen Fleck zeichnete. Schatten bewegten sich in dem Licht. Der Aufpasser schloß die Tür, als er die Bewegung wahrnahm, und nahm seinen ungemütlichen Posten wieder ein.

In dem Raum, aus dem das Licht kam, stapelten sich Gemüsekisten, alte Kornsäcke, Fleischbüchsen und Packmaterial. Herabgefallene Steine waren zur Seite geräumt worden, um Platz für einen Käfig zu machen. Der Verschlag bestand aus einer Boden- und einer Deckenplatte aus Holz und war mit eisernen Stäben vergittert. Dahinter ein Gefangener – Luke Hawthorne.

Obwohl er mit dem Gesicht nach unten und mit geschlossenen Augen dalag, war Luke hellwach und hörte den beiden Männern im Raum zu. Er erkannte Fleets näselnden Tonfall, und die Identität des anderen Mannes hatte er ebenfalls erraten. Es handelte sich um Percy Grassdale, der sich gern Doktor Grassdale nennen ließ, obwohl er in Wirklichkeit nur ein Apotheker war, und dazu ein korrupter.

»Nein, nein, nein«, sagte Fleet gerade. »Ich möchte, daß er langsam und qualvoll stirbt, wirklich qualvoll. Ich habe zuerst an Feuer gedacht, aber jemand könnte ihn retten, und wenn ich ihn hänge, bricht er sich vielleicht sofort das Genick.«

»Das mag wohl sein, Sir, aber die Sache ist nicht ganz einfach. Es hängt ganz von der Größe des Mannes und seinem Zustand ab. Außerdem kommt es auf die Art des Gifts und die Dosierung an.«

»Also, was haben Sie?«

»Moment, Moment, lassen Sie mich nachdenken. Es gibt so viele verschiedene Möglichkeiten, wissen Sie. Zum Beispiel Borsäure oder Kampher, Chinin, Antimon, Quecksilber oder Phosphor.«

»Das hört sich gut an.«

»Andererseits gibt es noch pflanzliche Gifte wie Schierling, Maiglöckchen, Wolfsmilch oder Eibe. Dann noch Fingerhut oder Fliegenpilz.«

Luke hörte, wie Fleet sich die Hände rieb.

»Natürlich«, fuhr Doktor Grassdale fort »gibt es auch noch die üblichen Gifte. Laudanum und Opium, oder Belladonna aus der Familie der tödlichen Nachtschattengewächse. In Frage käme –«

»Halt! Nachtschatten?«

Luke riskierte einen Blick durch die Wimpern. Fleet stand dicht vor dem dicken kleinen Apotheker in der gelbkarierten Weste, dem schäbigen braunen Anzug und Gamaschen.

»Das gefällt mir. Nachtschatten. Wie wirkt das?«

»Herrjeh, mein lieber Fleet. Sehr unerfreulich. Delirium, Halluzinationen, Fieber, Krämpfe.«

»Viele Schmerzen.«

»In der Tat, aber es dauert vielleicht eine Weile, bis es wirkt.«

»Und er leidet auch wirklich?«

»Ja, aber wenn Sie etwas wirklich Schlimmes wollen, sollten Sie vielleicht Borsäure oder Fliegenpilz nehmen, damit er sich übergibt und Durchfall bekommt. Allerdings muß ich es rechtzeitig wissen, damit ich die nötigen Vorbereitungen treffen kann. Wann brauchen Sie es?«

»Ich bin erst mit ihm fertig, wenn eine bestimmte Lieferung eintrifft, und das kann bis morgen oder übermorgen dauern.«

»Die beiden setzten ihre makabre Unterhaltung

fort. Als Lukes Kopf wieder stärker als zuvor zu schmerzen begann, verschwammen die Stimmen zu einem Murmeln. Das letzte, an was er sich erinnerte, war der Schlag auf den Hinterkopf. Dann war er mit Kopfschmerzen zu sich gekommen, hatte sofort wieder einen Hieb versetzt bekommen und war in diesen Käfig geworfen worden. Fleet mußte auf ihn eingeschlagen haben, solange er bewußtlos war, denn seine Rippen waren geprellt, vielleicht sogar gebrochen. Er hatte eine offene Wunde an der Schläfe – möglicherweise von einen Stiefelabsatz – und mehrere Beulen am Kopf.

Fleet wollte Prim hierher locken und benutzte ihn als Köder. Dann würde er sie beide töten. Das war Luke fast von Anfang an klar gewesen. Die liebe, tapfere kleine Primmy würde mit Sicherheit versuchen, ihn zu retten. Bei dem Gedanken, daß sie sich in die Nähe von Mortimer Fleet begab, wurde ihm speiübel. Er mußte sich befreien, aber solange er nicht allein war, konnte er nichts tun.

Luke hörte Grassdale zu, der sich darüber ausließ, wie qualvoll man an einem bestimmten Pilz starb, als Jowett hereinstürmte.

»Sie ist hier.«

Luke hielt den Atem an.

»Wer ist hier?« fragte Fleet.

»Das Dane-Mädchen – sie ist hier.«

»Verdammt und zugenäht. Jetzt schon?« Fleet wandte sich an Grassdale. »Verschwinden Sie. Ich lasse Sie später holen.«

Als der Apotheker weg war, erkundigte sich Fleet: »Sie ist im Laughing Knacker?«

»Stolz wie ein Pfau hineinspaziert. Sitzt gerade an einem Tisch.«

Fleet rief: »Reg, Fergus!«

Die Männer erschienen an der Tür, und Fleet gab ihnen einen Schlüssel. »Reg, paß auf Nightshade auf, und geh nicht zu dicht an ihn ran. Ich bin im Knacker.«

Noch nie war sich Luke so hilflos vorgekommen. Er sah, wie Fleet und Jowett hinausgingen. Als er sicher war, daß Fleet außer Hörweite war, begann er zu stöhnen.

»Was'n los?« fragte Reg. Er war ein großer Mann mit einem Kopf wie ein Käserad und der Intelligenz eines Emmentalers.

»Das war der da«, erklärte ihm Fergus und deutete mit dem Kopf in Lukes Richtung. »Sieht aus, als ob er gerade aufwacht.«

Reg schlurfte zum Käfig und stierte Luke an, der sich schwerfällig aufrichtete. »Uff! Das ist also Nightshade, wie? Vor dem hab' ich keine Angst. Ist auch bloß so'n hübscher Bursche.«

»Geh lieber weg«, brummte Fergus. »Fleet hat gesagt, wir sollen wegbleiben.« Er zog eine fast leere Whiskeyflasche aus seiner Tasche. »Hast auch 'nen Schluck dabei, Reg?«

Reg trat mit dem Fuß gegen die Käfigtür. »Komm schon, Nightshade, zeig uns deine Tricks.«

Luke hatte sich auf die Knie hochgerappelt, tat so, als sei ihm schwindlig und fixierte durch zusammengekniffene Augen den Schlüssel in Regs fleischiger Hand.

Reg machte noch einen Schritt in seine Richtung, und Luke wollte gerade nach dem Schlüssel greifen, als sein Wächter sich umdrehte.

»Was war'n das?« Reg steckte den Schlüssel in die Hosentasche.

»Was?« fragte Fergus, ehe er den letzten Tropfen aus seiner Flasche sog.

»Stark ist an der Hintertür, oder?« erkundigte sich Reg.

»Ja.«

Ein lautes Krachen ließ die beiden Männer zusammenfahren. Ein Stein flog durch das einzige Fenster des Raumes, und Glassplitter regneten auf den Käfig herab. Die beiden Männer starrten mit offenen Mündern das Fenster an, so daß lediglich Luke einen Schatten in den Raum flitzen sah. Der Schatten rannte zu Fergus, der sich gerade bückte, um den Stein aufzuheben. Reg und er drehten sich um, als der Schatten mit einem Knüppel ausholte.

»Hallo!« rief Luke, damit die beiden zu ihm blickten.

Der Knüppel schlug zu, und Fergus fiel um. Nun wandte sich Reg dem Schatten zu. Luke rief noch einmal, aber diesmal beachtete Reg ihn nicht, sondern bewegte sich auf den Eindringling zu. Luke warf sich gegen die Käfigtür und versuchte, die Stangen auseinanderzudrücken. Der Schatten zog sich zurück und kam dabei an der Lampe vorbei.

»Prim, laufen Sie!«

Prim zog sich unbeirrt langsam zurück, über die Türschwelle hinaus in den dunklen Flur. Reg folgte ihr. Als er durch die Tür trat, tauchte ein weiterer Knüppel aus der Dunkelheit auf und knallte auf seinen Kopf. Reg drehte sich um und packte Badger. Miteinander ringend, stolperten die beiden Männer zurück in den Raum und stürzten zu Boden.

Luke rief seinem Freund etwas zu, aber Reg drückte den leichtgewichtigen Badger auf den Boden und legte seine Hände an dessen Hals. Badgers Augen wurden immer größer, und Luke versuchte, den Käfig auf Regs Rücken zu kippen. Durch diese Anstrengung wurde ihm so schwindlig, daß er wieder auf die Knie sank. In dem Moment sah er Prim. Sie stürmte mit hocherhobenem Knüppel auf Reg zu. Er hörte ein dumpfes Krachen. Die Hände an die Käfigstangen geklammert, sah Luke mit schmerzvollem Lächeln, wie Reg auf Badger zusammensackte.

»Primmy«, sagte er, als sie Reg von Badger herunterzog. »Er hat den Schlüssel.«

»Ich komme.«

Sie holte den Schlüssel aus Regs Tasche und eilte zum Käfig, während Badger an der Tür Wache stand. Luke blinzelte fassungslos, als sie den Schlüssel in das Schloß steckte und die Tür für ihn öffnete. Prim beugte sich vor und legte die Hand auf seinen Arm.

»Was machen Sie hier?« fuhr er sie an. »Sie hätten niemals kommen dürfen.«

»Sind Sie in Ordnung? Großer Gott, Ihr Gesicht ist blutverschmiert.«

Luke kroch aus dem Käfig und stand auf, etwas zu schnell allerdings, denn wieder wurde ihm schwindlig, und er mußte sich an Prim festhalten.

»Verflucht.«

»Badger«, rief Prim. »Sir … Mr. Nightshade blutet!«

»Wie sieht's aus, Nightshade?« rief Badger.

»Nur eine kleine Schramme«, antwortete Luke und reckte sich.

»An der Seitentür steht ein Mann.«

Prim schüttelte den Kopf. »Nicht mehr. Ich habe ihn abgelenkt, und Badger hat ihn niedergeschlagen.«

»Schlag mich einer tot, Miss Prim. Sie haben bei Ihren Abenteuern mit der Familie Kettle eine Menge gelernt, und ich hätte gerne eine Erklärung dafür. Aber nun müssen wir diesen gemütlichen Ort verlassen, bevor mein Gastgeber wieder erscheint.«

Er führte sie über den Flur zum Seitenausgang. Behutsam stieg er über Starks regungslose Gestalt und gab Prim ein Zeichen, ihm zu folgen. Es hatte aufgehört zu regnen, aber alles war noch tropfnaß, und die Feuchtigkeit hing schwer in der Luft. Luke ging zu der Kreuzung an der Figgin Street und sah sich um. Prim zupfte an seinem Ärmel und zeigte in die andere Richtung.

»Prigg wartet mit einer Kutsche in der Leather Lane.«

Luke nahm ihre Hand und ging, so schnell es sein Zustand erlaubte, mit ihr hinter Badger her, der vorsichtig um jede Ecke spähte. Sie überquerten eine Straße, doch nach wenigen Metern blieb Luke stehen und sah Prim an.

»Halt! Wenn Sie hier sind, wer ist dann im Laughing Knacker?«

Prim erwiderte seinen Blick gelassen. »Mrs. Apple.«

»Mrs. Apple!«

»Sie hätten mir sagen sollen, wer sie wirklich ist«, fuhr ihn Prim an. »Sich einfach mit grauen Haaren zu verkleiden und so zu tun, als sei sie eine alte Dame. So etwas gehört sich nicht! Wann wollten Sie mir eigentlich sagen, daß sie ein junges Mädchen ist?«

Luke ging weiter und zog Prim hinter sich her. »Dafür ist jetzt keine Zeit.«

»Sie hat eine … eine Bande von Kriminellen!«

»Ich weiß.«

»Sie stehen wohl auf sehr vertrautem Fuß mit ihr.«

Luke fiel der vorwurfsvolle Ton auf, aber er hörte auch Rufe hinter ihnen. Ein Blick über die Schulter verriet ihm, daß Fleet und Jowett hinter ihnen her waren.

»Kommen Sie«, drängte er Prim, sie hatte die Röcke bereits geschürzt und stopfte die Säume in ihr Taillenband.

Prim lief um eine Ecke und sprang auf ein Faß. Badger war bereits ein Stück weiter vorn und nahm ebenfalls die Beine in die Hand. Luke folgte Prim auf das Dach des Gebäudes hinauf. Als er auf der Dachrinne stand, kam Fleet unten an.

Luke hastete die Schräge des Daches hinauf und zog Prim hinter sich her. Auf der anderen Seite schlitterten sie hinunter und sprangen auf das flache Dach des angrenzenden Hauses. Dort bückte er sich nach einem dicken Holzscheit und steckte es sich in die Tasche, bevor sie weiterliefen. Prim machte das gleiche mit einem halben Ziegelstein.

Luke bereute die kurze Verzögerung sofort wieder, als Jowett ein Bein über eine Mauer vor ihnen schwang und nicht weit von ihnen entfernt landete. Luke schob Prim hinter seinen Rücken und stellte sich dem Mann, der ein Messer zog. Er hielt noch immer Prims Hand hinter seinem Rücken fest, als er spürte, wie sie ihm den Ziegelstein hineindrückte.

Jowett kam langsam auf sie zu und schwenkte dabei das Messer. Luke wartete, bis er nur noch einen guten Meter entfernt war, dann schleuderte er den Ziegelstein und traf damit die Hand, die das Messer hielt. Die Waffe flog in hohem Bogen über die Dachkante.

Fluchend stürzte Jowett sich nach vorn und rammte Luke die Schulter in den Magen. Ein stechender Schmerz in den Rippen nahm Luke den Atem, und er fiel zu Boden. Sofort rappelte er sich wieder auf, und es gelang ihm, Jowett einen Kinnhaken zu versetzen. Der Schurke taumelte rückwärts, fing sich wieder und boxte Luke in den Magen. Luke krümmte sich, weil wieder seine alte Wunde getroffen war. Er hustete und schaffte es, dem nächsten Schlag auszuweichen, doch er war nicht schnell genug, um dem Tritt gegen sein Bein auszuweichen. Im Fallen sah er, wie sein

Gegner ein weiteres Messer hervorzog. Lukes Augen weiteten sich vor Entsetzen, als er Prim hinter Jowett entdeckte.

»Prim, nein!«

Noch während er das rief, hob Prim den Ziegelstein, den sie wieder aufgelesen hatte, und schlug ihn mit aller Kraft gegen Jowetts Schläfe. Der Mann schrie auf und strauchelte, aber er ging nicht in die Knie. Das Messer richtete sich auf Prim.

Luke brüllte wie ein verwundeter Stier und warf sich auf Jowett. Unter der Wucht des Aufpralls gingen beide zu Boden. Luke richtete sich auf und holte mit der Faust aus, doch der Mann bewegte sich nicht mehr. Unverzüglich war Prim neben ihm und berührte ihn am Arm.

Er stieg von Jowett herab und stieß ihn mit dem Stiefel an. Als er sich noch immer nicht rührte, versetzte er ihm einen stärkeren Stoß, so daß er auf den Rücken rollte. Prim barg das Gesicht an seiner Schulter, als sie sah, wie das Messer aus Jowetts Brust ragte.

Luke hörte schnelle Schritte. Er griff nach Prims Hand und fing wieder an zu laufen. Nachdem sie auf das nächste Dach gesprungen waren, blieb er kurz stehen, als er sie schluchzen hörte. Er legte die Hand an ihre nasse Wange und küßte sie auf die Stirn.

»Bitte weinen Sie nicht, Primmy, meine Liebe. Nicht jetzt.«

»Ich … ich w-weine nicht.«

»Nein«, sagte er sanft, während er Tränen von ihrem Kinn wischte. »Schaffen Sie das nächste Dach, Kleines?« Er zeigte auf das steile Dach des nächsten Hauses. »Es ist das letzte, dann sind wir in der Leather Lane.«

Prim schniefte und rieb sich die Augen mit dem Ärmel trocken. »Ich werde es schon schaffen.«

»Brave alte Jungfer.«

»Es besteht kein Grund, mir einen solchen Namen zu geben, Sir.«

Luke grinste, als er Prims belehrenden Ton hörte und machte sich zum Sprung bereit. Kurze Zeit später kletterten sie an der Wand eines Stalls zur Leather Lane hinunter. An der nächsten Kreuzung sah er Prigg auf einer Mietdroschke sitzen. Luke half Prim, von einem Fenstersims zu springen und rannte weiter zur Kutsche. Sie wollten gerade die Straße überqueren, als Mortimer Fleet mit einer Pistole in der Hand aus einem Hauseingang trat. Im Licht der Straßenlampe blitzte der Pistolenlauf aus Metall.

»Wußte gar nicht, daß du dich hinter Frauen versteckst, Nightehade.«

»Das mache ich auch nicht«, erwiderte Luke und schob Prim hinter sich.

»Hast die Schlampe ins Knacker geschickt, um mich hereinzulegen, wie?«

»Was ist los, Fleet? Hat sie es deinen Männern gegeben? Muß wohl so sein, sonst wären sie ja bei dir.«

Fleet lief rot an. »Geht dich gar nichts an. Wenn ich mit dir fertig bin, schnappe ich sie mir und rechne mit ihr ab.« Er rieb sich eine dunkelrote Beule an der Stirn.

»Aber von euch beiden hab' ich langsam die Nase voll, egal, was der Gentleman sagt.« Fleet hob die Pistole und zielte auf Lukes Herz. »Zu schade, daß ich kein Gift bei dir ausprobieren kann, aber da kann man nichts machen.«

Luke spürte, wie Prim sich hinter ihm bewegte. Er drückte ihre Hand, gab ihr einen Schubs und flüsterte: »Laufen Sie!«

Sie lief zwar los, aber nicht in die Richtung, die er gemeint hatte, sondern direkt auf Fleet zu. Fleets

Pistole schwankte einen Moment unsicher. In diesem Augenblick trieb Prigg die Kutschpferde an und lenkte sie auf die kleine Gruppe zu. Luke war mit einem Satz bei Prim, riß sie hoch und trat gleichzeitig mit dem Fuß gegen Fleets Hand, so daß die Pistole durch die Luft flog. Prim zappelte in Lukes Armen, so daß er sie wieder auf dem Boden absetzte.

»Sind Sie unverletzt?«

Sie nickte, doch er rannte bereits weiter, und sie folgte ihm. Fleet stand noch immer in der Mitte der Straße und suchte seine Waffe. Als Luke fast bei ihm war, entdeckte er die Pistole und stürzte sich auf sie – direkt vor die Kutsche. Luke schrie warnend, doch es war zu spät. Fleet griff nach der Waffe und wollte noch ausweichen, doch die Hufe der in Panik geratenen Pferde erfaßten ihn mit voller Wucht.

Prim schrie auf und zerrte an Lukes Arm. Er ließ sich von ihr auf die Seite ziehen, als die Kutsche an ihnen vorbeidonnerte. Dann schloß er sie in die Arme, während sie warteten, bis Prigg die Pferde wieder unter Kontrolle hatte.

Über Prims Kopf hinweg sah er Fleet an. Ein Blick genügte, um zu wissen, daß der Mann tot war. Irgendwo in der Nähe wurde eine Tür zugeschlagen. Luke sah sich auf der verlassen daliegenden Straße um.

»Primmy, wir müssen hier weg, bevor noch mehr von Fleets Männern kommen. Können Sie gehen?«

»Nicht, wenn Sie mich weiterhin so fest drücken, daß ich kaum noch atmen kann.«

Er lockerte seine Umarmung ein wenig und musterte ihr blasses Gesicht. Sie zitterte, und in ihren Augen glitzerten Tränen. Badger kam auf sie zugerannt, völlig außer Atem, aber unverletzt.

»Ich kann gehen«, sagte sie.

Da er spürte, wie sie zitterte, knurrte Luke: »Schlag mich einer tot, wenn ich das zulasse.«

Er hob sie hoch; sie war viel zu leicht. Aß sie denn nicht genug? Luke drückte sie fest an sich und beachtete ihre Einwände nicht. Er setzte sie in der Kutsche ab, kletterte ebenfalls hinein und schlug die Tür zu. Als das Gefährt sich in Bewegung setzte, nahm er sie in die Arme und küßte sie. Sie war kalt, bebte am ganzen Leib und war den Tränen nahe, und fast hätte er sie verloren. Als er sie wieder losließ, rückte Prim schniefend von ihm ab.

»Sie ... Sie haben eine sehr direkte Art, Ihre Dankbarkeit zu zeigen, Sir Lucas.«

Luke schüttelte den Kopf. »Sie glauben, das war Dankbarkeit?«

»Eine mehr als verständliche Empfindung.«

Luke ließ sich in den Sitz auf der anderen Seite fallen.

»Verdammte Dankbarkeit. Sie verstehen überhaupt nichts, Miss Primrose erlauchte Dane.«

17

Prim kochte vor Wut auf Luke, wie fast immer, wenn sie mit ihm zusammentraf. Sie hatten den Osten Londons hinter sich gelassen, Badger und Prigg bei Big Maudie abgesetzt und waren zu dem verlassenen Stadthaus weitergefahren, von dem sie inzwischen wußte, daß es tatsächlich ihm gehörte. Nachdem sie eine Nacht erschöpft in ihren getrennten, eleganten Gemächern geschlafen hatten, hatte Luke sich überreden lassen, einen Arzt aufzusuchen, um seine Wunden zu versorgen. Mit dem Versprechen, Louisa und Tusser eine Nachricht zu senden, war er vor über einer Stunde aufgebrochen, und Prim war noch immer wütend.

Sie war wütend, weil sie endlose Stunden in Sorge um sein Leben verbracht hatte. Noch nie war sie so außer sich vor Angst gewesen, nicht einmal, als sie Zeugin eines Mordes gewesen war. Wenn er getötet worden wäre …

Sie war wütend, weil Luke sie dafür ausgescholten hatte, daß sie selbst gekommen war, um ihm zu helfen. Hatte sie nicht bewiesen, daß sie ihm an Hinterhältigkeit und Raffinesse ebenbürtig war? Doch kein Wort der Dankbarkeit hatte er auf seiner üblichen verschlungenen Route zu seinem Stadthaus verloren. Statt dessen hatte er sie mit finsterer Miene angestarrt und sich geweigert, über den Grund seiner schlechten Laune mit ihr zu sprechen.

Am meisten war sie aber wütend auf ihn, weil er sie einfach geküßt hatte und ihre Liebe zu ihm nun noch größer war als zuvor. Er hatte sie sogar ›meine Liebste‹ genannt und sie in die Arme genommen und hochgehoben wie die Helden in ihren kindlichen Träumen. Das würde sie ihm niemals verzeihen.

Prim durchschritt ruhelos den Raum. Sie befand sich im italienischen Zimmer im Erdgeschoß, der Raum, in dem Luke die Schätze aufbewahrte, die er von Italien mitgebracht hatte. Er hatte nicht verraten, wann oder warum er in diesem Land gewesen war, aber er hatte erlesene Andenken an die Reise heimgebracht. Prim blieb neben einem Pult stehen, auf dem drei Bronzefiguren standen, die einst zu der Sammlung der Familie d'Este gehört hatten. Die schönste war eine dunkle Replik des Gottes Apollo Belvedere, mit ausgestrecktem Arm, einen gespannten Bogen in der Hand. Sein Haar und die spärliche Bekleidung waren aus Gold. Hinter Apollo stand eine Büste von Bacchus, die in der Morgensonne schimmerte.

Prim berührte die Blätter des Haarkranzes von Ariadne, der Frau des Gottes, ehe sie ihre rastlose Wanderung wieder aufnahm. An den Wänden ringsum hingen Gemälde von Titian, Uccello, Botticelli und Raphael. Prim setzte sich neben einen Tisch mit einer roten Jaspisvase, in die der Name Medici eingraviert war. Sie musterte das Gefäß mit dem Deckel, seinen vergoldeten und emaillierten Einfassungen. Es half alles nichts. Sie mußte ständig an Mrs. Apple denken.

Diese Frau hatte sich auf Beaufort die ganze Zeit verkleidet. Mrs. Apple war in Wahrheit eine attraktive junge Frau, keine alte Dame, und sie war alles, was Prim nicht war – verführerisch, selbstbewußt und abenteuerlustig. Es war auch Mrs. Apple gewesen, die nach Lukes Entführung den Plan vorgeschlagen hatte, der letzten Endes zum Erfolg führte. Mrs. Apple hatte sich furchtlos an Prims Stelle in den Laughing

Knacker gewagt. Mrs. Apple hatte die Männer besorgt, die diejenigen in Schach hielten, die ihr in der Taverne eine Falle stellten. Prim hatte nichts anderes getan, als ihren Anordnungen zu folgen. Zwar war sie bereit gewesen, alles zu tun, was zu Lukes Befreiung beitrug, doch die vertrauliche und zwanglose Art, in der Mrs. Apple von Luke gesprochen hatte, hatte sich wie ein Stachel in Prims Herz gebohrt. So beschämend es auch war, mußte sie doch zugeben, daß sie eifersüchtig war auf noch eine Frau, die Luke Hawthorne gut zu kennen schien.

Nun, Mrs. Apple war wieder verschwunden, um sich um eine dringende Angelegenheit zu kümmern. Prim würde sie vermutlich niemals wiedersehen. Das wollte sie auch gar nicht. Es hatte sich herausgestellt, daß Mrs. Apple hübsches kastanienbraunes Haar hatte und grüne Augen mit Lachfältchen. Sie konnte es gut ohne Mrs. Apple aushalten.

Prim trommelte mit den Fingern auf den Tisch mit der roten Jaspisvase und sah zu dem fein geschnitzten Schreibtisch vor dem Fenster hinüber. Auf ihm lag ein Bogen Briefpapier und darauf ein vergoldeter Federhalter aus dem Schreibzeug in Pfauenform. Sie war dabei gewesen, einen Abschiedsbrief für Luke zu schreiben. Die einzige Möglichkeit, ihn und alle anderen, die ihr lieb waren, vor einer weiteren Bedrohung zu bewahren, war ihre sofortige Abreise. Ihre Abneigung gegen Mrs. Apple überwindend, hatte sie sich eine größere Geldsumme von ihr geliehen. Luke würde ihr das Geld zurückzahlen. Prim konnte es sich nicht mehr leisten, zu stolz zu sein, um Geld von ihm zu nehmen.

Ihre wenigen Besitztümer, die sie bei ihrem fluchtartigen Aufbruch von Beaufort mitgenommen hatte, warteten in einem kleinen Koffer in der Eingangshalle auf sie. Ihr kostbares kleines Buch der Horen würde sie zurücklassen müssen, aber Luke würde es ihrem Bruder aushändigen.

Wenn sie in ihrem Brief alles erklärt hatte, konnte sie aufbrechen. Prim wischte die feuchten Hände an ihrem Rock ab. Sie stand auf und ging zu dem Schreibtisch, wo sie das leere Blatt anstarrte. Vom italienischen Zimmer blickte man auf einen Rasen mit einem Brunnen hinaus. Silberne Wasserstrahlen sprudelten heraus, und Sperlinge pickten im Gras. Prim seufzte und blickte wieder auf das Papier. Plötzlich fuhr sie zusammen.

»Der Teufel soll Sie holen, Miss Primrose erlauchte Dane.«

Prim wirbelte herum. Luke stand mit ihrem Reisekoffer in der Hand keine zwei Meter von ihr entfernt. Als er den Koffer fallen ließ, zuckte sie erneut zusammen.

»Sie wollten sich heimlich davonstehlen, ganz allein.«

Prim umklammerte die Kante des Schreibtischs. Ihre Hände waren auf einmal kalt. Der Mann vor ihr bebte vor Zorn, wie sie es in solcher Heftigkeit noch nie erlebt hatte. Er war so vernichtend wie der tödliche Nachtschatten, und es war auch niemand anders als Nightshade, der auf sie zukam. Prim unterdrückte den Impuls davonzulaufen, hob den Kopf und sah ihm in die Augen. Sein Kinn hatte sich gesenkt. Das Haar fiel ihm ins Gesicht, als er sie von unten herauf mit einem Blick anstarrte, der eine Borgia in die Flucht getrieben hätte. Weniger als einen Fuß von ihr entfernt blieb er stehen.

»Zur Hölle mit Ihnen, Prim.«

»Ihre Ausdrucksweise, Sir Lucas.«

»Zur Hölle mit Sir Lucas. Sie sprechen mit Nightshade, dem Schurken, dem Sie versprochen haben zu bleiben. Sie haben mich angelogen, Miss Prim.«

»Ich –« Ihre Stimme versagte vor Anstrengung, der kalten Wut dieses Unholds die Stirn zu bieten. »Ich muß gehen. Ich werde immer eine Gefahr für Sie sein, für alle in meiner Nähe.«

»Nicht, wenn Sie endlich den Mund aufmachen und mir sagen, wer Pauline Cross auf dem Gewissen hat. Ich werde mit ihm abrechnen, und dann ist alles vorbei.«

»Vorbei?« Prims Angst war verflogen; sie reckte das Kinn, und ihre Stimme wurde mit jedem Wort lauter. »Fast hätte er Sie umbringen lassen.« Nun bohrte sie ihm den Finger in die Brust. »Fleet hätte Sie fast zu Tode geprügelt, und Sie waren in einem Käfig gefangen. In einem Käfig! Wäre ich nicht rechtzeitig dort gewesen, hätte Fleet Sie umgebracht. Das werde ich nicht noch einmal riskieren.«

Sie keuchte auf, als Luke sie an den Armen packte.

»Höllenfeuer und ewige Verdammnis!« Er schüttelte sie. »Wann begreifen Sie endlich, daß ich lieber mein Leben tausendmal aufs Spiel setze, als das Risiko einzugehen, Sie niemals wiederzusehen!«

Die Worte schienen im Raum stehenzubleiben. Luke hörte auf, sie zu schütteln, und sie starrten sich lange wortlos an. Seine Augen blitzten noch immer vor Wut und Empörung, aber ganz kurz erkannte sie noch etwas anderes in ihnen, bevor sein eiserner Wille es wieder verbarg. Es war ein winziges Aufflackern, eine Andeutung nur, so flüchtig, daß sie glaubte, sie hätte es sich nur eingebildet. Das hatte sie aber nicht. Prims Augen brannten, und sie versuchte erst gar nicht, die Tränen zurückzuhalten, auch nicht, als sie zu lächeln begann.

Luke hielt sie noch immer fest an sich gepreßt und

stand starr und verkrampft vor ihr. Allmählich lockerte sich sein Griff, und er fluchte. »Es ist die Sonne. Ich hätte niemals zulassen dürfen, daß Sie in der Sonne stehen.«

Sie lächelte ihn noch immer unter Tränen an.

Er sah weg. »Vergessen Sie, was ich sagte. Ich sehe ein, daß es keinen Wert hat. Wer bin ich schon.«

»Luke Hawthorne, Sie sind ein Dummkopf.«

Sein Kopf fuhr hoch, und Augen wie Stahlklingen durchbohrten sie. »Nun, Miss Primrose erlauchte Dane, wenn ich mich schon zum Narren mache, dann wenigstens richtig.«

Er zog sie an sich und drückte seine Lippen auf ihren Mund. Als Antwort schob Prim die Arme in seinen Mantel, umfing ihn und drückte ihn ebenfalls. Luke gab einen überraschten Laut von sich. Er drehte sich mit ihr in den Armen um und bettete sie auf den Teppich. Prim spürte seinen Körper an ihrer Seite und schmiegte sich an ihn. Sein Haar fiel ihr ins Gesicht und liebkoste es mit der gleichen Sanftheit, mit der seine Finger ihre Kleider lösten und über ihre Haut strichen.

Ihre Hände glitten über sein nacktes Fleisch, nachdem sein Hemd auf wundersame Weise verschwunden war. Plötzlich spürte sie seinen Mund an ihrem Ohr, und er flüsterte ihr fremde Worte ins Ohr – italienische, französische, sie wußte es nicht. Sein heißer Atem löste tausend kleine Blitze aus, die sie von Kopf bis Fuß mit Verlangen erfüllten. Die ganze Zeit über erforschten dabei seine Hände ihren Leib, nicht zu schnell und nicht zu langsam, so daß sie niemals Angst verspürte.

Mit Geschick und Feingefühl weihte er sie in die Geheimnisse der Wollust ein. Bald schon brannte Prim vor Begehren und drängte sich ungeduldig an ihn. Seine Küsse und Liebkosungen stachelten ihr Verlangen noch mehr an, zogen sie in einen Strudel aus Lust und Leidenschaft.

Erst als ihre Nägel sich in sein Fleisch gruben, gab er ihrem Drängen nach, dessen Erfüllung sie nur ahnen konnte. Prim spürte, wie er sich auf sie legte, sie berührte und schließlich langsam in sie drang. Es folgte ein kurzer Schmerz, ein Moment des Unbehagens und schließlich wieder pulsierendes Verlangen. Sie spürte, wie er sich bewegte, hob sich ihm entgegen und nahm ihn tief in sich auf. Dann überließ sie sich dem instinktiven Rhythmus ihrer Körper, spürte, wie das Sehnen nach Erlösung immer unerträglicher wurde – und schrie auf, als der Höhepunkt der Lust sie erschauern ließ. Wie aus weiter Ferne vernahm sie Lukes Aufschrei wenige Augenblicke später.

Nach einem letzten heftigen Aufbäumen blieb Luke auf ihr liegen, und Prim rang keuchend nach Atem, während seine Finger in ihrem Haar wühlten. Erschöpft blieben sie eine Weile so. Prim konnte als erste wieder sprechen.

»Luke Hawthorne, du bist ein Dummkopf.«

Sie spürte, wie er die Luft anhielt.

»Wie konntest du so etwas Wundervolles für dich behalten«, fuhr sie fort.

Sein Kopf hob sich, und ein verblüffter und schokkierter Nightshade sah sie an.

»Schlag mich einer tot.«

»Das, mein lieber Luke, ist genau das, was ich verhindern wollte.«

Mit ungestümer Heftigkeit zog er sie in die Arme und bedeckte ihr Gesicht und ihren Hals mit Küssen. Prim hielt sein Gesicht zwischen ihren Händen fest und zwang ihn, sie anzublicken. Er lächelte sie so verschmitzt an, daß sie unwillkürlich und voller Mitleid an die eifrig bemühten Frauen im Black Fleece denken mußte.

»Nightshade, ich liebe dich.«

»Nightshade«, wiederholte er leise. »Oh, Primmy, meine Liebste, ich wünschte, das hättest du mir vor langer Zeit gesagt.«

»Du hättest dich ja auch offenbaren können, mein Herr.«

Luke berührte sanft ihre Nase mit der seinen. »Wir sind ein schönes Paar Dummköpfe, du und ich.«

»Das ist mir egal.«

Lukes Mund berührte sie sacht.

»Mein göttliches Feuer, wie bin ich darüber froh.«

Am Abend des gleichen Tages stand Luke in der Küche des Stadthauses, briet Speck und hing seinen Gedanken nach. Nachdem sie sich den ganzen Nachmittag geliebt hatten, hatten sie einen Bärenhunger, doch nur einer von ihnen konnte kochen. Prim war oben und zog sich an.

Selbsterkenntnis war eine erstaunliche Sache. Ihm kam es vor, als hätte nichts jemals so richtig zusammengepaßt. Alles war zusammenhanglos, nicht aufeinander abgestimmt gewesen. Bis er gespürt hatte, daß sie seine Küsse erwiderte, und sie ihm ihre Liebe gestanden hatte. Da hatte sich das Durcheinander in seinem Leben plötzlich zu einer Einheit zusammengefügt. Er wußte, daß der Gedanke töricht war, und dennoch kam er sich vor, als sei er plötzlich reingewaschen und eins mit sich selbst, und das allein durch die Kraft ihrer Liebe.

Luke stach mit einer Gabel in die Speckstreifen und runzelte die Stirn. Verflixte Primrose Victoria Dane! Warum hatte sie ihre Gefühle für ihn geheimgehalten? Natürlich war er auch nicht ganz aufrichtig gewesen.

Eines war ihm inzwischen klar. Das Wissen um ihre Liebe und ihre Hingabe hatte seine Angst um Prim um ein Vielfaches vergrößert.

Er häufte die Speckstreifen auf einen Teller und legte frische in die Pfanne. Das Fett spritzte zischend, als wolle es seine Besorgnis bestätigen. Was war, wenn sie es bereute, sich ihm hingegeben zu haben? Sie war doch viel zu vornehm für einen Kerl von niedrigem Stand wie er es war. Sie hätte einen ehrenwerten Mann verdient, einen echten Gentleman von ebenbürtiger Abstammung. Sie war zu schade für Nightshade, auch wenn sie vorübergehend seinem lüsternen Charme erlegen war.

»Was machst du da eigentlich?« sprach er zu sich selbst. »Du nutzt ihr warmes und mitfühlendes Herz aus.«

Er stach mit der Gabel in den Speck und malte sich dabei seine Zukunft aus. Konnte er wirklich ohne Prim leben? Er stellte sich die nächsten Monate und Jahre ohne sie vor, und sie dehnten sich in endloser grauer Monotonie vor ihm aus. Dann lachte er und drehte die Pfanne über dem Feuer. Er war in der Tat ein gewaltiger Dummkopf. Keiner von ihnen hatte eine Zukunft, wenn sie den Verbrecher nicht zur Strecke brachten, der Pauline Cross auf dem Gewissen hatte.

Luke nahm eine Lampe vom Schrank und zündete sie an, ehe er den restlichen Speck auf den Teller gleiten ließ. Er nahm den Teller und die Lampe und stellte sie auf den Tisch im Eßzimmer des Dienstpersonals. Leichte Schritte verkündeten Prims Nahen. Sie kam mit feuchten Haaren die Treppe herunter und schnüffelte. »Mmmmm. Ich bin halb verhungert.«

Sie wollte nach einem Speckstreifen greifen, doch Luke zog ihr den Teller weg.

»Erst müssen wir noch etwas klären.«

»Luke, mein Magen ist schon ganz zusammengeschrumpft.«

Wieder streckte sie die Hand aus, doch Luke gab nicht nach. »Erst wenn du mir gesagt hast, wer Pauline Cross ermordet hat.«

Prims Mund verschloß sich. Sie ließ sich auf einen Stuhl fallen und verschränkte die Arme vor der Brust.

»Verdammt nochmal, Primrose Dane. Ich wußte, daß du wieder starrköpfig werden würdest, sobald ich dich das frage.«

»Warum versuchst du es dann überhaupt?«

»Jetzt redest du schon wieder so geschwollen.« Luke setzte den Teller außerhalb von Prims Reichweite ab. Dann drehte er ihren Stuhl zu sich herum, so daß sie ihn ansehen mußte. »Du versuchst immer noch, mich zu schützen.«

»Sprich nicht in diesem anklagenden Ton mit mir, Sir Lucas.«

»Sir Lucas?« wiederholte er mit einem Lächeln.

Prim schniefte und sprach weiter. »Wenn ich es dir verrate, ist dein Leben in Gefahr.«

»Ha!«

Sie zuckte zusammen. »Himmel, laß das doch bleiben.«

»Tut mir leid.« Er zog einen Stuhl heran, setzte sich und nahm ihre Hände. »Es hat keinen Sinn mehr, mich zu beschützen, Primmy. Das solltest du spätestens dann begriffen haben, als Fleet mich schnappte. Dein Feind weiß inzwischen, daß ich auf dich aufpasse. Er geht davon aus, daß ich über alles informiert bin, egal, was wir sagen oder tun. Er hat es jetzt bestimmt auf uns beide abgesehen. Siehst du nun endlich ein, Liebste, daß du mir geradesogut alles sagen kannst.«

Er sah, wie ihre graugrünen Augen sich zur Größe von Mantelknöpfen weiteten. Die Küche lag bis auf den Schein der Lampe im Dunkeln, und das Haus war leer und still. Luke senkte die Stimme und sprach mit der leisen Bestimmtheit von jemandem, der sein Leben in den Sümpfen und Abgründen der Seele verbracht hat.

»Ich muß ihn zur Strecke bringen, bevor er uns beide tötet.«

»Sie kommen zu spät.«

Luke sprang von seinem Stuhl auf und zog Prim an sich, als er zu einem Schatten herumwirbelte, der sich aus der Tür zum Küchengarten löste.

Prim klammerte sich an seinen Arm. »Er ist es.«

Der Schatten trat in den Lichtkreis, und Luke erkannte einen Mann mit geschmackvoller, teurer Kleidung, der eine Pistole hielt, das Gegenstück zu der, die sich in Fleets Besitz befunden hatte.

Der Gentleman neigte das Haupt. »Miss Dane, dies sind in der Tat unglückselige Umstände. Für Sie zumindest.«

»Ach! Und wer sind Sie?«

Prim hatte beide Arme um Luke geschlungen und versteckte sich hinter ihm. »Das ist der ehrenwerte Robert Montrose.«

Luke pfiff durch die Zähne und schüttelte den Kopf. »Schlag mich einer tot. Ein Mitglied des Parlaments. Kein Wunder, daß Sie die arme Primmy gejagt haben wie ein Jagdhund, der Fährte gewittert hat.«

»Ich bin nicht hier, um Konversation zu machen, Hawthorne.« Montrose wies mit der Pistole auf die Treppe. »In Ihr Schlafzimmer bitte, Miss Dane.«

Luke schob Prim vor sich her. »Es wird nicht funktionieren, Montrose. Ihre Familie wird herausfinden wollen, wer sie umgebracht hat.«

»Die Antwort darauf wird ganz offensichtlich sein.«

In Prims Schlafzimmer schloß Montrose die Tür und dirigierte sie zum Bett. »Ziehen Sie sich bitte beide aus.«

Luke stemmte die Hände in Hüften und funkelte Montrose wütend an. »Das werden wir verdammt nochmal nicht tun.«

»Ich möchte Sie darauf hinweisen, daß ich Sie auf der Stelle erschießen könnte, um mich anschließend mit Miss Dane zu vergnügen.«

Luke hatte die Gelegenheit genutzt, um Montrose zu mustern. Der Kerl mochte Zähne wie Klaviertasten und eine affektierte Stimme haben, aber aus seinen Augen blitzte die reine Mordlust. Luke begann sein Hemd aufzuknöpfen.

»Luke?« Prims Stimme zitterte.

»Tu, was er sagt, Liebste.«

Er stand vor ihr, zog sein Hemd aus und löste die Hose.

»Das reicht«, sagte Montrose. »Öffnen Sie Miss Danes Korsett.«

Luke ging um Prim herum und nestelte an den Bändern ihres Mieders. Prim bebte am ganzen Leib.

Er beugte sich vor und flüsterte: »Keine Angst, Liebste.« Dann hob er die Stimme. »Die verdammten Bänder haben sich verknotet. Augenblick noch.«

Er fuhr fort, an ihrem Mieder zu zerren. Ungeduldig fuchtelte Montrose mit der Waffe.

»Hören Sie auf. Solange es nur ein Stück offen ist. Gehen Sie von ihr weg, Hawthorne. Ans untere Ende des Bettes.«

Luke folgte seiner Aufforderung. Nun stand Luke am Fußende des Bettes, Prim und Montrose an dessen Längsseite.

»Ihre Tante ist völlig aus dem Häuschen über die

Nachricht, daß Sie mit Sir Lucas durchgebrannt sind, Miss Dane.«

»Wie bitte?«

»Diese anstößige Szene wird ihr den Rest geben. Ein Streit zwischen Liebenden, zwischen der Lady und dem einstigen Straßendieb. Vielleicht war das ja auch der Grund Ihres Streits. Welche Dame will schließlich schon ihr Leben mit einem Verbrecher verbringen, selbst wenn er so hübsch wie Hawthorne ist.«

»Bastard«, knirschte Luke.

»Wie ich schon sagte, bin ich nicht hier, um mich zu unterhalten.«

Montrose hob die Pistole an.

Luke sah, wie er den Hahn zurückzog und schrie: »Jetzt, Primmy!« Prim schlug ein Band ihres Mieders wie eine Peitsche ins Gesicht von Montrose, während Luke den Stab, den er aus dem Korsett gezogen hatte, hinterherschleuderte. Montrose brüllte auf, ließ die Pistole fallen und schlug die Hände vors Gesicht. Unverzüglich stürzte sich Luke auf den Mann, und rang ihn nieder. Im Fallen stieß Montrose die Pistole mit dem Fuß quer durch den Raum, legte beide Hände um Lukes Hals und schlug seinen Hinterkopf auf den Fußboden. Benommen wollte sich Luke aus der eisernen Umklammerung befreien. Wieder schlug sein Kopf auf dem Boden auf. Diesmal mußte er für einen Moment das Bewußtsein verloren haben, denn er erwachte erst nach einer Weile aus schwärzester Nacht, um festzustellen, daß ihm der Hals zugedrückt wurde.

Seine Hände fuhren durch die Luft, fanden Halt an einem Haarschopf und zogen daran. Der Druck auf seinen Hals verringerte sich nicht. Plötzlich verdoppelte sich das Gewicht, das auf ihm lastete, und trieb ihm den Atem aus den Lungen. Luke riß die Augen auf und sah Prim auf Montroses Rücken kauern. Ihre Finger zerkratzten ihm das Gesicht und rissen ihn an den Haaren.

Montrose jaulte auf, als sich ein Haarbüschel löste. Er ließ Luke los und stand auf, um Prim abzuschütteln. Sie fiel mit dem Kopf gegen eine Wand und war für einen Moment betäubt. Luke stieß einen wilden Schrei aus, rappelte sich auf die Füße und traf mit der Faust Montroses Kinn. Montrose strauchelte rückwärts und trat dabei mit dem Fuß gegen die Pistole. Gleichzeitig warfen Montrose und Luke sich auf die Waffe. Montrose erwischte sie zuerst, doch Lukes Hand umschloß die seine.

Ineinander verkrallt rollten sie durch das Zimmer und stießen gegen den Schreibtisch am Fenster. Federkiele, Papier, Tintenständer und Brieföffner flogen durch die Luft. Luke schlug die Hand, in der Montrose die Pistole hielt, gegen ein Tischbein, so daß dieser die Waffe loslassen mußte. Dann richtete er sich auf und holte mit der Faust aus. Als er die Spitze des Brieföffners an seiner Brust spürte, hielt er inne.

Verschwitzt und mit blutender Wunde an der Stirn grinste Montrose ihn mit seinem reptilienhaften Lächeln an. »Ich werde sie mir nehmen, bevor ich sie töte, und ich möchte, daß Sie das wissen, bevor ich Sie –«

Luke hörte ein lautes Knacken. Montrose zuckte zusammen, drehte sich langsam um und starrte Prim an, die mit beiden Händen die Pistole festhielt. Luke sah ein rotes Loch im Nacken des Mörders. Rasch eilte er zu Prim, nahm ihr die Pistole aus der Hand und legte den Arm um sie, als ihre Knie auch schon nachgaben. Montrose starrte sie noch immer an. Luke warf die Pistole weg, drückte Prims Kopf an seine

Schulter und drehte sie so, daß sie Montrose nicht mehr sah. »Ist schon gut, Liebste.«

»O Himmel, o Himmel.«

Sie sank gegen ihn. Besorgt hob Luke sie auf und trug sie in sein eigenes Zimmer, wo er sie aufs Bett legte. Er suchte in der Dunkelheit eine Lampe und zündete sie an. Dann nahm er ihre Hände und rieb sie, während er tröstende Worte murmelte.

»Alles ist gut, Liebste. Er ist weg. Jetzt bist du in Sicherheit.«

Keuchend fuhr sie hoch. »Er wollte dich töten!«

»Aber jetzt ist er weg, meine Liebste. Meine tapfere Geliebte.«

Sie klammerte sich an seine Hände und schluchzte.

Luke sprach weiter beruhigend auf sie ein, doch es hatte keine Wirkung. Schließlich legte er die Arme um sie, drückte ihr Gesicht an seine Schulter und hielt sie fest. Ihre Wange ruhte an seinem Hals. Er konnte spüren, wie sie zitterte, doch als er ihre Arme rieb und sie sanft wiegte, ließ das Zittern allmählich nach.

Nach einer Weile hob sie das tränenfeuchte Gesicht an. »Ich … ich habe ihn getötet. Oh, ich glaube, mir wird schlecht.«

»Hör mir zu, Primmy. Du hattest keine andere Wahl. Du hattest von dem Moment an, als du gesehen hast, wie er Pauline tötete, keine andere Wahl. Entweder er oder du.«

»Ich habe ihn ge-getötet.«

Luke hob die Schultern. »Wäre es dir lieber, er hätte dich getötet?«

Ein kurzes Schweigen folgte.

»Nein.«

»Oder mich?«

»Natürlich nicht.«

Er küßte ihre Nase und trocknete ihre nassen Wangen. »Es gibt Dinge im Leben, die wir niemals verstehen werden, Liebste.«

Prim schmiegte sich an ihn und seufzte tief.

»Ich glaube, ich kann es ertragen, wenn du mir dabei hilfst.«

»Das will ich auch tun, Liebste. Ich werde dir helfen, was auch immer kommen mag.«

18

Prim stand vor dem hohen Spiegel in ihrem Ankleidezimmer in Tante Freshwells Stadthaus und blickte ihr Konterfei in Unterkleid und Krinoline düster an. Wie konnten ein paar Stunden ihr Schicksal so verändern? Es war wahrhaftig mehr als verwirrend, plötzlich wieder in das Leben zurückzukehren, das sie nach dem Erlebnis mit Robert Montrose Hals über Kopf verlassen hatte, und es war alles Lukes Schuld.

Gestern abend hatte er seinen Freund Ross Scarlett kommen lassen. Gemeinsam hatten sie sich um die Leiche von Montrose und um die städtische Polizei gekümmert. Ihr hatten sie befohlen, sich in die Obhut eines freundlichen Arztes zu begeben und sich auszuruhen. Wie konnte sie ruhen, wenn fremde Männer heimlich kamen und gingen? Unruhig wanderte sie durchs Haus, bis Luke ihr eine Karaffe mit Branntwein in die Hand drückte und sie anwies, im Salon sitzenzubleiben, wo er sie im Auge behalten konnte.

Wieder drohte ihr übel zu werden, als Montrose hinausgetragen und in einer Kutsche fortgebracht wurde. Sie sah zu, wie das Haus untersucht, aufgeräumt und saubergemacht wurde. Weitere Herren, umgeben von einer stillen Autorität, trafen ein. Luke und sein Freund schlossen sich stundenlang im italienischen Zimmer ein. Bei dem leisen Murmeln ihrer Stimmen schlief sie schließlich ein.

Kurz vor Tagesanbruch weckte Luke sie auf, und seine Miene war ernster und einschüchternder denn je. Wortlos verfrachtete er sie in seine Kutsche. Auf der Fahrt durch die Stadt versuchte Prim herauszubekommen, was passiert war, aber er antwortete nur: »Ach, gönne uns ein wenig Ruhe.« Die Fahrt endete bei Tante Freshwell. Luke schob sie aus der Kutsche und gab sie an der Türschwelle ab, wo der Butler schon auf sie wartete.

Er flüsterte ihr eine Erklärung ins Ohr, die eigentlich keine Erklärung war. »So ist es am besten, Primmy.«

Dann verschwand er.

Prim wischte sich eine Träne von der Wange. Luke hatte sie allein zurückgelassen, und nun hatte sie Angst, er bereute, ihr gegenüber eine Verpflichtung eingegangen zu sein. Der grausame Angriff von Montrose hatte ihn zur Vernunft kommen und ihre Liebe vergessen lassen. Luke hatte sich daran erinnert, was er wirklich wollte – eine große Dame von Rang und Würde. Er verdiente eine solche Dame, eine Frau, auf die er stolz sein konnte und die ihm Kinder von vornehmer Abstammung schenkte.

Nein. Nein, das stimmte nicht. Er verdiente sie. Sie war diejenige, die ihm das Leben gerettet hatte, und zwar zweimal!

Sich von ihrem deprimierten Spiegelbild abwendend, zwang sich Prim, die Zofe anzulächeln, die mit dem Rock und dem Überkleid eintrat, die sie an diesem Abend tragen sollte. Tante Freshwell hatte darauf bestanden, daß sie an der Abendgesellschaft teilnahm. Alles, was Prim wollte, war in ihrem Zimmer bleiben und weinen, aber ihre Tante hatte Prim so lange drangsaliert, bis Prim schließlich nachgegeben hatte.

Eine zweite Zofe folgte der ersten mit dem Mieder, das zum Rock paßte. Sie half Prim, es anzuziehen. Als nächstes war der voluminöse Rock dran. Man brauchte wenigstens zwei Frauen zur Hilfe, um die vielen

Meter Stoff über die Krinoline und ihren Kopf zu streifen. Als der Rock an der richtigen Stelle saß und festgemacht war, kam Prim sich eingezwängt und vollgepackt vor, obwohl das Mieder schulterfrei und tief ausgeschnitten war.

Mit Hilfe der Zofen konnte sie den Rock anheben und sich setzen, ohne den Moiréstoff zu zerknittern. Während ein Mädchen einen Zweig mit winzigen weißen und blauen Rosen in ihrem Haar befestigte, sank Prims Stimmung noch tiefer. Sie war nach ihrem myteriösen Verschwinden nach Hause zurückgekehrt, und alle benahmen sich, als sei sie nie weggewesen. Tante Freshwell und Newton hatten sie beim Frühstück begrüßt, ohne ein Wort über die Wochen ihrer Abwesenheit zu verlieren.

Hinter ihrem Verhalten steckte Luke, vermutete Prim, und sicher hatte auch sein einflußreicher Freund damit zu tun. Beiden Männern war viel daran gelegen, daß sie so wenig wie möglich öffentlichen Spekulationen ausgesetzt war. Prim hatte bezweifelt, daß sie in der Lage sein würden, alles Vorgefallene so zu lenken, daß kein Wort davon über die unmittelbar Betroffenen hinausdrang, doch nun benahm sich sogar ihre Tante voller Zurückhaltung. Prim hatte erwartet, von ihr mit Vorwürfen überschüttet zu werden, weil sie den Ruf und die Ehre der Familie aufs Spiel gesetzt hatte, aber nichts dergleichen geschah. Dieses Wunder öffnete Prim die Augen darüber, wie mächtig Ross Scarlett tatsächlich war. Außerdem vermutete sie, daß sie ihre Einschätzung von Luke Hawthornes Einfluß korrigieren mußte.

Nichts konnte jedoch die Tatsache vergessen machen, daß sie von dem Mann verlassen worden war, der ihr eintönig dahinplätscherndes Leben in ein Karussell verwandelt hatte. Nun hatte er sie wieder

Menschen ausgeliefert, die nichts anderes im Sinn hatten, als um die Gunst von einflußreichen Häuptern zu buhlen. Die Abendgesellschaft war wieder ein solcher Anlaß. Tante Freshwell hatte ihr die Gästeliste vorgelesen, und sie war voll von solchen Herrschaften.

»Oh, Victoria.« (Tante Freshwell bevorzugte Prims zweiten Namen, weil die Königin so hieß.) »Oh, Victoria, dieses Essen ist ja so wichtig für meinen Newton. Er ist fast sicher, eine Stelle im Haushalt Ihrer Majestät zu bekommen. Heute kommt auch der königliche Stallmeister und ein Kabinettsmitglied. Außerdem haben wir einen Bischof ergattert und einen persönlichen Freund Seiner Königlichen Hoheit Prinz Albert.«

Über jede Persönlichkeit – deren Name niemals so wichtig war wie ihr Rang und ihr Einfluß – wurde nur in gedämpftem Tonfall und mit geschürzten Lippen gesprochen, begleitet von einem Blick, der die Bedeutung und den Einfluß des Gastes noch unterstrich. Anscheinend hatte Prims Verschwinden die Freshwells nicht davon abhalten können, ihr ehrgeiziges Ziel weiter zu verfolgen. Sowohl die Dame des Hauses als auch ihr Sohn lechzten nach einer Stellung am Hofe mit der selbstsüchtigen Rücksichtslosigkeit, vergleichbar der der Frauen eines ottomanischen Sultans. Und ausgerechnet Luke hatte sie ohne ein Wort des Abschieds in der Gesellschaft solcher Leute zurückgelassen. Sie haßte ihn.

Nachdem sie fertig angezogen war, ging Prim mißmutig und deprimiert hinunter in den Salon. Einige Gäste waren schon da. Tante Freshwell warf ihr wütende Blicke zu, aber Prim hielt sich wohlweislich von ihr fern und gesellte sich zu einem Paar am Kamin. Der Mann, der sich umdrehte und sich vor ihr verbeugte, war kein geringerer als Ross Scarlett. Ihr Unterkiefer klappte herunter.

»Ach, Miss Dane. Es freut mich, Sie so wohl anzutreffen. Darf ich Ihnen Françoise Marie de Fontages, Comtesse de Rohan, vorstellen.«

Prim machte einen Knicks vor der eleganten, silberhaarigen Dame. Als sie den Kopf hob, blickte sie in die zwinkernden Augen von Mrs. Apple.

»Aber –«

»Die Comtesse ist erst vor kurzem aus ihrem Chateau in Österreich angekommen.«

»Aber –«

Tante Freshwells durchdringende Stimme erstickte Prims Einwände. »Victoria. Victoria, komm doch bitte und begrüße meine anderen Gäste.«

Prim verbrachte den Abend wie in Trance. Selbst Newtons Unterwürfigkeit gegenüber dem Stallmeister und dem Freund von Prinz Albert konnte sie nicht in Rage bringen. Immer wieder mußte sie die ›Comtesse‹ ansehen, die erneut ihre Haarfarbe, Figur und Akzent verändert hatte. Luke hatte ihr die Wahrheit über sie nicht verraten, aber Prim wußte sicher, daß sie weder auf Tante Freshwells Abendgesellschaft noch zur französischen Aristokratie gehörte.

Nach dem Essen versuchte Prim, die Comtesse anzusprechen, doch die wich ihr geschickt aus. Nachdem die Comtesse Ross Scarlett einen dicken Umschlag zugesteckt hatte, entschuldigte sie sich mit einem so charmanten Akzent, daß alle Männer im Raum ihre Gespräche unterbrachen. Dann verabschiedete sie sich von Tante Freshwell, zwinkerte Prim noch einmal lächelnd zu und verschwand. Prim sank in einen Sessel und grübelte über die Scharade nach, bis Newton sie mit der Aufforderung aufschreckte, dem förmlichen Abschied beizuwohnen.

Ross Scarlett war der letzte Gast und unterhielt sich gerade im Foyer mit Tante Freshwell, als Prim dazutrat. Er lächelte und nickte ihr zu.

»Ah, da ist ja Miss Dane. Ausgezeichnet. Sollen wir in die Bibliothek gehen?«

Mr. Scarlett bot ihrer Tante den Arm und ging mit ihr voran. Prim und Newton folgten. Verwirrt nahm Prim in einem gepolsterten Ledersessel Platz und musterte den Gast mit gemischten Gefühlen.

»Mr. Scarlett«, begann ihre Tante, sobald die Tür sich hinter ihnen geschlossen hatte. »Ich kann Ihnen gar nicht sagen, welche Ehre Ihre Bitte für mich war, heute abend unser Gast sein zu dürfen. Nein! Nein, sagen Sie es mir nicht. Ich kann den Grund erraten. Sie sollen eine Mitteilung von einer hochgestellten Persönlichkeit überbringen.«

Prim starrte ihre Tante fassungslos an. Die zwitscherte geradezu, anders konnte man es nicht nennen. Sie zwitscherte wie ein flaumiges Bussardküken.

Abscheu flackerte für einen kurzen Moment in Scarletts Augen auf. Er schüttelte den Kopf. »Sie irren, meine Dame. Eine solche Mitteilung käme von anderer Seite.«

»Nun, Mr. Scarlett, es ist bekannt, daß Ihre Maje-«

»Ich bin in ganz anderer Angelegenheit hier«, unterbrach sie Mr. Scarlett bestimmt.

Newton meldete sich zu Wort. »Worum handelt es sich dabei?«

Scarlett zog den dicken Umschlag hervor, den Mrs. Apple ihm gegeben hatte. »Ich bin hier, um im Namen von Sir Lucas Hawthorne ein Angebot zu machen.«

»Ein Heiratsangebot?« fragte Tante Freshwell.

Prims Herz vollführte einen spanischen Tanz, und sie war froh, daß sie saß. Ein Angebot. Jetzt verstand sie alles. Luke wollte ihren Ruf und ihre Ehre retten.

Daß er um ihre Hand anhielt, war sein Geschenk an sie. Aber er hätte es ihr wirklich vorher sagen können.

Die Tante starrte sie mit ihrem erschreckten Pferdeblick an, bei dem man das Weiße in ihren Augen sah. Newton sah ganz einfach töricht aus.

»Der Kerl, der Victoria versteckt hielt, will sie heiraten?« Newtons Miene erhellte sich. »Die einzige anständige Lösung, eigentlich.«

Lady Freshwell hatte sich erholt und stellte schon wieder die Stacheln auf. »Dieser ... dieser Mensch von niederer Geburt besitzt die Kühnheit, um die Hand meiner Nichte anzuhalten? Undenkbar, Sir. Völlig undenkbar.«

»Sie täuschen sich.«

Prims Herz, das sich gerade wieder beruhigt hatte, begann erneut gegen ihr Brustbein zu hämmern.

»Ach ja?« staunte Tante Freshwell.

»Sir Lucas möchte Miss Dane eine bestimmte Summe zur Verfügung stellen, damit sie unabhängig ist und über ihr Schicksal selbst bestimmen kann.«

Newtons Interesse war erwacht. »Donnerwetter!«

Ohne Newton und seine Mutter weiter zu beachten, trat Scarlett zu Prim und überreichte ihr den Umschlag.

»Dies sind die notariellen Dokumente, der Wechsel und einige Anweisungen zur weiteren Vorgehensweise, zusammen mit einem Empfehlungsschreiben von meinen eigenen Rechtsanwalt. Es wäre ihm eine Ehre, Ihnen mit seinem Rat beizustehen, Miss Dane. Das Geld gehört voll und ganz Ihnen und ist mit keinerlei Bedingungen verknüpft.«

Prim blinzelte verwirrt. Scarlett lächelte und nickte ihr aufmunternd zu. Mit bebenden Fingern öffnete sie den Umschlag und sah die Zahlen an. Nullen tanzten vor ihren Augen. »Himmel«, flüsterte Prim schwach.

Newton blickte über ihre Schulter. »Großer Gott! Fünfzigtausend Pfund.«

Tante Freshwell keuchte auf und hielt sich an einer Stuhllehne fest. Newton eilte zu ihr und fächelte ihr mit einem Taschentuch Luft zu. Scarlett steckte die Hände in die Hosentaschen und grinste.

»Eine nette Summe, Miss Dane. Sie müssen acht geben, daß sie nicht das Opfer eines Mitgiftjägers werden.« Er wartete einen Moment, doch Prim starrte unverwandt die Papiere an.

Scarlett wandte sich an Lady Freshwell. »Nun muß ich mich verabschieden, Lady Dorothy.«

»Einen Moment noch«, sagte Prim da.

Scarlett drehte sich zu ihr um. »Ja bitte, Miss Dane?«

»Es hat den Anschein, als hätten Sie und Sir Lucas meine Angelegenheiten zur Zufriedenheit gelöst.«

Scarlett runzelte die Stirn. »Wir hatten nur die besten Absichten, Miss Dane.«

»Zweifellos«, bestätigte Prim.

Sie erhob sich, nahm die Dokumente und den Wechsel in beide Hände und riß sie in der Mitte durch. Tante Freshwell kreischte.

»Donnerwetter!« rief Newton.

Prim drückte Ross Scarlett die Papiere in die Hand und sprach mit zitternder Stimme. »Wenn Luke Hawthorne glaubt, daß ich diese … diese Mildtätigkeit akzeptiere, dann hat er völlig den Verstand verloren.«

»Victoria!«

Prim funkelte Lady Freshwell an. »Sei still, Tante.« Wieder richtete sie sich an Scarlett. »Sagen Sie mir noch eins, Sir. Hielt er dieses Vorgehen für notwendig, um mich loszuwerden?«

Scarlett spreizte die Hände und schüttelte den Kopf.

»Vielleicht hatte er auch ganz einfach Mitleid«, fuhr sie fort.

»Ganz und gar nicht.«

»Dann will er meine Willfährigkeit kaufen«, fauchte Prim. »Er will mich nicht selbst heiraten, aber in seiner Großherzigkeit ist er bereit, mir die Mittel zur Verfügung zu stellen, um einen Ehemann zu erwerben.«

»Meine liebe Miss Dane, das lag keinesfalls in unserer Absicht.«

Prim war den Tränen nahe. Sie mußte fort aus diesem Zimmer, fort von diesen schrecklichen Menschen.

»Mr. Scarlett, Sie können Sir Lucas ausrichten, er könne zur Hölle fahren. Ich habe genug von heuchlerischer Wohlanständigkeit und von Langeweile und Überdruß.« Sie marschierte zur Tür und drehte sich noch einmal um.«Nein! Sagen Sie ihm nichts. Das werde ich selbst tun. Wo ist er?«

Ein erleichtertes Grinsen breitete sich auf Scarletts Gesicht aus. »Eine ausgezeichnete Idee, Miss Dane. Luke ist nach Beaufort zurückgekehrt.«

»Danke, Mr. Scarlett. Ich werde den ersten Zug morgen früh nehmen.«

Prim schlug die Tür zu, als Tante Freshwell zu schrillen Protesten ansetzen wollte.

Am späten Nachmittag des nächsten Tages saß Prim in einer Mietdroschke, die ratternd das Fallgatter von Beaufort passierte. Der Himmel hatte sich verdüstert, und schwarze Wolken trieben auf die Burg zu. Prim bemerkte den Wind kaum, der durch die Bäume fuhr und die Blüten der späten Blüher vor sich hertrieb. Burgangestellte liefen an ihr vorbei, um noch schnell ihre Arbeit im Freien fertigzubringen. Gärtner sammelten ihre Arbeitsgeräte in Schubkarren zusammen, und das Pferd eines Kaufmannes wehrte sich gegen sein Zaumzeug und schüttelte unwillig den Kopf.

Als die Kutsche vor der großen Halle stehenblieb, lehnte sich Prim aus dem Fenster. Louisa Hawthorne trat gerade aus der Tür und winkte dem Pferdeburschen zu, der bei ihrer Ponykutsche stand. Als sie Prim erkannte, eilte Louisa zu ihr.

»Meine liebe Miss Dane, was für eine Überraschung!«

Prim versuchte trotz ihrer Angespanntheit ruhig zu bleiben. »Vergeben Sie mir, daß ich unangemeldet hereinplatze, Mrs. Hawthorne. Es gibt da eine persönliche Angelegenheit von großer Wichtigkeit –«

»Ich weiß.«

Prim stieg aus, schluckte den Kloß in ihrem Hals hinunter und hatte ihre liebe Mühe, die Krinoline davon abzuhalten, bei jeder Windbö nach oben zu fliegen. »Sie wissen es?«

Louisas feiste Hände strangulierten ihre Reithandschuhe.

»Unser Luke hat sich wie eine schreckliches Schaf benommen, nicht wahr?« Sie musterte kurz Prims Miene. »Aber wissen Sie, meine Liebe, das Wichtigste, was Sie über Männer lernen müssen, ist, daß sie sehr stolz sind. Und Sie müssen lernen, wie man ihnen wieder heraushilft, wenn sie in der Patsche sitzen.«

Prims Finger hielten krampfhaft die Krinoline fest. Sie räusperte sich. »Ich habe das Gefühl, daß ich nicht ganz verstehe, worauf Sie hinauswollen, Mrs. Hawthorne.«

»Meine Liebe, ich habe die letzten zwei Stunden mit meinem Sohn über seinen starrköpfigen Stolz gestritten und habe nun keine Lust, mich mit einer ebenso starrsinnigen jungen Dame auseinanderzusetzen. Das müssen Sie beide untereinander ausmachen.« Louisa richtete den ausgestreckten Zeigefinger auf Prim. »Dieser Junge liebt Sie so sehr, daß er keinen Satz sagen kann, ohne Ihren Namen zu erwähnen, und Ihnen geht es um kein Haar anders.«

Vor lauter Verblüffung vergaß Prim einen Moment, ihre Krinoline festzuhalten, die prompt vom Wind nach oben gerissen wurde. Louisa drückte sie mit einer Hand nach unten.

»Sie machen ein Gesicht, als seien Sie von alleine nicht drauf gekommen. Kann ich aber überhaupt nicht verstehen. Glauben Sie, unser Luke hätte das, was er getan hat, für jede getan? Glauben Sie, er hätte seinen guten Draht zu Mr. Scarlett für irgend eine andere Frau benützt?«

»Darüber habe ich nicht nachgedacht.«

»Hm. Genau das ist das Problem. Keiner von euch beiden hat nachgedacht.« Louisa griff nach Prims Arm und zog sie zum Eingang. »Jetzt gehen Sie mal schön hinein und sprechen mit dem Jungen. Auf mich hört er ja nicht. Er glaubt, das, was er macht, sei ehrenvoll und gehöre sich für einen Gentleman. Das sehe ich anders. Was nützt es schon, daß man sich wie ein Gentleman benimmt, wenn es zwei Menschen unglücklich macht?«

Prim wurde von Louisa durch die Tür geschoben. Als sie sich umdrehte, war die Tür bereits wieder zu. Sie wollte gerade die Hand nach dem Türgriff ausstrecken, als sie Schritte auf dem Marmorboden hörte.

Es war Featherstone. »Ach, guten Tag, Featherstone.«

»Guten Tag, Miss.«

Prim wischte sich unsichtbare Staubkörnchen vom Ärmel und erkundigte sich beiläufig: »Ist Lady Cecilia noch hier, Featherstone?«

»Nein, Miss.« Featherstone lächelte. »Sie reiste am nächsten Morgen ab, nachdem Sir Lucas entführt worden war. Ziemlich überstürzt.«

»Oh. Gut.«

»Ja, Miss.«

Ein verlegenes Schweigen trat ein. Prim räusperte sich und rang sich zu einer weiteren Bemerkung durch. »Es wird bald regnen.«

»Ja, Miss.«

»Ich glaube, es wird einen Sturm geben.«

»In der Tat, Miss.«

Prim knetete ihre Hände und wippte auf den Absätzen.

Featherstone sah sie freundlich an. »Genau das habe ich gerade auch zu Sir Lucas im Sky Room gesagt, Miss.«

»Im Sky Room?«

»Ja, Miss, im Wohntrakt, sieben Türen weiter von dem Zimmer, das Sie während Ihres Besuchs bei uns bewohnten.« Der Butler deutete in die entsprechende Richtung durch die Halle. »Hier entlang, Miss.«

»Sie … Sie wollen mich nicht ankündigen?«

Featherstone lächelte. »In diesem speziellen Fall, Miss, ist Überraschung, gefolgt von einem gewissen Maß an – soll ich es Kühnheit nennen – angesagt.«

Prim warf einen Blick auf die Reihe von Zimmern, die sich an die Halle anschlossen, eines pompöser als das andere. »Sind Sie sicher?«

»Ganz entschieden, Miss.«

Featherstone verbeugte sich und ging hinaus, aber Prim starrte weiterhin die verschlossenen Türen an. Ihr Ärger war verebbt, und an seine Stelle waren Zweifel und Niedergeschlagenheit getreten. Was war, wenn Louisa und Featherstone sich täuschten? Was war, wenn sie recht hatte und Luke sie wirklich loswerden wollte? Woher sollte sie das wissen? Sie hatte keine Erfahrung in solchen Dingen.

»Lieber will ich es wissen, als bis an mein Ende zu zweifeln«, murmelte sie vor sich hin.

Sie mußte sich zwingen, die Treppe hinauf und an einer endlosen Reihe von Portraits von toten Adelsleuten vorüber zu gehen. Bald stand sie vor ihrem ehemaligen Zimmer und begann Türen zu zählen. Eins. Er hätte die Gefühle, die er ihr im Stadthaus gezeigt hatte, doch nicht vortäuschen können. Zwei. Nightshade konnte alle hinters Licht führen. Drei. Er hatte keinen Grund, sie zu hintergehen. Vier. Was wußte sie schon über einen Mann, der ein solches Leben hinter sich hatte? Fünf. Er wollte ihre Liebe, nicht nur ihre Gunst. Sechs. Warum hatte er ihr dann Geld angeboten? Sieben. Weil er, auch wenn er sie wirklich liebte, sich eigentlich eine viel bessere Frau wünschte.

Prim blieb vor der siebten Tür stehen und legte die Hand auf den Knauf. Ihre Hand fühlte sich kälter an als das Metall. Mit einem tiefen Atemzug drehte sie an dem Knauf und betrat das Zimmer, bevor ihr alle möglichen Gründe einfielen, die dagegen sprachen – und befand sich direkt im Himmel.

Die Decke war in herrlichem Himmelblau mit weißen Wolken gemalt, doch der Künstler hatte sich nicht auf die Decke beschränkt. Der Himmel setzte sich an den Wänden fort, wurde lediglich unterbrochen von vergoldeten Säulen. Es befanden sich keine Möbel im Raum, und Luke stand gegen einen Fensterrahmen gelehnt und starrte sie an, als sähe er ein Burggespenst.

»Was machst du denn hier?«

Prim ging auf ihn zu, zog einen gefalteten Stoß Papiere aus der Tasche und warf sie ihm zu. Zerrissene

Blätter flogen ihm ins Gesicht. Eins davon fing er auf, sah es kurz an und funkelte sie mit dem Blick von Nightshade an.

»Hah! Du hast kein Recht, einen Bankwechsel einfach zu zerreißen, Miss Prim.«

Prims Wut flackerte auf. Er war keineswegs mit offenen Armen auf sie zugekommen, außer sich vor Freude, daß sie zu ihm gekommen war.

»Diese geniale Idee stammte also von dir und nicht von Mr. Scarlett.«

»Von Ross? Nein, ihm gefiel sie nicht.«

»Mir auch nicht, mein Herr. Dein Verhalten in dieser Angelegenheit war gedankenlos, unehrenhaft und ungebührlich.«

»Ach nein. Du –«

Prim hatte inzwischen die Handschuhe abgestreift und begann wütend auf und ab zu marschieren. »Geld anzubieten, um eine unbequeme Verpflichtung abzuschütteln. Und das auch noch auf so unpersönliche und öffentliche Weise.« Ihre Finger zerrten an einem Knopf ihres Handschuhs. »Ich will nichts mit deinem schmutzigen Geld zu tun haben. Du hättest nicht zu so verzweifelten Maßnahmen zu greifen brauchen. Ich hatte niemals die Absicht, einen Heiratsantrag von dir zu verlangen.«

Nach einem kräftigen Ruck sprang der Knopf von ihrem Handschuh ab und flog gegen die Wand. Tränen glänzten in ihren Augen, als sie den Handschuh entsetzt anstarrte. »O nein.« Ihre Stimme versagte. »Mein einziges gutes Paar. Ich muß den Knopf finden. Es ist eine Perle.«

Sie versuchte, den Knopf auf dem Boden zu finden, konnte aber vor lauter Tränen nichts erkennen. Luke hatte kein Wort gesagt. Sie wandte ihm den Rücken zu und rieb sich hektisch die Augen. Plötzlich legten sich seine Hände auf die ihren und zogen sie von ihrem Gesicht fort.

»Ich wollte doch nur, daß du unabhängig bist, Primmy.«

»Das ist weder ehrenhaft noch richtig.«

»Aber daß du allein hierhergekommen bist, ist ehrenhaft und richtig? Schlag mich einer tot, wenn ich diese Regeln jemals begreifen soll.«

Prim entwand ihm ihre Hände und schrie ihm ihren Ärger ins Gesicht. »Du hast nur Angst davor, mich anstelle einer großartigen Dame von edler Abstammung zu heiraten!«

Luke lief rot an und hob ebenfalls die Stimme. »Das stimmt nicht. Ich hatte Angst, du würdest dich zu sehr für mich schämen, um mich zu heiraten.«

»Luke Hawthorne, das ist das Gemeinste und Häßlichste, was du je zu mir gesagt hast.«

»Oh, soll das heißen, du würdest mich heiraten?«

»Ja, verflixt nochmal!«

Einen Moment herrschte verblüfftes Schweigen. »Dann wirst du das wirklich tun?« flüsterte Luke.

Prim nickte und zuckte zusammen, als er einen Jubelschrei ausstieß, sie um die Taille faßte und durch die Luft wirbelte. Auf ihre Proteste hin stellte er sie schließlich am Fenster wieder auf den Boden. Der herannahende Sturm tauchte den Raum in düsteres Licht, aber sie bemerkten es nicht. Prim sah, wie er sich verwandelte, sah, wie seine Augen aufflackerten. Nightshade zog sie an sich und ergriff Besitz von ihrem Mund. Bald befand sie sich im Zentrum ihres eigenen Wirbelsturms.

Nightshade löste die Lippen von den ihren. »Du weißt, wer ich früher war. Bist du dir sicher?«

»Ich könnte mir nicht sicherer sein.«

Zärtlich berührte Nightshade ihren Mund mit den

Fingerspitzen. »Dann mußt du zu deiner Tante zurückkehren.«

»Nein.«

»Ich möchte, daß alles seine Richtigkeit hat, Miss Prim. Denk an unsere Kinder.«

Prim dachte kurz nach und lächelte dann. »Na schön. Ich gehe, wenn du mir mein Buch der Horen zurückgibst.«

»Ja, natürlich.«

»Wo ist es?«

Luke beugte sich vor und flüsterte es ihr ins Ohr.

»Die Latrine!« Prim starrte ihn entsetzt an. »Luke Hawthorne, du bringst mich unverzüglich dorthin. Allein die Vorstellung ist entsetzlich. Der Latrinenturm.«

Nightshade nahm ihre Hand, küßte sie und sah sie von unten herauf an. »Ich stehe zu deinen Diensten, Miss Dane. Nichts wünsche ich mir mehr, als mit dir allein in einem Turm zu sein.«